叶 眉 ◎ 著

海天出版社
·深圳·

图书在版编目（CIP）数据

云养娃 / 叶眉著. — 深圳：海天出版社, 2022.6
ISBN 978-7-5507-3424-1

Ⅰ.①云… Ⅱ.①叶… Ⅲ.①中篇小说 – 中国 – 当代 Ⅳ.①I247.5

中国版本图书馆CIP数据核字（2022）第024721号

云养娃
YUN YANG WA

出 品 人	聂雄前
策划编辑	朱丽伟
责任编辑	朱丽伟
责任校对	万妮霞
责任技编	郑 欢
装帧设计	知行格致

出版发行	海天出版社
地　　址	深圳市彩田南路海天综合大厦7—8层（518033）
网　　址	http://www.htph.com.cn
订购电话	0755-83460239（邮购、团购）
设计制作	深圳市知行格致文化传播有限公司
印　　刷	深圳市华信图文印务有限公司
开　　本	889mm×1194mm 1/32
印　　张	14.5
字　　数	260千字
版　　次	2022年6月第1版
印　　次	2022年6月第1次
定　　价	49.80元

海天版图书版权所有,侵权必究。
海天版图书凡有印装质量问题,请随时向承印厂调换。

序言

我娃小时候，我曾经给她记日记。每年她生日我们把日记本翻出来，找其中的片段读给她听，我们都乐在其中。

日记和朋友圈不同。朋友圈是写给别人看的，日记是写给自己看的。日记自然坦白很多。开心的、烦躁的、焦虑的，我把种种体验都坦诚地写在她的日记里。

2019年她生日那天，我们在日记本里偶遇一句话："妈妈今天度过了很不好的一天。"没有前言后语。一天被一句话总结。

日记是纯私人属性，我还选择性遗忘。由此推断，养娃过程中很多暗黑时刻都不会被晒出来。这是我写作本书的初衷：拨开朋友圈晒娃层层迷雾，看看云下养娃的生活。

近几年关于女性怀孕生产的话题非常热，但是多集中在生理层面。

孕产期只占人生的一年。而父母把孩子生下来，就是一辈子的事。孩子被父母生下来，也是一辈子的事。

我们这代人在成长过程中有颇多遗憾。即便出类拔萃者顶着高压突破重围，获得世俗认可的成绩，成年后也需要和扭曲的人格继续相处下去。

养孩子赋予我们修复童年的机会。

我们这代人养娃，希望TA身体健康，人格健全，同时还希望TA拥有谋生技能和享受生活的文化资本。所以希望孩子学英语、学数学、学音体美，练就十八般武艺，希望孩子在林林总总的教育资源面前保持旺盛的求知欲和好奇心。

教育机构填充了孩子成长各个阶段的缝隙。

它们撩拨父母的责任感，刺激焦虑的神经，推销各式课程。营销卖点不是课程内容，而是孩子的前途。

我为写作本书做背景调查的时候采访了一些年轻父母，几乎每个人都表达了养娃的焦虑和纠结。

他们都不想随波逐流，不想把痛苦的体验代代相传，但是又怕因为现在偷懒、省钱，对孩子不够用心，给孩子将来留下遗憾。

本书描述的父母和孩子一起纠结挣扎，最后另辟蹊径，心中依旧惴惴不安。

我写本书也有不少遗憾。最大的遗憾是没呈现父母从孩子身上获得全新纬度的成长，没法从其他领域获得为人父母的体验。

孩子对父母的信任和依恋是我经历过的最纯粹的情感。

目 录

001　第一章　在云端互相遥望

037　第二章　一文不值的无价之宝

117　第三章　我原本只希望她健康快乐，为什么又盼她十项全能

247　第四章　躲在孩子背后当然容易，有本事就冲在前线

373　第五章　内卷无止境，只好另辟蹊径

401　第六章　乌龟游泳，兔子跑步，皆大欢喜

第一章
在云端互相遥望

 今天阳光真好啊，我们雄赳赳气昂昂地去上学咯！

云养娃

1

王悠坐在工位上喘粗气,给自己泡了杯茶,捧在面前让蒸汽舒缓一下眼睛,才打起精神来工作。

她这个月已经迟到了两次,再多一次就要被扣工资。

今天早上她特意早起了十五分钟。提前在电蒸笼里放好馒头和鸡蛋,她只需要按下开关就自动加热。

她推女儿孔澄起床。孔澄却揉揉眼睛,翻个身继续睡。周末让她多睡半小时都是妄想,工作日却怎么叫都不起床。

王悠把她的被子拉开,又敞开窗帘,希望她自然醒来。孔澄用被子蒙住头,闷声说:"讨厌。"

王悠闭了闭眼睛,看她已经蹉跎掉五分钟,琢磨这样下去肯定又要迟到。

于是她手蘸了些水弹在孔澄脑门上,大声喊:"起床,别磨蹭了。"她赶紧给鸡蛋冲冷水,让孩子吃了早饭好上幼儿园。

孔澄垂头丧气、披头散发地坐在餐桌边。王悠给她剥好蛋,又给她的馒头涂了些果酱,再端来一杯牛奶,让她快吃。

孔澄吃着早饭,王悠站在她身后给她梳头发。

孔澄咬了一口鸡蛋,看到蛋黄外层的青绿色,立刻就沉下脸来,说:"妈妈,黑鸡蛋还能吃吗?"

第一章　在云端互相遥望

王悠一看就明白，这孩子总觉得青绿色的蛋黄有问题。平常她掐着时间蒸蛋避免蒸过了，今天因为叫孔澄起床多耽误了几分钟，蛋黄外就出现了一层青绿色。

王悠告诉她："放心吃吧，鸡蛋蒸老了而已。"

孔澄埋着头跟没听见似的，用手指头捏蛋黄，要把蛋黄外层的青绿色掐掉。蛋黄渣掉了一身。

孔明良在一旁看着着急，用纸巾边擦边念叨："你早上刚穿的衣服就吃了一身蛋黄。"

他若不擦还好，一擦蛋黄更沾满身。

孔澄看见自己昨晚挑的白裙子沾了淡淡的黄印，撇着嘴就开始哭："爸爸把我的裙子弄脏了！"她张大嘴哭，嘴里的蛋黄接二连三地掉出来。

其实只有一点印记而已，不说都没人能看出来。可是孔澄不依不饶的，认准了裙子脏了不能穿出门，要求换衣服。

王悠扶着餐桌深吸了一口气，告诉孔明良："你捅的马蜂窝，你来收拾。"

孔明良弄巧成拙，赶紧带孔澄去卧室挑干净衣服。

孔澄摸了一件裙子，孔明良心里窃喜，只盼速战速决，连声夸奖："这件最好看了，背后有蝴蝶结。"

孔澄指着腰间束带说："这个太容易散了，上学没人给我系。"

孔明良眯着眼睛点点头，立刻改口说："那旁边的蓝色短裤配小狗T恤也很好看。"

云养娃

孔澄撇着嘴说:"我才不要那件。许薇有件一样的,我不要和她穿一样的衣服。"

孔明良极力压制心中的烦躁,告诉她:"我不管你穿什么,我给你一分钟的时间,你自己换好衣服出来。"

他定好闹钟,对孔澄晃了晃手机,按下"开始"键。

屏幕上开始倒计时,孔澄快速在衣柜里翻动,把叠好的衣服扯了一地,又坐在地上摸摸这件,再摸摸那件,犹豫不决。

孔明良靠在门框上高喊:"还有十秒,再不挑定你就穿脏衣服出门!"

孔澄大声回应他:"你别催!"

孔明良真想粗暴地给她随手套一身衣服就出门,可是想起自己小时候,只有两套衣服换着穿,哪有选择的机会。他又压下了心中的冲动。

孔澄终于挑出一套短裤配 T 恤,孔明良正想帮她赶快套头上,她向后退一步,脆生生地对爸爸说:"我自己会穿!"

好好好。孔明良退后一步,又看一眼手机,让她自己穿衣服。

王悠在门口喊:"你俩动作快一点!我把牛奶和馒头给她装好了路上吃,再磨蹭又要迟到了!"

孔澄光着脚跑到门口,一屁股坐在玄关处,开始自己穿鞋。

王悠正偷着乐,谁知孔澄把平常穿惯的洞洞鞋踢到一边,从鞋柜里拿出另一双球鞋来。

王悠问:"你不是最喜欢穿洞洞鞋吗?"

"洞洞鞋是粉色的,和蓝色的短裤不搭。"孔澄头也不抬地回答,"球鞋是蓝色的。"

王悠瞪了孔明良一眼,用唇语跟他说:"就像你!"

孔明良睁大眼睛,诧异地说:"我从来不挑衣服!有啥穿啥。"

见孔澄费劲地提鞋,王悠帮她撕开魔术贴,松一松鞋。孔澄见妈妈的手伸过来,立刻蹬直脚,背转过去告诉王悠:"我自己来!"

王悠自认为也是爽快的女人,从小没研究过什么衣服搭什么裤子,什么裤子配什么鞋。到了女儿这,似乎是老天派一个人来帮她补课。

她站在玄关处,踱着小步子念叨:"我今天又要迟到了。"

"你管考勤,还这么紧张!"孔明良试图让她放松一点。

"孔明良,你装什么蒜?"王悠双手叉腰站在门口,怒不可遏地问,"我管考勤自己就自然全勤?我要是会计是不是就能给自己账上打钱?"

孔明良后退一步,缩了缩脖子,不敢再招惹她。

无论怎么提前安排部署,王悠依旧比计划中晚了十五分钟出门。

云养娃

　　王悠牵着孔澄的手,迎着朝阳阔步走向幼儿园。在幼儿园门口的花坛边,王悠为孔澄拍下一张照片,发到朋友圈。

　　照片中的孔澄背着小书包,手持一朵路边采来的蒲公英小黄花。照片逆光拍摄,孔澄身穿短裤T恤配球鞋,英姿飒爽,身形矫健,身体笼罩着一层黄色的光晕,在朝阳下对王悠回眸微笑,朝气蓬勃。

　　王悠给照片配文字:"今天阳光真好啊,我们雄赳赳气昂昂地去上学咯!"

2

景荷刚在办公桌前坐稳,就刷出王悠这条朋友圈。

她拉大照片,看见孔澄额头一圈毛茸茸的细发在阳光下泛着光芒,忍不住伸出手去,指尖抚过孔澄的额头。

景荷和王悠工位背靠背,二人做了多年同事。

王悠生娃复工回来,同事都围着手机看小奶娃的照片,只有景荷察觉出来王悠无论坐卧都疼痛吃力。次日她送给王悠一套坐垫和靠枕。现在王悠的娃都上幼儿园了,还依靠它们熬过腰酸背痛的办公时间。

二人以前还经常约着周末一同玩。自从王悠怀孕,一切都变了模样。

王悠怀孕后每天到办公室后先去卫生间吐一通,后来脸庞逐渐失去轮廓,五官变得模糊,一坐下就把脚搭在电脑机箱上。她推掉了多数社交生活,下班后潜心阅读育儿书籍,周末上育儿培训班,就连上班"摸鱼"都在研究婴儿用品。

王悠现身说法,女人生娃就从珍珠变成鱼眼睛。

那时候的景荷暗暗提醒自己,丁克最美好。

现在,景荷微信上的朋友一大半都有孩子,各路妈妈晒娃晒得不亦乐乎。她以为自己可以坚强独立精彩地生活

云养娃

到老。

现在每到周末,她就像是脱离了狼群的孤狼,看似桀骜不驯,其实心中惶恐不安。

周末她攥着手机,朋友圈里净是带娃郊游的九宫格图。她刷了几屏之后,只觉得无聊,转而打开美食App。

景荷的先生颜铮以为她在挑选餐厅,探头来看,发现她居然在看养生鸡汤的做法。

颜铮问:"我听说新开的日料蛮好吃的,我们两个去试试?"

景荷快速滑过朋友圈的美食照片,摇着头说:"脸盆大的盘子上面叠几片鱼生,看着都觉得肚子凉。我也不想出去吃饭了,馆子里的东西也就那么回事儿,吃得味觉都麻木了。"

她耸耸肩膀说:"况且将来我还要给宝宝做饭吃,现在开始学应该来得及。"

颜铮摇着头说:"你都没为我下过厨。现在要为一个还没受精的细胞修炼厨艺。"

为还没出世的孩子吃醋,景荷觉得颜铮有点可爱。

红枣当归枸杞淮山炖鸡汤,景荷小心翼翼地撇去表面的浮油,撒入零星几粒盐,舀一勺汤,嘟着嘴吸入一口汤汁。她心满意足地点点头,给颜铮也盛了一碗。

吃到碗底,看到一个面目狰狞的公鸡头,颜铮才意识到今天炖的是公鸡汤。他将汤碗推到餐桌中间,将勺子翻转盖在碗底的鸡头上。

颜铮站起身时，椅子腿在瓷砖上摩擦出"吱吱"声。这时候接到父母的电话，他"哼哼哈哈"地应答了半天，最后说了一句："正在努力！"果断挂掉电话，拿着外套就出门了。

景荷怔怔地望着颜铮离去的背影，没想到一碗公鸡汤让他这么愤慨。

周末的下午，景荷独自坐在客厅的大沙发上，电视声很大。她焦躁不安地把地砖擦得锃亮，还无法安抚心中的烦躁，于是前往鸡鸣寺。

鸡鸣寺是南京市闹市中的一片净土。门口几棵参天的松柏挡住尘嚣。

景荷拿着三炷香跨过红色门槛，一路沿台阶向上攀。

郁郁葱葱的参天古木洒下林荫，蝉声阵阵。

景荷一路攀至山顶大雄宝殿门口。殿前香火缭绕。她眯着眼睛避开烟雾，点燃手中的三炷香，随其他游客一起虔诚地拜三拜，将香火插在香炉内。

旁边香火铺的阿姨招呼她："姑娘，你求什么？"

景荷听到这样的问题，心里一沉，生怕愿望说出来就不灵了。她将许愿牌按在胸前，支支吾吾地问："是不是无论我求什么，把心愿写在这上面就行了？"

"哎，是的呀。"阿姨翻动面前的许愿牌，"鸡鸣寺里求姻缘求子求事业都很灵的。"

景荷写下自己的心愿："愿我有一个健康的宝宝。"

她将自己的心愿牌挂起来，又翻了翻别人的心愿牌：求事业高升，求家人健康，求感情顺利……

在四大皆空的佛门，凡夫俗子许下的心愿依然牵系红尘情缘。

景荷回眸远眺，广阔的玄武湖上碧波连连，清风徐徐。

她慵懒地眯着眼睛，侧身扶着凉幽幽的扶手走下台阶。身旁的游客说："啧啧，穿这么高跟的鞋来爬台阶，也不怕摔倒。"

她在附近服饰店挑了一双平底鞋。象牙白的丝绒底，绣着青花瓷般的花纹。

穿惯高跟鞋的景荷换上平底鞋顿时觉得气势削减了一大截，好在这双鞋典雅端庄，能给气质加分。

回到家已是晚饭时分，颜铮还没回来。她独自煮了一碗面，打了个荷包蛋，又烫了两片青菜，就是一顿饭。

若是家里有孩子，肯定不会吃得这么敷衍。

此时颜铮推门而入，脚步虚浮。

景荷见他眼神有些木，警觉地问："你喝酒了吗？"

颜铮摆摆手："不算，喝了点啤酒而已。"

景荷凑到他脖颈儿旁边嗅了嗅，一身酒气。

一股无名火涌上头。"不是说好这段时间戒烟戒酒吗？你就不能忍一下？"

颜铮将头偏向一边，踢掉鞋子，趴在床上。

他在电气公司做销售工作，应酬确实多。俩人为了备孕已经非常注意饮食，颜铮如果遇到饭局也尽量不喝酒。

今天颜铮本来只是和朋友小聚，碰巧遇到客户。他原本不想喝，无奈客户热情地劝他，他不好意思拒绝，就喝了两轮。

景荷知道颜铮喝酒后会口渴，倒了一杯水放在床头柜上，摸他的额头，汗津津的。颜铮感觉到妻子的手，把头扭向另一边，闷声说："谢谢。"

景荷焦虑地去大V妇产科医生的微博下面问：一顿酒会不会影响精子质量？

十分钟之内，她收到了五花八门的回应：

"最好小心一点。酒精对精子质量的影响很明显的。"

"就一顿，怕是一晚上就代谢光了。你放轻松。"

"就算不影响胎儿健康，也会影响精子活力，降低受孕的概率。这是有研究证明的。这也是为啥医生建议备孕要戒酒，不是吓唬人。"

……………

景荷越看越焦虑。

她为了备孕，戒茶戒咖啡，甚至连巧克力都不再碰，今天又决定跟高跟鞋说再见，做出种种牺牲，而颜铮一晚上就破功了。

云养娃

　　景荷换上新买的平底绣花鞋，坐在穿衣镜前，上身微侧，显露腰身，一只脚故意向前半步，脚面绷直，拍下几张穿搭照片。

　　传到朋友圈，配上文字："新买的鞋，周末配长裙就是民族风，平常上班也能撑起阔腿裤。"

　　王悠刷到这条消息，看见景荷修长的腿和纤细的腰肢，由衷地羡慕。她需要带着孩子上山蹚水走沙坑。象牙色的鞋子在她脚上活不过两个周末。

　　不过话说回来，就算让王悠穿上这样的绣花鞋，也会像烧火丫鬟一样。

　　孔明良见她满脸微笑的样子，探头瞄了一眼，不以为然地说："这两年P图软件技术进步飞快。腿和胳膊明显修过。"

　　王悠捏捏腰上的肉，对孔明良说："你昧着良心安慰我。我每天都能见到她，真人比照片好看。"

　　景荷和王悠年纪差不多。王悠深知，到这个年纪，想维持这样的身材，需要付出大量精力和财力，还需要高度自律。

　　她现在只能趁在车上的时间涂一层唇膏，再刷点腮红提升气色。

3

王悠步履匆匆地踏进办公室时，景荷正坐在工位上，盯着脚上的平底鞋出神。

王悠喘着粗气坐下："可算盼到周一了。我上班是带薪休息，周末义务劳动。"

景荷哑然失笑。

"还是你潇洒，想去哪儿拔腿就走。"王悠的目光落在景荷的新鞋上，"不像我大好时光都耗在孩子身上。"

景荷吞吞吐吐地打探："你们当时花了多久造人？"

"别提了，我老老实实买了一盒验孕试纸和一整盒测排卵试纸，我当时以为怎么都得试半年吧。结果，一个月没避孕就立刻中招。事后吓了我一身冷汗。"王悠在脑门上抹了一把，"幸好我们一直都严格避孕，要不然我每十个月就生个娃出来，两年就打回贫困线了。"

王悠不寒而栗，景荷直翻白眼。旱的旱死，涝的涝死。她兢兢业业封山育林半年都没成果，这位同事一夜春风，硕果累累。

这时候，一名基层流水线工人来到 HR 办公室向王悠提出奖金和加班费发放的疑问。

云养娃

王悠见她只觉得脸熟。调出考勤打卡记录,王悠刻意看了一眼她的入职经历。

王晓霞,去年入职的。

王悠才想起来,去年给她办社保费了一番功夫。

虽说王姓是个很常见的姓氏,但是王悠喜欢她笑容可掬,又是本家。后来得知她来自安徽六安,王悠虽说在南京长大,但祖籍是安徽,所以对她有些特殊的亲切感。

王晓霞拿着从银行打印出来的流水给王悠:"你帮我看看,我上个月的加班费和我自己记的不一样。"

王悠笑了笑,明白基层工人最看重加班费,立刻帮她查询考勤记录。

上个月王晓霞主动要求上夜班,因为可以拿夜班津贴。王悠帮她盯着,抓住一个离职的空缺,又建议工段长把王晓霞换到夜班去。在调动过程中,王悠登记错了考勤记录。

这一点差错,造成王晓霞少拿几百块钱工资。

这几百块钱可能只够孔澄玩耍一个周末,可是对于她们来说,也许是一个月的伙食费,半年的衣装和一年的鞋子。

王晓霞弄明白账目后,如释重负地告诉王悠:"我本来打算用多挣的钱给孩子买书,我孩子也盼着呢。今天一看钱和上个月一样,心想孩子的愿望要落空了。"

原来是为了孩子。王悠更愧疚。

她问王晓霞:"你孩子多大了?"

"三岁多。"

"在老家?"

"嗯,我妈帮我带着。南京的消费太高了。"王晓霞压低下巴,走出半步,看见王悠办公桌上孔澄的照片,又回头问王悠,"你家宝宝和我家宝宝差不多大吧?你们都给孩子看什么书呢?我没文化,不知道怎么挑。"

王悠立刻答应把孔澄小时候不看的书送给她。她知道流水线工人的孩子多为留守儿童。父母为了讨生活离开家乡,虽然饱受谴责,但也是无奈之举。他们如果留在故乡就赚不到多少钱,而异乡流水线上倒班的日子又实在无力照顾孩子。

王晓霞忙不迭地点头道谢。

她跑出几步,又匆忙跑回来问王悠:"我们能不能加个微信?这样我以后可以直接问你给孩子挑书的事情。"

工人只有十几分钟的休息时间,王悠连忙摸出手机让她扫码。

王晓霞的手机拐角已经掉漆,启动半天才打开"扫一扫"。她听到"嘀"一声,"咻"地转身就离开了 HR 办公室。

王悠在给她分组的时候,原本想打上"同事"的标签,又觉得性质不太一样,改成了"妈妈们"的标签。

王悠的微信有一个妈妈们分组,全是孩子朋友的父母,大家互通育儿经验。

云养娃

自从有了孩子，周遭亲戚朋友都称她为"澄澄妈"。家长群里更是重灾区。大家都将群内昵称改成了××的妈妈或××的爸爸。除了经营微商的爸爸妈妈，没有人了解其余孩子父母的姓名和职业。

她下班后去幼儿园接孔澄。到了教室门口，孔澄的老师立刻迎上前来对王悠说："澄澄妈，你可算来了⋯⋯"

王悠听到"澄澄妈"这三个字，不由得叹了一口气：下班后，我兢兢业业为孔澄服务。

孔澄背对她坐在窗边用蜡笔涂色，背影瘦瘦小小的，早上扎的小辫子也变得毛毛的，肯定在幼儿园睡了午觉。

她对老师敷衍地点着头，双手扶在膝盖上，拖长声音喊："澄澄——我们回家了——"

澄澄转头看她一眼，又继续在纸上涂涂画画。

王悠从包里摸出一颗奇趣蛋挥了挥，又说："我们边走边拆，看看今天的奇趣蛋里面是什么。"

澄澄看见奇趣蛋，又看了看图画纸，王悠趁机说："你画不完拿回家继续画。"说完之后就赶快将澄澄画了一半的纸揣进包里。

王悠见孔澄小嘴扁一扁，要哭的样子，立刻打开奇趣蛋："快看看这里面是什么？"

就这样，连哄带骗地才把孔澄领回家。

早上出门的时候不肯去幼儿园，晚上又不肯回家。

第一章 在云端互相遥望

王悠真不知道女儿脑袋里的拧巴逻辑,可能只是为了多耽误她的时间,让她的日子不好过而已。

在小区门口,孔明良也和她们一同进小区门。

他瞟了一眼孔澄手中的奇趣蛋,压低声音问王悠:"你真觉得这小塑料值那些钱?"

在他们看来,奇趣蛋纯粹是个消费主义的陷阱。一颗蛋形甜巧克力里包裹着随机赠送的塑料玩具,而王悠只想快点把孩子接回家。

如果顺利回家的代价是买个塑料玩具,她认了。

回家后,她让澄澄拿着刚涂好的图画纸拍照。

晚上等孩子睡下,她才有时间发朋友圈:

"今天在幼儿园涂了一条锦鲤,澄澄居然会用同色系不同深浅的颜色把鱼尾巴涂得栩栩如生。"

每天孔澄都从幼儿园带回手工作品。一开始王悠做孔澄最忠实的"脑残粉",赞美孔澄每一件"限量版"的艺术品,还用储物箱专门装着她的涂鸦。

现在家里已经乱得没法下脚,王悠把鸡零狗碎的手工作品拍个照,趁孩子不注意的时候就丢掉。

朋友圈发出去不到五分钟,景荷就前来点赞留言:"澄澄进步真快!比上次那张画得好!"

景荷还配了鼓掌、放烟花的两个表情符,这样澄澄也能看明白她的意思。

云养娃

颜铮见她满脸笑容,凑过头来看她为什么笑。

"大惊小怪。小孩涂色也值得发?"颜铮耸耸肩膀,"王悠云养娃,戏多得很。孩子小时候恨不得换个尿布都发到朋友圈来。我早就把她屏蔽了,就你还看得津津有味。"

景荷望着照片中孔澄米粒大的牙齿一列排开,晶莹透亮,欢喜之情便从心底漾起。"如果我的孩子涂色能涂这么好,我就专门给她做一面涂画墙,全都挂上她的画。每年给她做回顾专题,再做成彩印集子。我当妈肯定比王悠晒娃还晒得狠。"

颜铮拍拍她的肩膀:"看人家晒娃你就想养一个?养娃要负很大责任的。"

景荷轻叹了一口气,将面前摊开的培训材料拍照发朋友圈:

"长周末也难有机会休息。下周公司派我去培训,全英文讲义。笨鸟先飞,趁这几天先啃一遍,要不然就去听天书了。"

景荷配了宽面条泪的表情符,以表达她悲愤的心情。

王悠看到景荷的朋友圈,想点赞却下不了手。

就在王悠怀孕那年,公司需要提升一个HR部门员工专门做培训开发。毕竟是美资企业,越往上走对英语要求也越高。王悠英文程度更好,工作资历也深一点,但是公司考虑到她未来几年可能都需要专注家庭,怕培训模块的工作太辛苦,就让王悠负责薪酬管理。工作时间规律,强度也不大,恰好配合她需要准时上下班和不出差的生活。

景荷就做了王悠想做的领域。

王悠将手机放在床头柜上,翻了个身,嘟囔说:"那原本是我的机会。她得了便宜还卖乖。"

孔明良已经听王悠抱怨过无数次类似的话语。他原本想伸手摸摸妻子的头发表达安慰,可是二人中间隔着刚睡着的女儿孔澄。他只能小心翼翼地架高胳膊避开孔澄,指尖勉强触及王悠的发梢。

4

端午时节，南京的天气很闷热。

气象报道说还没有正式进入梅雨季节，王悠却觉得四处都黏答答的，甚至睡觉都觉得恍恍惚惚，不知道是睡是醒。

迷迷糊糊中，王悠耳畔传来欢快的呼喊："快起来！"接着，一只小脚踩在她的腿上。

王悠"嗷"的一声蜷缩在床边，只觉得心脏"突突突"地跳，大口喘气，才慢慢缓过劲来。

孔澄高兴地说："快起来，我们今天去外婆家！"

孔明良也翻了个身，用被子蒙住自己的头，"哼哼呜呜"地踢被子，又迷迷糊糊看了一眼窗帘缝，天刚蒙蒙亮。

每个周末他都天真地幻想睡个懒觉。要在平常他肯定长叹一口气就起床，可今天，孔明良偏偏把头埋进枕头里，假装听不到女儿的呼喊声。

王悠轻踢孔明良："你先起。"

孔明良反踢回去："平常都是我先起，今天你先。让我再迷糊一会儿。"

王悠昨天半夜起来上厕所的时候发现孔明良还在玩手机，想起来就来气。晚上贪玩舍不得睡觉，到了白天醒

第一章 在云端互相遥望

不来。

"我过去几年都没睡过一个踏实觉。你试试每两个小时喂一次奶是什么日子！"王悠狠狠地踢了孔明良一脚，又把被子扯向自己这边。

"喂奶喂奶，你总拿喂奶说话。"孔明良"呼"地一下掀开被子。

他也知道孩子小的时候王悠很辛苦。断奶好几年了，王悠还把这事儿挂在嘴边。

王悠觉得背后一凉，原本的睡意也没有了。

小朋友的头发又软又细，睡一觉起来头发都粘在一起。王悠用梳子蘸水梳，依然扯得孔澄"唧哇"乱叫。

"坐好。"王悠试图将澄澄的头发分出清晰的缝，无奈头发乱蓬蓬。她勉强将孔澄的头发分区，打算扎成一节一节的毛毛虫辫子。她念叨说："不如彻底剪短，我们俩都省事儿。"

孔澄被扯得头发疼，扭来扭去，挣脱了妈妈的手跑到客厅，边跑边喊："我不要剪！"

好不容易分开的发缝又合到一起了。王悠一时怒从心中起，扯着孔澄的头发把她揪回卫生间，用梳子敲着她的头说："有必要吗？每天早上都要来这一出！"

孔澄哭哭啼啼地顶着清爽的辫子走出厕所。王悠关上厕所门，靠在洗脸池边，不想听她哭。闭着眼睛站了一会儿，才鼓足勇气踏出厕所。

她拍下刚才的杰作,发到朋友圈。

"新发型,最适合黄梅天。"

景荷又是第一个点赞的人。她留言说:"还是因为妈妈心灵手巧。"

景荷手机里有个相册,专门收藏她喜欢的儿童发型和服饰,觉得以后肯定能派上用场。

颜铮总取笑景荷,受精卵都没有,就已经布局几年后的生活。那时候怕是手机都换了几茬,存的图片也会不知所终。

看到景荷笑眯眯的样子,就知道她又在云吸娃。

他问她:"你确定会生女儿?"

"生男生女归你管。"景荷顺手拍拍颜铮的臀部,"你得努力,照着孔澄这样的来一个。"

王悠看着景荷的留言,无奈地牵动嘴角,笑不出来。

王悠父母家为了省电费,只有卧室才装了空调。去年夏天孔澄在这里住了两个星期,脖颈和后背都捂出痱子来。王悠好心疼,再也不想把孩子放在父母家。

王悠一家进门时,桌上已经摆好了凉菜。一碟热气腾腾的碱水粽子淋上浓浓的红糖浆摆在王悠平常坐的位置上。孔澄顺畅地爬上桌椅,用筷子夹菜吃。

外婆武韶华微笑地看着孔澄吃饭,满足地说:"我家澄澄真乖啊,吃饭吃得这么好。"

王悠撇撇嘴:"又不是每顿饭都这样。"

若是其他人不知道养孩子的辛苦也就罢了。武韶华从孔澄出生起就搬来和他们同住,尽管是自己的妈妈,不存在婆媳问题,王悠也觉得养小婴儿是噩梦一场。

"我觉得澄澄挺好的。你趁年轻应该再生一个。"武韶华的欢欣之情溢于言表,"给她做个伴。"

王悠冷漠又乏力地望着吃饭的孔澄,连餐桌水晶板下压的红格子桌布都变成了黑白灰色。

她反问妈妈:"你把孩子当作什么?老二的生命意义在于陪伴姐姐?"

"兄弟姐妹之间哪像你想的这样?多一个弟弟或者妹妹,将来多一个亲人,多一个知心朋友,遇到难事还有人商量。"

"之后还有个人跟她争父母的爱,接着争财产。"王悠接下话去,"我做不到一碗水端平,所以只生一个。"

"你们就是独生子女独出来的毛病。"武韶华叹了一口气,又转眼看见孔明良正在给孔澄剥虾,"你们现在房子也够用,两个人工作也安稳,刚好可以再要个孩子。"

"不抽烟不喝酒,还会给孩子剥虾,真是个好爸爸,对吧?"王悠看见妈妈的眼神就明白她心里想什么。

她冷冷地问:"我也不抽烟不喝酒,我给孩子喂的饭就更多了。怎么没人夸奖我身上有这些美德呢?"

孔明良也愣了。

王悠今天攻击性甚强。他抽出一张餐巾纸擦了擦手，将剥出来的虾肉推到孔澄面前，让孩子继续吃。他压低声音问王悠："你到底怎么了？大清早起来就气不顺。"

王悠也心生悔意，微闭一刻眼睛，告诉他："没事儿，不是针对你。我们快吃完饭回家吧。"

王悠的爸爸王恒开始干咳清嗓子。孔明良知道岳父大人憋着一上午不抽烟，憋得有点难受。

以前王悠跟爸爸说过很多次，不要在孔澄面前抽烟。可他不当回事儿，直到王悠一怒之下把他整包香烟都泡在水盆里，他才有所收敛。

武韶华摇着头说："你们这代人不知道在想什么。我们那时候多想要二胎，政策不允许才没生。现在你们条件比我们那时候好多了，衣服用洗衣机洗，饭用电饭锅做，你家电饭锅还能定时，下班回来就能吃饭，不想做饭外卖就送上门。我那时候比你们忙多了。"

"哪有这样比的。你那时候上班走路五分钟，我上子弟幼儿园，中午还能回家睡个午觉。"

王悠心念一动，想起自己三四岁的时候，单位有个培训机会本来打算给武韶华的，但是因为孩子小，离不开人，武韶华便推掉了这个机会，在国企劳资科做了一辈子的普通科员。而当年去培训的那个阿姨，一路青云直上，从国企劳资科一路借调到人事厅，退休时已经是处级干部。

王悠语气低下来，问老妈："你从来没后悔生我？"

武韶华"哈哈"大笑起来，回："从来没有！"她忽然变得严肃起来，语重心长地对王悠说："我告诉你啊，等你到了我这个年纪就知道，女人这一辈子，最后就剩孩子。"

王悠望着妈妈的眼睛，希望从眼神中看出端倪。"如果你当时去总工会培训，现在可能以劳动人事厅人事处长的身份退休，光退休金就多拿不少呢。"

"那些都是虚的。我能花多少钱？"武韶华不以为然地摇摇头，"我们这个年纪，没病没灾，吃喝玩乐也花不了几个钱。有病有灾也活够本了，我不想花钱买罪受。就想着你趁三十五岁之前生老二，我帮你把老二带到三岁，我也就没其他遗憾了。"

王悠环顾这间陪伴自己长大的老国企房改房，冬天冷，夏天热，不小心挨墙上就蹭一身灰。

如果妈妈当年没为她放弃培训机会，现在可能会被称作"武处长"，并且搬到更宽敞明亮的机关大院去。

武韶华拍了拍王悠搭在饭桌上的小臂，说："人事的活儿反反复复就那些内容，我也做了一辈子人事工作，没觉得是事业。糊口的工作而已。"

人事改了名字叫人力资源，工资改名叫薪酬，换汤不换药。王悠忽然觉得生活没有意义。以前妈妈工作手写表格，现在改用 Excel，她不敢说三十年内有本质改变。

"你再生一个，两个孩子年龄差得太大就玩不到一起了。这样，老大是女儿，既不打架，还能帮你看老二。"

"够了！"王悠忽然站起来，"我不会让孔澄从小给老二当保姆的。"

"你这孩子脑子里都怎么想的？独生子女没体会过兄弟姐妹的亲情，非把自然的感情往恶毒的方向想。你舅舅比我小四岁，从小就被我管着，长姐如母。他是老师，有假期，暑假带着你玩一夏天，他买房子时我手里宽裕就借给他。在你看来，我欺负你舅舅让他当免费保姆？我借钱给他就成了被弟弟剥削的倒霉蛋？"武韶华挠着头想了半天，"你们现在是不是还有个词，叫啥来着？"

"扶弟魔。"王悠耸耸肩膀。

孔明良无奈地对岳母大人扬起一条眉毛，指指王悠说："她内心阴暗。总觉得孔澄将来生活险恶，要扫除一切可能存在的隐患，包括兄弟姐妹。"

王悠摇头："我已经有女儿了，不想再生孩子了。如果第一胎是男孩，可能还会再拼一个。"

别人都重男轻女，王悠重女轻男。她想把所有的资源都花在女儿身上，希望女儿将来的生活能比她的更宽阔自由。

王悠轻声用英文对妈妈说："A son is a son until he gets a wife, a daughter is a daughter all her life."[1]

---

[1]儿子在娶妻之前是儿子，女儿终身都是女儿。——作者注（下同）

武韶华困惑地看着她。

王悠对妈妈解释了这句话的意思,用一只手握住妈妈的手背说:"你命好,生了我,我也命好,有孔澄。我们都应该满足。"

王悠见老爸憋不住烟瘾,叹了一口气就让他到阳台上去抽烟。他背影厚实,背又有些驼,已露出老年人的体态。

老爸退休后也整天往外面跑,老妈多数时间都宅在家看电视。都说"少年夫妻老来伴",王悠觉得老爸不是老妈的伴。所以王悠尽量每周抽一天回娘家,帮老妈网购,再清理干净她手机里的流氓软件。

王悠想,这大概是老妈养孩子的收获。

王悠提着妈妈给她的一袋粽子回家。刚走出电梯,路过邻居家门口。可能为了通风,大门敞着,邻居家孩子果果跪在餐椅上,上半身趴在餐桌旁,拿着一把勺子帮妈妈往粽子里填馅料。

孔澄三步并作两步就跑进邻居家,激动地站在桌子边,很想和他们一起包粽子。

王悠连忙喊孔澄:"别去给果果妈添乱!"

话一出口,王悠心里一惊,她也把邻居称作"果果妈",从没留心过人家叫什么名字。

邻居果果妈有两个孩子,生了老二之后索性做了全职太太。每次王悠见到她都想快步逃跑。

云养娃

果果妈的两个孩子几乎没吃过外卖，家里井井有条，完全不像自己家那副满地乐高没法下脚的样子。

果果妈见到王悠站在门口，笑靥如花，慢悠悠地问她："你们喜欢吃肉的还是豆沙的？我每样都包了一些，你们带回去慢慢吃。"

王悠抬抬手里的塑料袋，连声拒绝："不用不用，我妈给了我一大包，我们吃不完。"

说归说，果果妈已经给孔澄装了两包不同馅料的粽子。她又款款地从茶几上拿起一串彩线缠绕的纸粽子递给孔澄。她蹲下身，又将彩线编的手链绑在孔澄的手腕上，轻声细语地说："我们今天做手工缠的彩粽子，做的时候就想着你呢，你拿几个回去玩。"

孔澄使劲点头。王悠见此状，也只好跟她道谢。

回到家，王悠浑身瘫软地躺在沙发上玩手机。

孔澄先把彩色的粽子挂在玩具熊脖子上，把粽子送到熊嘴边，自言自语般喃喃地说："给熊一个粽子。今天过粽子节。"

王悠正在窃喜，以为孩子能自己玩一会儿，突然感觉到有人扯她头发。除了孔澄还有谁？

"我们也做！"澄澄一字一顿地说。

王悠恋恋不舍地刷手机，告诉孔澄："让我找个教学视频。我不会弄这些东西。"

第一章 在云端互相遥望

她看见邻居果果妈中午发的九宫格朋友圈,两种馅料,一盆碧绿的粽叶,老大果果和孔澄差不多大,老二壮壮坐在儿童餐椅上围观。还有他们一起做手工缠彩色粽子的照片,色彩明亮鲜活,关键是,人家连地板都是光亮的,一个线头都没有。

果果妈配的文字是:"壮壮和姐姐一起包粽子。他把甜粽子和咸粽子都尝过了。"

王悠点赞后把手机丢到一边,觉得心里憋得慌。

而后又抓回手机仔细看了一眼,确实,她微信上的名字就叫"果果妈"。王悠点开她个人资料仔细寻找线索,微信 ID 是 Qian Li 加一串数字。

不知道她叫"李倩"还是"钱莉",下次见面再问吧。

5

景荷临睡前滑手机,看见了王悠发的九宫格图。孔澄坐在餐桌前,双眼圆溜溜,左手拿粽子,右手笨拙地握着筷子,脸上沾着糯米粒,吃得着急又投入。还有几张她提着彩线缠绕粽子的照片,两只眼睛笑成一条缝。

景荷拉大照片,看着孔澄细如米粒的牙齿对颜铮说:"小宝宝的牙齿都比大人的好看。"

颜铮接话说:"对,小宝宝的眼睛也比大人的清亮……"

景荷说了上半句就被他猜出来下半句,虽说是夫妻间的默契,也让景荷自讨没趣。

颜铮和景荷结婚已经有四五年。之前因为工作缘故,俩人一直两地分居。去年颜铮才换工作到南京来。早就打算造人,可是景荷担心新装修的房子有甲醛会影响孩子,将计划推迟一年。

这一年来,景荷的梳妆台上多了几瓶维生素、叶酸、钙片、DHA。指甲油和口红则退到梳妆台的拐角处。她现在只敢涂润唇膏,轻扫一层腮红权当化妆了。

端午假期,景荷在朋友圈看见大家晒粽子,而自己却在厨房里煮黑豆,煮得满屋子蒸汽缭绕,豆子还硬邦邦的。

坊间传言说吃黑豆可以补充雌激素,景荷毕恭毕敬地将各类"备孕指南"打印出来,用磁铁贴在冰箱上,一条一条照做。

"备孕指南"说:"每天 47 颗黑豆,连续吃 6 天。补充雌激素。"

景荷用一根牙签点着盘中的黑豆仔细数过,确认不多不少,恰好 47 颗,又皱着眉头吃下去。

颜铮见她满脸打皱的样子,也为她拍照留念。

要知道,平常景荷发图之前总会稍微修一修图,可颜铮偏偏爱拍她的本色,觉得格外可爱。

他在朋友圈里写道:"我老婆为了当个好妈妈什么都信,连这么难吃的东西都咽得下去。可敬可佩。"

景荷抓住他的手机,低声吐出两个字:"别发。"

她冷冰冰的小手搭在颜铮的手背上,令颜铮不由自主地打了个颤。颜铮以为景荷嫌他拍的照片不好看,连忙挑了张景荷早上妆发整齐的照片,再配一张煮黑豆图。

"八字还没一撇,我不想让别人知道。"景荷嘴唇僵硬得发抖。

她从手机里挑了几张粽子的照片和二人在家吃饭的照片,配了一段文字:"放假第一天,为了预习下周的培训讲义哪都没去,连妈妈包的粽子都没吃上,只能买几只粽子凑合着吃。还好有老公在家陪我度过二人世界。"

景荷刻意配上几个笑脸表情符才发送。

颜铮"呼"地将她横抱起来,景荷双臂围绕在他脖颈儿处,贴在他耳边咯咯地笑。

家中终于回响起她的笑声。

颜铮的手轻抚景荷的小腹,景荷忽然浑身肌肉紧绷,抓住了他的手腕,焦虑地问:"我是不是太瘦了?"

颜铮才提起来的兴致当即被浇熄了一大半。他栽倒在枕头上说:"你担心得太多了!"

景荷平躺在床上,摸过自己一棱一棱的肋骨和凸起的盆骨,却感觉不到马甲线带来的喜悦。

景荷侧身摇着颜铮的肩膀问他:"万一因为我体脂太低怀不上怎么办?"

"你也说了,现在八字还没一撇呢。"颜铮笑眯眯地看着她。

见到景荷家里干净清亮的原木餐桌、白瓷盘和红格子桌布,王悠由衷地羡慕。

她家原本也是这样典雅大方。孔澄学走路时一把扯下桌布,桌上的碗碟碎了一地。王悠就再也没有铺过桌布。为了安全,全家都使用塑料餐具。

她在景荷的朋友圈下面留言:"餐具搭配得好,吃饭都更有食欲。"

景荷美滋滋地看着王悠的朋友圈,都想伸手掐一把孔澄的脸蛋儿。

景荷半夜听到哭声,以为是自己的宝宝入梦来了。她紧闭双眼，希望在梦中看清婴儿的容貌，无奈哭声越来越响亮，景荷在蒙眬中才察觉，是隔壁的小娃娃。

那小子才从医院抱回来不到两个月。前天景荷乘坐电梯，邻居家的爸爸顶着两只熊猫眼一头撞进电梯，几乎站着都能睡着。

他告诉景荷他家有新生儿，抱歉打扰到邻居。景荷笑容满面地告诉他别放在心上，人之常情。

以前邻居家若有噪声，她一定会不依不饶地去物业投诉，景荷惊觉，自己变宽容了。

第二天吃早饭时，颜铮哈欠连天地问："邻居的娃吵死人了。你能设想这样的大嗓门住在咱家吗？"

景荷扬起眉毛，挑衅地看着他："幼吾幼以及人之幼。"

颜铮放下饭碗，盯着餐桌半天，不知如何开口，看了一眼手机，又放下，紧紧握住杯子，手指关节凸起，看上去很焦虑。

景荷问："你最近工作不顺？"

"东北，公司新项目，派我去安装和调试，两个星期。下周走。"颜铮尽量放缓语气，希望景荷能接受这样的安排。

他抬起头望着景荷的眼睛，露出恳求的神色："毕竟一开始是我负责的，我最熟。"

既然项目还在安装调试阶段，直觉告诉景荷，两个星期肯定不够。

　　她小心翼翼地打探:"整个做完需要多久?"

　　"也许一两个月。"颜铮耸耸肩膀。

　　"推不掉?"

　　"推掉活儿容易,推掉钱可不容易。"

　　颜铮胳膊上搭着外套,神色木然地拉开了门。

　　又错过排卵期了。景荷的心情被关门声震到谷底。她只恨自己没有自体繁殖的本领。

6

上班路上,一个手拿风车的小朋友牵着奶奶的手,他们向景荷迎面走来。风车在朝阳下呼啦啦地转,熠熠生辉。

小朋友朗声问奶奶:"风车为什么会转?"

"风吹了它就转啊。"

"风是怎么吹的?"小朋友站在原地,风车偏向一边,就停止了转动。

"就像吹气一样吹。"奶奶不耐烦地拉了他一把,"快走,上学要迟到了。"

景荷对他笑一笑,蹲下身来,从手袋里拿出一个塑料袋,兜满了空气,扎住口,让小朋友握住。

她问小朋友:"现在塑料袋鼓起来了,里面装的是什么?"

"空气。"小朋友爽脆地回答。

景荷没料到现在的小孩子如此聪慧。她双手拍在塑料袋上,塑料袋内的空气涌出来,小朋友额前的头发顺风吹起。

他眉飞色舞地说:"风!"

"对,空气从袋子里跑出来,就成了风。"景荷点点头,"空气从一个地方跑到另一个地方,遇到风车就推着风车转了。"

奶奶拉一拉他的手说:"好了,阿姨赶着去上班呢,你别耽误阿姨上班。"

景荷心想,我反正在等车,一点都没耽误。

待他们远离,景荷将塑料袋收到手袋里。手袋放在膝上,景荷抚摸手袋卡扣,确认它装好了。

那是她为孕吐准备的塑料袋。她曾经目睹王悠每天早上在办公室干呕。于是自从备孕开始,景荷就随身准备一个塑料袋,以备孕吐突袭。

她一切都准备好了,孕吐还没来。

第二章
一文不值的无价之宝

 今天宝贝真开心啊！

1

邻居果果妈发出一条朋友圈：

"绘画兴趣班组团了，两个孩子一起报名可以打九折。有人感兴趣吗？"

王悠跟果果妈发私信打听学费，嚯，一年一万出头。就算打九折也是她大半个月的工资。

王悠惴惴不安地问孔明良的意见。孔明良匪夷所思地滑过她和果果妈的聊天记录，眼睛越瞪越大。

孔明良摸着胸口说："我们买几盒蜡笔和彩色铅笔，让澄澄在家画吧，专挑贵的买。我觉得这钱花到绘画班上效率不高。"

孔明良有典型理工男的思维。王悠也同意。孔澄还不到五岁，就算跟凡·高学画画，能学到的东西也有限。

她给孩子报兴趣班纯粹想找点打发时间的活动，省得在家里烦躁。

王悠也黯然拿过手机，正打算回绝，又收到果果妈的消息：

"工作室好不容易空出来两个位置，而且你家澄澄确实有画画天赋，不快点下手就没位子了。"

王悠看到"天赋"这两字，又删掉刚打好的"算了

第二章 一文不值的无价之宝

吧",改为:"那明天我们一起去看看。澄澄性格倔,上次给她报舞蹈班,她站在旁边看了两堂课,动都不动一下。她如果不喜欢这个地方,我怎么劝她都没用。"

王悠沮丧地关掉手机。

一边是不要让孩子输在起跑线上,一边是淡定抵抗焦虑,父母尽量佛系一点,不和其他人攀比。

王悠不知道自己属于焦虑的妈妈还是佛系的妈妈。她决定带孔澄去试试看。

王悠最纠结的不是一年一万多的学费,而是:如果孩子很喜欢呢?如果因为我心疼钱,或者因为我嫌接送麻烦没让她去学,将来我会不会后悔,有能力的时候没全力支持她?

王悠在地图上查了工作室离家并不远,走路大概十五分钟。

走过来才发现,人行道被蓝色隔离墙活生生切掉半边,一路都在施工。她牵着孔澄的手,生怕孔澄磕着碰着。

两人走到工作室,穿着凉鞋的脚趾头都黑了。

王悠站在工作室门口叉腰大喘气。要是每星期都这样,怕是花在路上的时间都比上课时间长。

孔澄看见长桌上摊开的颜料和画布,像小鸟一样跑到桌边,好奇地摸摸这个,摸摸那个。

王悠明白,这钱和时间都省不下来了。

云养娃

她趁着等孩子的工夫,在工作室附近散步。她狠狠地踹了一脚隔离墙:"开车的人把我们逼得都没走路的地方了!"

第一堂课免费试课。结束前,老师帮孔澄画了几笔轮廓,纸面上的小猫立刻变得活灵活现起来。

老师见孔澄美滋滋的,让她拿着图画请王悠拍照。孔澄的笑颜令王悠无法抗拒。

回家路上,人行道上砖砾堆积。一辆电动车悄无声息地逼近,只见车身要刮到孔澄,王悠眼疾手快,单手从腋下抄起孔澄侧身闪过,躲过了电动车,却一脚踩到碎砖头上,只觉得脚踝钻心地疼。

王悠倒吸一口气,脚底发软,抱着孔澄摔倒在碎砖地上。

旁边路过一个奶奶,惊恐焦急地抱起孔澄问:"宝宝摔哪儿了?"她仔细检查了孔澄的胳膊肘和膝盖,确认没有蹭破皮,又转眼看见王悠灰头土脸地拍着裤子上的灰站起来。

王悠黯然牵过孔澄的手。

孔澄突然对刚才抱起她的奶奶说:"妈妈摔得重,我摔得轻。"

奶奶惊喜地夸奖她:"宝宝真会说话。"

最近孔澄语言能力大增,很喜欢把反义词组合到一个句子里做对比。

听到孔澄能用这么准确的形容词,王悠顿时忘记了脚踝的疼痛。

第二章 一文不值的无价之宝

她带着孔澄一拐一拐地走回家,发现孔明良买了晚饭,还切了西瓜冰镇在冰箱里。

孔明良见她们进屋,就将餐盒盖打开,整整齐齐地压在餐盒下面,碗筷已经摆放好。

王悠忽然心头一热,不好意思诉苦,吃过饭才告诉孔明良自己扭了脚。

孔明良听明白前因后果,建议她:"你不想让孔澄去那学画画就算了。路又不好走,你今天就扭了脚。现在到处都在挖路,况且澄澄这个年纪的孩子,就在门口随便找个老师也差不了多少。"

王悠这时候看到邻居果果妈发的朋友圈,是果果半年来学画的对比图。

果果妈配文:"新老师水准确实高不少,点拨一下,比以前画得生动不少。"

王悠看到配图和文字,就知道邻居肯定会不顾路上的阻碍转去新绘画班。她不情愿地点了赞,惆怅地盯着手机。

孔明良看到王悠纠结的神情,指着手机上邻居果果的画和孔澄带回来的画说:"这些都是老师的功劳。点睛之笔都是老师代笔的,让你觉得孩子画得好,并不能说明孩子水平提高多少。"

王悠自然看得出其中的玄机,但是依然害怕因为自己的一时偷懒耽误了孩子。

很多人看不起家庭主妇,觉得煮饭打扫毫无技术含量。

云养娃

　　王悠见到邻居果果妈的成就，像 CEO 般运营家庭，无论是家庭财务还是丈夫孩子的生活，都井井有条，全家人的生活质量比双职工家庭高多了。

　　手机另一端的果果妈李倩盯着王悠的光速点赞发呆。
　　果果上课只有 50 分钟，老二至少哭了 40 分钟，最后哭累了才在妈妈怀里打盹。她一进家门就踩到果果留在门口的玩具车，差点抱着老二滑一跤。
　　见到家里满地积木，李倩对刚进门的果果说："你赶快把玩具收起来！东西丢得到处都是，我和你弟弟差点摔倒。"
　　果果闷着脑袋说了声"我不要"。她冲过客厅，故意推翻了下午搭好的积木。
　　哐啷哐啷，客厅里乱上加乱。老二本来就睡得迷迷糊糊，听到突响，又扯着嗓子哭起来。
　　李倩拍着老二的背哄了半天，才把他放在爬行垫上玩，接着叉腰对着卧室说："张笠果！我数到三，你如果还不出来收拾玩具，明天就别想玩 iPad！"
　　李倩连名带姓地吼孩子，才能让她知道事情的严肃性。
　　"一——二——"李倩拖长声音，等着果果一只脚踏出卧室门。她屏住呼吸等了一刻，居然没动静。
　　李倩三步并作两步冲到卧室门口，发现果果把门从里面反锁了。她晃了晃门把手，又踹了一脚门大喊："你把门打开!要等我开门你两天都不能玩 iPad!"

依然没动静。

李倩用信用卡捅开卧室门锁。

张笠果看见妈妈威风凛凛地站在门口,一时不知所措,坐在地上就开哭。大的一哭,带着客厅里的老二一起嚎。

自家房顶几乎被哭声震得要"噗噗噗"掉灰,李倩对张笠果抬起了巴掌。她突然心里一惊,深吸一口气,巴掌握成拳头,转身把自己反锁在厕所里。

楼上的孔澄望着被孔明良吃得汁水淋漓的西瓜,十分悲愤地说:"爸爸吃的多,我吃的就少了!"

王悠激动地摇晃孔明良的胳膊,说:"你发现了吗?她现在很会用反义词!"

孔澄继续指着王悠和孔明良的手说:"爸爸的手机大,妈妈的手机小。"

王悠是孔澄最忠实的粉丝。虽说画画令她百般纠结,但孩子在语言领域的进步令她欣喜若狂。

她连忙拍下孔澄吃西瓜的照片,配上孔澄说的话,发朋友圈。

待厕所外此起彼伏的哭声逐渐平息,李倩看到朋友圈里王悠一家已经消消停停地吃过晚饭后在吃水果了,而自己的晚饭还没有踪影。

她把手机在裤子上蹭蹭,准备下单点外卖。

2

景荷看到王悠的朋友圈,掰着手指头算日子。印象中孔澄还在牙牙学语,转眼间,就有清晰的逻辑表达了。

这大概就是老辈人说的"有苗不愁长"。

早晨景荷刚睁开眼睛,一只脚才落地,突然想起来忘了测基础体温。她立刻躺平,看着运动腕带上显示的脉搏,待数值平缓下来,从枕头下摸出体温计。

她毕恭毕敬地将数字填入打印出来的 Excel 表格,收纳在床头柜的抽屉里。

抽屉里还有一张纸,上面是横平竖直的坐标系。横轴是日期,纵轴是基础体温。景荷在坐标系中画数据点,再用红色的笔连点阵图。红色代表这个月的记录,蓝色是上个月的记录,这样一目了然。

颜铮看她像做 PPT 汇报工作一样记录排卵期,突然有赶 deadline 交工作的压迫感。

颜铮揉着她的肩膀说:"你太紧张了。这种事儿顺其自然肯定会有的。"

"效率高点儿不是更好?"景荷拍拍颜铮的臀部,"好钢要用在刀刃上。"

颜铮哀嚎一声,出门去买豆浆油条。

第二章 一文不值的无价之宝

景荷洗漱完毕,看见桌上的早餐,将油条揪成块,泡到豆浆里吃。她吃了两口突然意识到问题,将颜铮面前那碗豆浆拖到自己面前。

颜铮拿着油条蘸了个空,莫名其妙地看着她。

景荷摆着手说:"你从今天开始戒豆浆、豆腐,戒一切黄豆做的食品。"

为了备孕,颜铮已经尽量推掉不必要的酒局,连可乐都不喝了。让他戒酒的时候他还能理解。到戒可乐这一层,他觉得就太紧张了。可是看着景荷以身作则戒断了茶、咖啡和巧克力,他不得不一起上演"苦肉计"。

现在景荷连豆浆都不让他喝,把他逼得没退路了,他必须要争取一把。

颜铮把豆浆碗拖到自己跟前,郑重其事地告诉景荷:"我们都知道那些没什么科学依据。你拿着鸡毛当令箭,弄得我都没有生活的乐趣了。我不开心,将来宝宝也不会开心的。"

"这些事儿,宁可信其有不可信其无。你就忍几个月,我们一旦造人成功你就解禁。"景荷望了一眼手机,里面保存了十几张长图,写满了真真假假的禁忌。

颜铮也不知道景荷手机里存了多少禁忌。念到自己只需要在备孕期间忌口,而景荷的忌口历程才刚刚拉开序曲,他也就忍了早餐没有豆浆的日子。

半个月后的一天,景荷一脸阴沉地从卫生间走出来,颜铮就知道，功夫又白费了。

景荷上班时，看见王悠桌上放的全家福，忍不住拿在手中端详。

照片摄于秋日的明孝陵。王悠怀抱着孔澄坐在金黄的落叶上，孔明良的双臂从王悠身后环绕过来，目光落在孔澄的脸庞上，孔澄微微仰起脸看着王悠。

三个人像是"哆、来、咪"一样，赏心悦目。

王悠见她出神抚摸照片中的孔澄，打趣说："现在孩子都是负资产，倒贴钱都没人要。"

"倒贴钱送孩子？"景荷挑高眉毛看着王悠，"你的宝贝你自己收好吧。"

她轻手轻脚将相框放回王悠的办公桌。

王悠撇撇嘴，不再接话。

孔澄刚出生的时候才五斤多一点，小毛毛头，王悠一晚上起来喂三次奶，双乳硬如石，乳腺炎令她发烧，迷迷糊糊地昏睡了几天，也坚持给孔澄喂母乳。

王悠全心全意把精力投入养娃大业，在喂奶和换尿布之间偷生，才换来今天的孔澄，确实不舍得把自己的养育成果拱手送人。

趁工作间隙，王悠给孔澄参加的绘画班交学费。转账提醒和银行动账提醒同时跳出来，她面不改色地将提醒向左滑，不再看手机。

第二章 一文不值的无价之宝

照现在这开销,将孔澄养到 18 岁的各种兴趣班费用就足够买一套江宁百家湖附近的房子了。

房子不断升值,而孩子虽然一文不值,但是无价之宝!王悠这般安慰自己。

景荷在旅行网站上浏览其他人的蜜月游记,琢磨着安排一场浪漫旅行,也许更容易受孕。

她随口说了一句:"现在去鼓浪屿还挺便宜的。"海岛沙滩,看上去是解压的地方。

景荷果断下单,订下二人自由行。

她将订单晒上朋友圈,配的文字是:"期待和老公的第二次蜜月旅行。"

王悠看到她机票酒店的价格,足够孔澄半年各项兴趣班开销。她吃力地抬起手指点赞,写下虚伪的"恭喜"二字。

HR 经理黄韵夏是个四十多岁的大姐。她看到景荷晒单,也羡慕地说:"没孩子真是潇洒,说走就走。我儿子马上要高考,高中的暑假都要补课,我们全家陪他,差不多三年都没出去玩过了。"

她话锋一转,告诉王悠:"我早就给孩子报好了旅行团,他要和同学一起出去玩,不跟我一起旅游了。"

王悠知道黄韵夏的老公在政府部门上班,应酬相当多,二人很少一同出行。公司组织旅行黄韵夏也是带孩子同行,不带丈夫。

云养娃

王悠眼看着黄韵夏的儿子从一个半大的少年长成大小伙子。一开始见到王悠还爽朗地叫:"阿姨好!"后来出现在公司的聚会中,他低头玩手机,跟大家笑笑就算打过招呼。

孔澄小,王悠坐在工位还惦记她。黄韵夏的孩子都快上大学了,还整日挂念孩子的模考成绩。

晚上,王悠刷到黄韵夏的朋友圈,照片是埋头读书的高中生。

黄韵夏给照片配的文字是:"我儿子还真好养。一台电脑用了三年。我说暑假给他换台新的他都不要。"

王悠给黄大姐的朋友圈点赞后对孔明良感慨地说:"现在孩子读中学就有自己的电脑了。我上学的时候用机房的电脑,工作后用公司的电脑,结婚后用你的备用电脑,好像从来都没买过自己的电脑。"

孔明良听到电脑二字,两眼放光,问道:"你想买电脑?我帮你挑!你平常在家就可以跟我联机打游戏。"

王悠和孔明良谈恋爱的时候经常一起上线打《魔兽世界》。后来老式电脑淘汰了,外加有平板电脑用,她就再也没有买过属于自己的电脑。前几年孩子太小,两人都没时间打游戏,现在也许可以重拾爱好。

这时,王悠的微信跳出好多条提醒。她定睛一看,原来邻居果果妈把她拉到了一个妈妈群里。

第二章 一文不值的无价之宝

群公告写着：

"注重学龄前儿童的早期教育交流。进群后请将昵称改为××妈妈/爸爸，以方便辨认。"

原来这个群专门聊关于少儿编程的事情。

"珠心算不培养数学思维，没必要让孩子的时间花在那个上。"

"现在幼升小要考吧？还是让孩子学一点。"

"浪费时间。有那工夫还不如学编程呢。我看过一些儿童编程的课程，设计得很好，边玩边学，学习逻辑思维。珠心算学得再好也最多是个人肉计算器。"

…………

王悠摇晃着孔明良的手臂，让他看一眼群里的聊天记录。

孔明良是个恨不得手指尖长着键盘的程序员。

孔澄还没上小学，应该还没能力学编程。他滑过手机屏，疲惫地揉揉眼睛，满屏无处安放的焦虑。

他把手机还给王悠："你想给孔澄报班就报吧。估计这么大的孩子也就是学着玩儿。"

王悠心想：我也没指望她能写出个什么程序。

看上去大家都要学，又没有考试压力，不如让孩子也跟着一起去学。

王悠看了他们的聊天记录，叫孔澄到电脑前来。

孔明良也只好支持她，找了一个少儿编程的网站，抱着孔澄坐在自己大腿上，教她最基本的逻辑。

父女俩用方向键操作，先在控制板上输入行走方向，控制一个小机器人前后左右移动。鼠标点击运行，小机器人便按照他们下达的指示行走，最终点亮路径尽头的灯泡。

孔澄眼睛瞪得圆圆的，面孔都被显示器照亮，嘴巴微张，期盼地盯着小机器人，好像接触到一片新世界。

王悠问孔澄："你想学吗？果果妈妈也正打算给果果报班，如果你也想去，我们可以一起去试一堂课。"

孔澄忙不迭地点头："想学！"

平常他们限制孔澄用电脑、玩iPad。现在孔澄一本正经端坐在电脑前，好像获得了很高的权限。孔明良在她身后教她基本的鼠标和键盘操作。

孔澄长得像爸爸，父女俩叠坐，两副面孔一前一后叠放，王悠觉得自己的付出都没留下痕迹。

王悠愤愤不平地为他俩拍下照片，心想：明明我生的娃，已经跟她爹姓了，还要长她爹的模样，现在看孩子对电脑的着迷程度也不亚于她爹，真不公平！

她将父女俩摆弄电脑的照片发上朋友圈，配文字说：

"澄澄对编程感兴趣，她爸稍微给她一点拨就上手了，这是女承父业的节奏？我难道就是台复印机？我在家里就是打酱油的。哼！"

看着下面一水的评论都称赞孔明良和孔澄神色举止如出一辙，王悠更加失落。

晚上躺在床上，她跟孔明良说："我们给澄澄买台适合她的电脑吧。我跟她用一台就行了。"

"她一个小孩哪需要自己的专属电脑啊。我还是按照你需要的配置买，你俩都可以用。"

王悠想了想，如果打游戏用可能需要配置高一点。还是省点钱，买台入门级的机器，先紧着孩子用，省下的钱好歹能抵充一些学费。

况且哪有时间打游戏？现在下班就立刻往家跑，晚上把一切收拾利索之后都快十点了，能躺在床上玩一会儿手机都要偷偷笑出来。

王悠小时候被父母逼着学英语，学奥数，从中学起就没休过周末。她当妈妈后极力避免孩子步她的后尘，一直憋着不给孩子报各种班。

可是自从孔澄满五岁以来，每次路过各种培训班她都会羡慕地驻足观望。王悠才让她学画画，现在又加一项编程。王悠觉得这两项都不是升学考试的科目，应该不会给孩子带来太大压力。

她感兴趣，就去学吧。

以前孩子小的时候，王悠以为一旦不吃奶粉不用尿布了开支就会降下来。谁知随着孩子年龄的增长，开销越来越大，有刹不住车的趋势。

周末去试课，屋子里的小朋友叽叽喳喳地围在电脑前。

云养娃

有几个年纪小的孩子冲到显示器前伸手便左右滑、点图标。孔澄坐在电脑前知道先找开机键。

王悠不禁微笑。

老师笑着说:"现在的孩子以为什么都是触摸屏。以前只通过触摸屏被动接受信息。学了编程,我们将来就可以为互联网输出内容了。"

王悠身旁的一位家长还拿了笔记本坐在小板凳上做笔记。

她吐着舌头,轻手轻脚地偷偷溜出去逛街。就在教室外的书店,王悠碰到了邻居果果妈。

王悠仔细想了想她的名字,李倩,嗯,这次称呼人家的名字。

她跟李倩打过招呼后,李倩热情地跟她推荐:"这套是纽伯瑞奖[①]的获奖图书,才引进的中译本,书店居然就有货了。"

李倩指着封面上的金色奖章,王悠张了张嘴,接过来端详。

好重的一盒精装书。王悠不愿意翻到盒子底看价格。

李倩眉飞色舞地告诉她说:"我早就在网上看到了获奖名单,还想着什么时候能引进些中文版呢。这些绘本都很值得读,我陆陆续续买了上百本了……"

---

① Newbery Medal,美国的一个儿童图书奖项。

第二章 一文不值的无价之宝

王悠心中噼里啪啦地打算盘。

李倩接着说:"有几本果果翻来覆去地看。我都很喜欢这些儿童绘本,有趣味,还有深度。"

王悠看了封底摘抄的文字,又端详装帧,觉得确实文字优美,画面也细致,到底是获奖作品。

李倩热情地说:"我家有些书果果暂时不看,我们可以互相交换着看,像图书馆一样。要不然每年光给孩子买书也得花不少钱。"

王悠一听这是个好主意,立刻买下手中这套丛书。付账那一刻,又"叮"的一声刷出去大几百。

虱子多了也不痒了。

课程结束后,王悠带着孔澄去李倩家借书,才发现李倩家儿童房内有一圈矮书柜。王悠试图掩盖自己惊讶的神情,故作镇定地看着张笠果带孔澄挑书。

以前王悠都只在李倩家门口站一站、打个招呼。偶尔李倩做了点心分给她,她也只站在客厅,不愿意侵入别人的生活。

今天王悠第一次在张笠果的带领下走入李倩家深处。虽说在同一栋楼里,但是户型比她家多一间房,而且正南正北的朝向,还有大阳台,整体格局都方方正正的,宽敞明亮。

李倩不好意思地踢开地上的玩具车,对她说:"我家老二东西丢得到处都是,真不好意思,就这样招待客人。"

王悠心想：你家俩孩子，只有几辆玩具车在地上，已经很干净整洁。我家三步之内必然踩到一片乐高，能一路畅通从门口走到卧室的人都武艺高超。

张笠果走在前面，对王悠说："我的书都在我的房间，弟弟的书在另一个房间。"

孔澄抓着王悠的手，怯生生地跟在张笠果后面。

张笠果的房间三面环绕着白色的书架。看得出来，这间房是专门为孩子的需求布置的。书架只有两层，按作者分类排开，中英文各占半壁江山。

张笠果指着一个区域的书说："这是我小时候看的。"

王悠心想：你现在就是小时候。

张笠果又指向另一个区域的书说："这是我最喜欢的'奥莉薇'系列。"她不好意思地看了一眼孔澄，又抬头对王悠说："你们都可以借回去看。"

李倩立刻夸奖果果："果果做得真好。我们有好看的书就是要和朋友一起分享。"

王悠暗自感到惭愧。孔澄平常闷头闷脑的，从来没主动和别人说过话。王悠更没奢求孔澄能给客人介绍自己的童书。

王悠怂恿孔澄上前："你去挑挑看，李倩阿姨和果果都乐意我们互相借书看。"

孔澄更加畏惧，缩在王悠的大腿边咬手指。

王悠抱歉地对李倩笑了笑："澄澄可能有点害羞。"

第二章 一文不值的无价之宝

王悠接过张笠果递来的一沓童书,轻推孔澄的背,问她:"这时候你该说什么?"

孔澄又向后退了半步,躲在王悠身后。

王悠低声说:"你要说'谢谢姐姐'。"

李倩和张笠果都微笑着看着孔澄,孔澄却低头看地面,一言不发。

李倩蹲下身来,摸着孔澄的后脑勺安慰她:"我们住得近,以后你可以经常来我家玩。"

王悠见孔澄依然不吭声,连忙道谢答应邀约。

回到家关上门,王悠脸色阴沉地对孔澄说:"你和果果一起上画画课,今天又一起去学编程,也见过好几次面了。人家那么热情地把书借给你,你好歹说个'谢谢'。"

孔澄背靠大门,倔强地将头扭向侧面,一句话都不说。

孔澄倔强的表情和孔明良一模一样,让王悠更加窝火。

平常孔澄从幼儿园回来,会叽叽喳喳地把幼儿园里鸡零狗碎的事情都跟爸爸妈妈讲,可每次让她跟别人说句话都费尽力气,憋不出几个字来。

王悠意识到邻居李倩对养育孩子非常用心,也很希望两家能常常来往。她平常没有那么多时间研究儿童读物,可以直接捡拾李倩的研究成果。她只期盼孔澄能稍微跟张笠果互动一下,将来两家约着玩也比较容易。

王悠苦口婆心地跟孔澄说:"我只要求你跟人家打个招

呼,问个好,说声'谢谢',笑一笑。就这么简单的要求,你又不是不会说话,这都是每天教你的礼貌,教了这么久,你稍微响应一下。"

孔澄把手背在身后,昂着头说:"我不要!"

孔明良闻声赶到门口,打圆场说:"你别怪她。孔澄像我,全像我。我小时候就不爱跟陌生人说话。"

孔澄见到爸爸来,一溜烟就躲到爸爸身后。

王悠更加怒从心中起。她最讨厌教育孩子的时候夫妻双方不一致。

王悠想把孔澄从孔明良身后拉出来,手刚伸出去,孔明良向侧面跨出半步,挡住了王悠的手。

孔明良对她皱皱眉头,又扬一扬下巴:"你先冷静一下。别因为小事对孩子发火。"

王悠压低声音对孔明良解释:"我们楼上楼下的,来往这么多次,也不算陌生人了。李倩和果果把书递给她之后,专门等着她说'谢谢',她一个字都不肯说。"

王悠不明白的是,孔澄和张笠果只相差几个月,怎么两个孩子的社交能力差那么大?

张笠果能落落大方地对陌生人介绍自己的图书,而孔澄连敷衍的礼貌用语都不愿意说。

孔明良反问她:"你有必要为这种小事气急败坏吗?长大自然就会了。我小时候就不爱说话,上小学三年级之后才敢发言。人家都夸我性格稳重,不浮夸。孔澄也稳重,说得少,干得多。明明是优良品质,你非觉得是缺点,非要纠正。"

孔澄听爸爸这样说,面容露出得意的微笑。

王悠知道她揣着明白装糊涂,怒气越升越高。

明显孔澄的语言表达能力足够跟邻居和小朋友交流,只是羞于开口。父母见到机会多鼓励她跟大人交流,也许她就突破心理障碍了。

现在孔明良不但不跟她统一战线,反而拖后腿。

王悠再次伸手想将孔澄从孔明良背后抓出来,孔澄一看大事不妙,坐在地上扯着嗓子开始哭。嘴张得像河马一般大,哭声震天动地。

孔明良一早上大好的心情在此刻彻底毁了。他转身走进书房,"咔嗒"一下锁上房门。

王悠指着餐桌边的板凳对孔澄说:"你在这坐五分钟,反省一下!"

那是孔澄专用的"反思椅"。

王悠从育儿书上学来的这招:孩子闹脾气的时候让她坐在专属的椅子上冷静一会儿,给大人和孩子一段静置心情的时间。

孔澄还赖在地上不肯起来。王悠扯着孔澄的上臂,把她摁到"反思椅"上坐下,厉声说:"你坐好!"

孔澄撇着嘴不情愿地在椅子上扭来扭去。

王悠转身扶着脑门,恰好看到了穿衣镜中的自己。眉毛倒竖，怒目圆瞪。镜中人咬牙切齿的样子把她吓了一跳。

随后将自己关到厕所里，开始刷手机。

妈妈群里有人转发了这样一篇文章：

"家长的权威来自家长的正能量。父母充满正能量，有热情，有幽默感，眼界宽，心胸广，才能养出通情达理的孩子……家长失控失态就是能力不足的表现，育儿先育己。"

王悠将这篇文章转发到朋友圈，配文字说："我急需学习这方面的技能。"

景荷在评论区给她点赞后又留言说："你平常温柔得跟什么似的，还这么上进。"

王悠看到这样的留言，哭笑不得。

第二章 一文不值的无价之宝

3

第二天上班时,王悠扫了一眼微信群。

老师在微信群里发出贺电:

"今天是全班学习竖笛的第一天。小朋友们拿到乐器就兴高采烈地玩了!"

王悠上周听说此事,交了钱后就没再操心。

群里其他家长纷纷发出鼓掌祝贺的表情符。

王悠一路向上翻,找到老师发的照片,拉大了才从一群小朋友中找到孔澄。

孔澄鼓着腮帮子,双眼盯着老师,令王悠有点恍惚。

王悠小时候在学校上音乐课,老师也把竖笛当作启蒙乐器发给学生,也曾经拍过这样一张集体照。可是最终她的音乐生涯结束在《一闪一闪亮晶晶》上。

晚上,孔澄回家后拿着竖笛满地走,"呜呜"地吹。竖笛声音尖利又空洞,吵得王悠心烦意乱的。

王悠无力地抗议:"澄澄,你到阳台上去吹。"

孔澄握着竖笛,抬眼看了妈妈一眼,又闷着头在厨房和餐厅走来走去吹。

怕孩子走来走去不小心摔一跤,再把自己喉咙戳着,就更麻烦了。于是王悠给她搬了个小板凳,说:"那你就坐稳了再吹。"

孔澄挺着肚皮,坐在厨房角落把竖笛吹得"噗噗"响,要旋律没旋律,要节奏没节奏的。

吹了几秒钟,孔澄问:"妈妈,你听出来我吹的是什么吗?"

"呃,小星星?玛丽有只小羊羔?"王悠一股脑瞎猜一串她熟悉的儿歌,孔澄越来越失望。

王悠只想仰面问苍天,为什么让小孩学竖笛?这乐器除了打扰父母之外还有什么用处?

王悠蒙个抱枕在沙发上打滚,想逃离这个家。

孔明良看孩子这么激动,用胳膊肘碰碰王悠:"要不然,咱也让孔澄学个钢琴?"

"拉倒吧,咱俩都没音乐细胞,让孩子遭那个罪干什么?"王悠躺在沙发上百无聊赖地刷朋友圈,只想快速跳过这个话题。

这时候她看到邻居李倩发的一条朋友圈,是短视频。点开来一看,是李倩和张笠果一人一根竖笛在合奏。短短十秒钟的视频,令王悠目瞪口呆。这二人步调一致,摇头晃脑的,看上去还挺乐在其中。

视频配文字为:

"你们能听出来我们吹的是什么吗?嘻嘻。"

王悠听了两遍,是《上学歌》!

王悠点赞后将手机给孔明良看,说:"同样都是竖笛,

第二章　一文不值的无价之宝

怎么人家就能吹出音乐来，我娃就'呜呜呜'扰民？"

孔明良看了几遍循环播放的小视频，总结道："我觉得俩娃水平差不多，但是妈的水平差很大。"

王悠抄起一个抱枕对着他脑袋砸了过去。

4

手机另一端的李倩在陪孩子练钢琴。

半年前,张笠果路过琴行,站在玻璃橱窗前目不转睛地看人家弹琴。李倩小时候也学过钢琴,深知音乐之路漫漫。她怕果果只是三分钟热度,在琴行门口苦口婆心地劝她过几年再考虑。可是果果走一步三回头,每次路过琴行都流连忘返,成天缠着妈妈问:"我什么时候可以学钢琴?"

李倩一本正经地告诉她:"学琴和别的不一样,要每天练琴,不是每星期去学一下就行的。"

"我练!"果果答得斩钉截铁。

于是每天晚饭后练琴,成为雷打不动的规矩。

老二扶着琴凳站起来,两只手在琴键上一通乱拍。

张笠果使劲推了弟弟一把:"你走开,我要练琴。"

李倩眼疾手快,在老二摔倒前把他抱起来,让他坐在自己腿上,箍住他的双手,严肃地说:"你不要打扰姐姐,先听姐姐弹。"

老二流着口水看姐姐弹琴,"喔喔"地叫。

李倩深吸一口气,告诉张笠果:"把手指关节架起来,按键前先把指头抬起来。"

她给果果在琴上做示范,弹出"哆来咪发唆"。

第二章 一文不值的无价之宝

果果深吸一口气,想了想妈妈给她的指示,正要下手,老二又伸出手来拍琴键。

李倩抱着老二站起来,不让他打扰姐姐学琴,老二突然愤慨地大哭起来。他脸涨得通红,使劲挺肚皮。李倩抱都抱不住他,又生怕把孩子摔了,提着他的肩膀才将他稳稳当当地放在地上,任由他撒泼打滚。

果果看着弟弟,气愤地说:"我不要弟弟了!"

"别说这种话,弟弟会伤心。"李倩将食指压在嘴唇上,示意张笠果不要口不择言。

果果跺着脚说:"他讨厌死了,整天捣乱!"

老二坐在地上看姐姐怒气冲冲的样子,哭得更大声了。

大的叫,小的哭,李倩扶着脑门喘了几口粗气,琢磨应该先镇压哪一个。

此刻,李倩的先生,张维凯拖着行李箱进了门。

两个孩子立刻翻出另一副面孔,雀跃欢呼。大的跑在前面,小的流着口水在地上爬,爬到爸爸脚边,扶着爸爸的腿站了起来。

张维凯惊讶地说:"我才走了几天,老二都能爬了!"

李倩心想:你黄粱一梦,我度日如年。

张维凯原本站在电梯里都在打瞌睡,看到两个孩子的笑靥,突然变得力大无穷,一个臂膀抱起一个孩子,在玄关处打了个转。

李倩怕他闪着腰,连忙招呼两个孩子快下来。前后不过五分钟，姐弟俩又和好如初。

她让老大给老二念绘本，转身去给张维凯煮面。

张维凯口干舌燥，回家来最想吃汤汤水水的东西。

李倩早已准备好了红烧牛肉面的浇头，等他进家门的时候煮面，再烫一把豌豆苗，就是一顿简单爽口的晚饭。

待她端碗出来之时，张维凯已经倒在沙发上扯起了鼻鼾。

李倩端着碗站在客厅中间，一时不知该唤醒他吃饭还是继续让他睡觉。忽然感觉手中碗越来越烫，泼了一点汤在裤子上。

李倩倒吸一口气，先将碗放在茶几上。

张维凯出差一周，李倩独力在家和两个神兽斗争。原以为他回来后自己能喘口气，谁知道几秒钟的工夫，他就睡得"不省人事"。

李倩琢磨也许以后要调整期望值，老公出差回来一天内都别指望他做什么。

可这碗面怎么办？泡久了就不好吃了。

这时候她听到了字正腔圆的英文："A cat sat on a mat!"

原来张笠果拿着一本英文绘本，指着图给弟弟念文字。老二口中"吧吧吧"作响，并用巴掌使劲拍硬纸板书。

李倩好像忽然看到了希望。

她常常给两个孩子念英文绘本，现在张笠果已经可以独立阅读简单的绘本了，于是连忙夸奖张笠果："果果真乖，还给弟弟念书呢。"

她拍下张笠果给弟弟念书的视频，传上朋友圈：
"养娃的最高境界就是老大带老二。"

王悠看到这条短视频，听到张笠果饱满的英语发音，惊讶得说不出话来。她不由得反思自己，是不是对孩子太不用心了。

她把手机递给孔明良。

孔明良也心中一惊。他对英语早教早有耳闻，但是不相信有人能教会学龄前孩子掌握英语的基本拼读规则。

他快速翻动李倩过去的朋友圈，试图从中寻找蛛丝马迹。

可是李倩的朋友圈仅半年可见。她的朋友圈经常晒老二吃饭的照片，满脸蔬菜泥，萌得孔明良的老心都要化了。

孔明良问王悠："要不然咱们也再拼一个？"

"滚！"王悠瞅着睡在二人中间的孔澄，"伤疤都没好你就忘了疼。你关注错重点了。"

王悠琢磨：现在让孩子迎头赶上还来不来得及？是不是已经输在了起跑线上？

她又翻看李倩的朋友圈，却找不到幼儿英语班的促销广告。李倩说她家孩子没报过英语班，难道都是在家自己教的？

全职妈妈的战斗力令王悠打了个冷战。

5

王悠和孔明良本想佛系养娃。

他们小时候没上过多少兴趣班,现在看周围的孩子逐渐走向多才多艺的道路,也淡定不下去了。铺天盖地都是早教机构。王悠只要带着孔澄走在街上,就肯定会遇到推销人员。

回到家,她顺手就将传单放在鞋柜上。

王悠将鞋柜上皱皱巴巴的传单抹平,一字排开铺在茶几上,开始细细研究少儿英语。

同时她给李倩发消息问:"你家果果的英语是怎么学的?发音标准,还很流利。"

过了好一阵,李倩"呼啦"一下,给她发来至少一米多长的信息。

王悠扒拉着手机屏,一路向上爬,爬了不知道几十屏才爬到头,原来是一篇讲少儿英语启蒙方法的文章。

这篇文章分析了当下流行的英语教学方法、每种方法的优劣势和适合的年龄,还有对父母英语水平的要求,以及所需的教材和辅助材料。

王悠滑着手机,脊背就出了一身冷汗。

原来李倩对孩子这么用心,教育资料信手拈来。

第二章 一文不值的无价之宝

她颤颤巍巍地问李倩:"你都从哪儿找的这么多资料?"

李倩回道:"我自己总结的,存在手机便笺里。有朋友需要就直接粘出来,比较方便,毕竟你不是第一个问我要资料的人。"

王悠心想,李倩如果开个微博,就凭撰写养一胎的经验,这些年也肯定成长为育儿大V博主。这篇文章应该只是李倩手机里存档的冰山一角。

王悠在手机上看那么多字觉得眼睛痛,索性把它打印出来细细研读。

孔明良听到打印机"嘎吱嘎吱"乱叫,凑过来一看,叹为观止。

这篇文章写得像调研报告一样,三层提纲,大小标题,层层推进,像剥茧抽丝一样,从英语早教的大环境说起,最后分析个案情况,得出解决方案。

王悠握着近十页纸,在打印机旁边踱来踱去,自言自语:"我觉得孔澄被我耽误了。高手在民间,高手在身边。要不是和她互加了微信,我都没意识到身边有个大宝藏。"

孔明良见她这副惊慌失措的样子,安慰她说:"李倩不上班,比你有时间。你别拿自己的短板跟人家的长板比。我觉得咱家澄澄尽管学的东西少,但是她的童年压力小,活得很开心啊!"

"你少阿Q精神。我就算不上班也没这水平。"王悠埋着头冲他摆手。

"那她不挣钱啊,你好歹一年挣十几万呢。"孔明良捋着她的背,让她顺顺气。

孔明良帮王悠扳回一个颜面。

王悠凝神看孔明良的眉眼:他永远都没有大起大落的表情,似乎对纷繁的世界天生有免疫能力。

自从去李倩家逛了一圈,她就明白李倩家的收入和他们不在同一个层面上。李倩老公一人收入,供那么大的房子,养两个孩子。估计就算让李倩抛下两个孩子去拿十几万的年薪都觉得不值得。

王悠撇撇嘴,说:"如果我辞职,公司在一周内就能找到一个比我更年轻、工作更拼的人来替代我。而李倩呢,你真觉得她为孩子的付出可以找到人来替代?"

孔明良见王悠突然开始较真儿,长叹了一口气,说:"咱俩念书都算念得好的,跟着学校的进度走也过得不错。我对我的生活很满意。我觉得,就算让孩子早学两年英语,最终水平也就是我们这样。"

王悠不想再跟他争辩。

打开台灯,细细研读李倩给她的报告,用彩色高光笔画出重点,拿出一个空白的笔记本做笔记。

周末从幼儿园接孩子的时候,王悠收到了幼儿园老师给孔澄的竖笛学习报告。

第二章 一文不值的无价之宝

报告上清清楚楚地写着:"抓不住节奏,目前吹不出调,也无法和其他同学合奏,需要勤加练习。"

王悠抬眼望去,教室前方明晃晃地贴着竖笛演奏排行榜。孔澄的名字在榜单倒数的位置。而张笠果的名字赫然在榜首。

王悠唯唯诺诺地接过报告,垂头丧气地带着孔澄回家。

吹个破竖笛还要搞排行榜。

王悠小时候上学时,每次考试后学校都张贴成绩单,然后开家长会。所有人的成绩都一目了然。

张贴成绩单的陋习被诟病多年,王悠以为现在新生代教育早已摒弃了糟粕,现在看来已经根深蒂固。

王悠把手中的报告搓成一团,远远地丢向垃圾桶,结果纸团在离垃圾桶两米处落地。她上前踢了纸团一脚,才愤愤地将纸团捡起并丢进垃圾桶。

路上孔澄问她:"妈妈,我给你丢脸了吗?"

王悠心中一惊。

她小时候如果考试成绩不好,父母经常用别人家的孩子做榜样。这让她对父母愧疚无比。现在自己当了妈妈,她极力避免和别人家的孩子攀比。

可是今天的竖笛演奏排行榜,看到自己的孩子排在末尾,她确实觉得孔澄不够争气。

而且她每天都看到李倩在朋友圈晒母女竖笛合奏。

王悠觉得自己当妈不够称职。如果她能每天花十分钟

云养娃

陪孩子练练竖笛,也许孔澄不会排到榜单底。

王悠蹲下身来,摸着孔澄的后脑勺说:"没有的事。破竖笛学不学都无所谓。"

孔澄低着头告诉她:"张笠果已经在学钢琴了。她说学过钢琴再吹竖笛一点都不难。"

王悠脑袋里"轰"的一声。

英语课还没敲定呢,难道又要开始上音乐课?

王悠被教育浪潮冲得站不住脚跟,扶着路边的梧桐树只剩喘粗气的份儿了。

孔澄突然指着路边的小店建议:"我们去吃东西吧!"

王悠牵着她的手跨进店门,孔澄踮着脚尖看不到煮锅里的食材,王悠索性把她抱起来让她挑。

白萝卜,油面筋,油豆皮。孔澄只点了这几样。

王悠看她大口吃萝卜的样子甚是可爱,拍下照片发到朋友圈:

"我娃是妥妥的南京人。"

照片中的孔澄,嘴张得大大的,两只眼睛瞪得圆圆的,手持竹签,啃萝卜块。

景荷点赞后问:"她不挑食吗?我听说很多小孩都不吃萝卜。因为不习惯那股萝卜味。"

"我娃最好养了,给啥吃啥。"王悠回复,还配上几个捂嘴笑的表情符,捡到宝了,偷着乐。

6

第二天到办公室,已经有好几名流水线上的工人在等她办离职手续。

王悠连声道歉,赶紧给他们办手续。他们只有换班期间有空,如果错过了这个时段,又要等下一次工间休息才能来。

王悠做出这个月的考勤记录。因为这个月迟到多次,影响了她的绩效奖金。

景荷见她愁眉苦脸的样子,问她:"你老公就不能早上送孩子吗?他们考勤没那么严。"

"他不顺路。"王悠疲惫地揉揉眉心。

孔明良每天钻进地铁站再钻出来,就已经过了一个多小时。既然买房子的时候紧着王悠上班方便,那她自然多承担一些照料家和孩子的事情。

景荷想起颜铮要被派到东北出差,也感到无力。颜铮不在家的时候,她都觉得屋子里十分冷清。她看到王悠懊恼地坐在工位上,为了失去的绩效奖金惆怅,也察觉王悠为孩子付出良多。

景荷问王悠:"为了孩子,牺牲事业,会觉得不值吗?"

王悠听到"事业"二字,只觉得讽刺。

云养娃

她曾经也心高气傲,希望大干一场。工作几年后,只觉得这是一份糊口的工作而已。HR 岗位对内发展空间很有限,升职要等上面空出位子才有机会;跳槽,本单位也算当地比较好的企业,怕是跳槽机会也不多。她不觉得"事业"有前景,好在比较稳定。

王悠浅笑:"工作和孩子没法放在一起比较。等你有了孩子你就明白了。"

景荷几乎要握着拳头问:"男人就指望不上?孔明良平常不出差也干不了这些事儿?"

王悠笑答:"女人不懂男人苦,就像男人不懂女人苦。"

她无法比较,每天花两个多小时通勤和每天接送孩子上下学,哪一个更辛苦。

王悠多怀念自己小时候的成长环境,国企大院里,邻里都认识,小孩子走路去上学也不怕机动车,爸妈骑自行车十分钟就到单位,中午还能回家来午休。

那样的美好时光已经一去不复返。那时候爸妈一个月才挣 30 多块钱工资。

王悠觉得自己天真幼稚,怎么会羡慕那时候的生活?

如果有现在的收入和当年的配套设施就好了。上班不远,住宅门口就是幼儿园和中小学,即便是商业化的育儿机构,她也乐得为此付钱。

她为幻想的乌托邦笑出声来。

景荷见她忽然面露微笑,推断王悠的幸福感依然占了上风。

颜铮应酬多,一周至少三天晚饭不能回家吃。她多盼望能一家三口坐在洒满阳光的阳台吃早餐。

王悠下班前趁上厕所的工夫看了一眼家长群,老师又布置下任务来:

"幼儿园将举行古诗背诵大会。都是集体背诵,不打分,不排名次,只希望父母在家能多帮孩子复习学习的内容。"

王悠倒吸一口凉气。小时候她就最讨厌背诵,现在还要陪孩子背诵。她从厕所小隔间出来,正想骂脏话呢,迎头撞上了曾经加她微信的王晓霞。

平常工人不会到办公室这边来上厕所。

王晓霞见到她,不好意思地后退两步,对她欠一欠身,说:"王悠,我们还挺有缘分的。我图这间厕所人少,结果这么巧,遇到你。"

王悠立刻明白,王晓霞惦记着她承诺的孔澄的旧书,又不好意思来催,就创造出"人造缘",只为了能和她"偶遇"。

王悠连忙和她一同去办公室,把几天前就带到办公室的孔澄小时候看过的童书给她。

那些书有些卷角,有些书脊被磨损得厉害,还有些印了一圈饮料渍。

云养娃

  王悠把书面抚平，用牛皮纸包好又捆扎结实，还打了个整齐的蝴蝶结。
  王晓霞见她包得如此用心，满心感激。
  将书抱在怀中，王晓霞感激地说："我们不像你们有文化，但是也希望孩子将来能好好学习，找个坐办公室的工作，不用做苦力。"
  王晓霞比王悠小五岁，但是看上去却比她年长。她的背影瘦小，又有些佝偻。

  这么一耽误，王悠又几乎是最后接孩子的妈妈。好在她接孩子的时候遇到邻居李倩。
  她心想李倩不上班还那么晚来接孩子，也衬托得她不算太晚。
  李倩见到王悠，兴高采烈地问："你看见今天的通知了吗？诗词大会。现在孩子学的内容和我们小时候完全不一样，而且学校紧跟时代，将来就是得语文者得天下，他们现在教孩子的诗词比我们以前学的丰富得多了。我从小就对这些感兴趣，可是以前也不考那么多，只能自己偷偷看课外书。现在他们正大光明地学，学习资源也多多了。'博雅教育'从现在就开始慢慢积淀，不像我们以前那样死读书。"
  王悠还没来得及细看老师发的其他资料，就被她这番话冲得站不住脚。她客气地点头，牵着孔澄的手回家。

第二章 一文不值的无价之宝

王悠小时候语文课内容学的很少,现在只会"谁知盘中餐,粒粒皆辛苦",其余都还给了老师。

回到家,她正发愁怎么对付功课。一页页翻看学校发的讲义,孔澄站在旁边就朗朗地背诵了起来:

竹石

咬定青山不放松,立根原在破岩中。

千磨万击还坚劲,任尔东西南北风。

王悠以前觉得背古诗枯燥乏味,叫苦连天,也不想让孩子遭同样的罪。今天她听见这个"咬"字,觉得格外传神。小时候没受过这类文学作品的滋养,现在孩子有机会,王悠顿时觉得一个月几大千的费用交得值。

孔澄见她没什么反应,问她:"妈妈,你不会背这首诗吗?"

王悠结结巴巴地说:"我小时候没学过。"

"你不会背?"

王悠心里打个突,如果不努力,就被孩子甩在后面了。她端详着孔澄,没有嫌弃的神情,只是单纯问了一个问题。

王悠打起精神对孔澄说:"你也才学的吧?我们可以一起背。"

孔澄立刻开启另一首:

草

离离原上草,一岁一枯荣。

野火烧不尽,春风吹又生。

王悠窃喜：这首我会。

母女二人背完这四句之后，孔澄顿了顿，狡黠地看着她说："我们老师说，这首诗后面四句很多人都不会。"

王悠心里又咯噔一下。在孩子面前连败两仗。她谦虚地搜索出来答案，跟孔澄一起念下去。

晚饭后，孔澄依然兴致高昂，拉着爸爸妈妈一起背诵古诗。孔明良本是理工男，这个领域更薄弱，通过孩子豁然打开了一扇窗口。

她把孔澄背诗的视频传上朋友圈，同时看到了王晓霞新发的朋友圈：

"我都不知道上哪儿给孩子找好书看，恰好遇到好心人，送给我家芊芊这么多小画书。我周末就给芊芊寄回去。"

王悠以前觉得互联网时代资源都唾手可得，人和人之间不会有多少信息鸿沟。可看了王晓霞，她深深感觉到父母的眼界对孩子的影响。

她留言说："别寄快递，去邮局按印刷品寄，比快递便宜很多。"

王晓霞爽脆地给她回了："谢谢。"加了一串笑脸表情符。

王悠以前总认为，父母能给孩子提供的最好的礼物就是成长中的陪伴。见了王晓霞，她似乎理解王晓霞把孩子留在故乡，反而是为了给孩子争取到更好的成长机会。

7

这时候李倩也新发了一条朋友圈，是她和张笠果四手联弹钢琴的短视频。

视频里张笠果端庄大方地坐在钢琴前，虽然音乐听上去有些稚嫩，但是气定神闲。李倩只露了两只手弹和弦，音乐更丰富饱满。

李倩配上捂嘴笑的表情符，写道：

"老琴童我都快二十年没摸琴键了，现在赶鸭子上架，水平只够给闺女配和声。"

王悠惴惴不安地点赞，内心更加忐忑惶恐。

孔澄听到"叮叮咚咚"的琴声，凑到手机屏幕前让视频循环播放，羡慕得口水都要流下来了。

吃过饭后，孔澄独自抱着 iPad 坐在沙发上玩。

孔明良原本想带她出门散散步，结果孔澄看着 iPad 忽然紧张地哭起来："郎朗三岁学琴，我落后了！"

孔明良目瞪口呆地看着孔澄。这孩子怎么找到郎朗弹琴的视频？

王悠搂着她的肩膀，好一会儿孔澄才平息下来。

看她不哭了，王悠问孔澄："我们下楼买蛋糕好不好？"

孔澄哼哼唧唧地不肯出门，在 iPad 上看了一个又一个的弹琴视频。

孔明良和王悠对看一眼。

大坑就在眼前，跳还是不跳？

王悠躺在床上，翻来覆去睡不着觉。

孔明良看她跟烙饼似的翻了半个小时都不安生，问她是否为孔澄要不要学乐器的事情发愁。

孔明良平常闷头闷脑的，唯有在孩子的问题上，和王悠还有些心意相通。

孔明良双手枕在脑后，慢条斯理地给她分析："让她学，你怕孩子压力太大，而且要每天练琴，其实考验的是家长的耐心和毅力。可是她又挺感兴趣的，外加周围小孩都在学。不让她学，就显得我们不够支持孩子，偷懒又省钱，对吧？"

王悠仰天长叹。

现在学音乐也不指望考级升学加分了，纯粹是给孩子增加艺术修养。

这是王悠梦寐以求的成长：不带功利心地去学一门爱好，理由仅仅是喜欢。

问题是，王悠实在应付不了这么多课外班。

周末王悠带孔澄路过琴行，听见里面"叮叮咚咚"的琴声，孔澄羡慕地望着里面练琴的小朋友。

第二章 一文不值的无价之宝

工作人员看见她们,笑脸迎上来:"小朋友,想学琴吗?"

王悠"呃"的一声,平常的机灵劲儿不知道去了哪儿。

孔澄三步并作两步跟着老师坐在一架钢琴前,好奇地按下琴键。

这时隔壁房间传来悠扬的声音,孔澄循声望去,问老师:"那是什么声音?"

"小提琴。"

她眼巴巴地看王悠,王悠知道孔澄怯生,拉着她的手一起去旁边的弦乐彩排房。

练琴的少年看上去不过十二三岁的样子,眉清目爽。他见到她们,将琴夹在腋下对他们微微鞠了一躬。

深沉的钢琴伴奏在身后响起,少年双目微闭,弓在钢琴声的空当落下,第一个音就扣人心弦。小提琴声与钢琴相和,你低吟,我高歌,奏出如泣如诉的音乐。

王悠第一次听到如此动人的旋律。孔澄眨眨眼睛,凝神闭气地聆听。

琴声起时呜咽惆怅,好似和恋人失散,辗转难眠;而靠近尾声时豁然开朗,欢快如篝火晚会,享受眼前的欢愉。

一曲奏毕,余音绕梁,王悠感觉空气中都流淌着缠绵的爱恋。她过了几秒才回过神来,为少年鼓掌。

少年亲切地问孔澄:"你几岁了?"

"五岁。"

云养娃

"我也是五岁开始学琴的。"

孔澄悄悄从眼角瞄王悠。

王悠看着少年阳光爽朗的笑容,心想:我孩子要是这么大就好了。

她被自己的念头吓了一跳。明明最鄙视不劳而获的人,怎么想白捡个十来岁的孩子?

老师见她们半天回不过神的样子,俯身问孔澄:"想不想学?你以后也能拉得像哥哥那么好。"

孔澄不说话,再次望向王悠。

王悠只觉得大脑信息过载,决定先带着孔澄回外婆家。

孔澄进门就跟外婆说:"我想学小提琴,我妈不让。"

武韶华看到孩子委屈的样子,转脸问王悠:"孩子喜欢,你为什么不让她学?"

天地良心。

王悠今天才第一次收到孔澄的意向,大脑没法处理这么突然的信息,还没法做出决定。

怎么孔澄进门就跟外婆告黑状?

"我忙不过来,我没时间接送陪练,我听说小提琴很难,比任何乐器都难,怕孩子坚持不下来,全家人都遭罪……"

这一切理由在武韶华眼里都是借口。

"难得孩子自己遇到喜欢的乐器,她这么盼望,我们也

第二章 一文不值的无价之宝

不指望她成名成家,就培养个爱好,陶冶情操,你什么事都没干,就先把困难想那么多!"

武韶华又对孔澄果断地说:"你放心,大不了外婆出钱让你学。"

王悠一听,拉倒吧。老妈那点退休金,买根葱都要讨价还价半天,她哪好意思花父母的钱。

"这不是钱的问题……"王悠无力地抗议,话说了一半就被武韶华打断。

武韶华告诉孔澄:"你妈嫌接送麻烦,我来接送。"

孔澄嘟着嘴,使劲点头。

孔澄小时候是武韶华帮忙带,王悠觉得老妈实在太辛苦。她觉得武韶华一身力气没处使,都要花在孔澄身上。

武韶华又数落王悠:"我让你再生一个你不肯,那至少把这个养好吧?"

王悠白眼几乎翻到后脑勺去了。幸好是自己的亲妈,如果婆婆这样直截了当地说话,王悠翻白眼都不够,得翻脸。

就这样,王悠带着孔澄回家,就顺路去琴行租了一把小提琴回来。小提琴装在盒子里,像个精致的玩具。

孔澄得意洋洋地提着琴盒,健步如飞,不像每天在外面玩不尽兴,不乐意回家的那副磨叽样。

孔明良也傻眼了。

都知道孩子学琴是个大坑,又贵又费时间。原以为让孔澄跟风学钢琴，学几年，培养一点艺术修养就好了，谁知道娘俩溜达一圈，提了一把小提琴回来。

比起钢琴，小提琴的坑是又大又深。

孔澄潦草地吃了几口饭就跳下椅子，打开琴盒，模仿今天在琴行见到的少年，将琴夹在腋下走来走去。

王悠让她站在窗边迎着夕阳，为她拍下纪念的照片，发上朋友圈：

"我们今天也正式成为琴童了。"

照片中的孔澄踌躇满志，脸庞洋溢着对音乐之旅的向往。

李倩光速点赞，回复说："欢迎入坑。"

孔明良也没有力气提任何意见。

家长意愿再强，都敌不过孩子打心底喜欢。

晚上孔澄非要抱着琴睡觉。王悠告诉她："床太挤了，我怕翻身把琴压坏了。或者被摔到地上也不好，你就没法拉琴了。"

孔澄果断地抱着琴，跳下床，说："那我和琴睡我的房间。"

这倒是意外所得。他们早就给她准备好了房间，可是孔澄一直赖在他们的床上不肯搬。

王悠故意掩饰自己的喜悦心情，忧心忡忡地问她："万一晚上打雷怎么办？"

"云放电，"孔澄昂着头说，"我不怕。"

第二章　一文不值的无价之宝

王悠又收获一重惊喜。

王悠将小提琴放在孔澄床边的柜子上，孔澄伸手就能摸到它。

正打算跟她道晚安，孔澄又拉住了王悠。

她吞吞吐吐的，好像有心事。

孔澄憋了半天，吐露心声："妈，我不想和张笠果学一样的东西。"

王悠平常很注意，不把孔澄跟别的孩子比较。难道无意识中将张笠果当作了参照系？

王悠帮她掖好被子，摸着她的脸说："我们只需要做让自己开心的事情。我希望你选择小提琴是因为你喜欢，而不是为了躲开张笠果。如果你喜欢钢琴，我也希望你能开心去学钢琴，不要因为有人学了你就放弃自己喜欢的东西。"

转眼间，孔澄扯起轻微的鼻鼾。

王悠直瞪瞪地盯着天花板，又失眠了。

孔明良盘算着，现在孔澄学了英语、编程，还有绘画，又学了小提琴，都是文的功夫。他一转头，看中间不再躺着女儿，忽然有点失落，又问王悠："咱们要不要再给孔澄报个体育班？我怕她太宅。"

王悠答非所问："告诉你个重大利好消息。我妈下个星期搬来，周一到周四，她帮我接送孩子，我们一进门就有饭吃了。"

孔明良抱着脑袋滚到床的另一边去了。

8

李倩看到孔澄的小提琴照之后,直佩服王悠肯为孩子付出。她也喜欢小提琴,但是怕承受不了小提琴初学阶段的折磨,才让张笠果先学钢琴。

她望向扶着钢琴的老二,暗暗琢磨,也许老二将来可以学小提琴,还能和老大合奏。

她坐在钢琴前照着谱子摸索了一会儿,想重拾以前的爱好,老二握着拳头乱砸一气。

她冲着卧室喊:"张维凯,你能把你儿子抱走一会儿吗?让我消停消停。我都两个星期没安生地坐一会儿了。"

李倩的声音夹杂着遥控车的"呜呜"声传到卧室里,听上去含糊不清。

"什么叫'我儿子'?"张维凯低头从卧室走出来,手里还攥着手机。

"你在家的机会本来就不多,回来还手机不离手。我不让孩子用电子产品,你当爸爸的,至少得以身作则吧?"

张维凯敷衍地对李倩点了一下头,又拨出一个电话,背转过去,走到窗边讲电话。

壮壮看见爸爸的手机,哼哼唧唧地爬到他脚边,扶着他的腿站起来。

第二章 一文不值的无价之宝

张维凯索性把壮壮从地上捞起来,一手抱着娃,另一只手打电话。

壮壮锲而不舍地抓手机,每每出手,都被张维凯扭头躲了过去。

李倩坐在琴凳上,远远看着他心不在焉地敷衍孩子,欲言又止,试图盯着五线谱,觉得那些蝌蚪文跟天书似的,心里更乱麻麻的。

她静悄悄地走到张维凯身后,待他打完电话,把手机揣裤兜里,冷冷地对他说:"你带两个孩子出去玩吧。你是996,我是007,只要你出差我就时刻待命,一分钟都没休息过。"

张维凯长叹一口气。

原本张笠果小时候家里有老人帮忙。但是年轻父母和老人观念差别太大,很多精力都花在内耗上了。

李倩怀老二时也觉得体力不支,索性辞了外贸公司的工作,一切亲力亲为。虽说少了一份收入,但是李倩挣的钱对家里不疼不痒的,张维凯倒没觉得家里少了一份收入就压力大。

但是明显,李倩在老二出生之后,暴躁了不少。

他带着两个孩子去小区楼下玩滑梯。

李倩在他们离开后,给自己倒了一杯红酒,喝得微醺,在沙发上躺了一会。

明明家里空荡荡的,史无前例地安静。李倩躺在沙发上,耳边总听到老二的哭声。她走到窗边向下望,高层,又有绿化遮挡,看不到什么。

她自嘲是劳碌命,趁孩子不在家彻底把厨房打扫一遍。桌子腿上的手印,地砖上的菜汤,李倩用肥皂水擦了两遍,厨房才显露出真面目。

尽管餐厅墙上老二甩的蔬菜泥没法去除,但李倩对自己的劳动成果也十分满意,一手叉腰一手扶着拖把在厨房站了一会,神清气爽地给全家人做晚饭。她把四菜一汤端上桌,看着自己的作品,荤素搭配,色彩也协调,便拍照发上朋友圈:

"周末才有时间折腾好吃的。不过这些都很容易做,不用下油锅。一个灶眼炖汤,上面再蒸一道菜,同时给老二蒸辅食。另一个灶眼炒菜,也比较省时间。"

刚发出,父子三人恰好进门。

张笠果拖着老二的推车倒着进门,推车恰好碾过李倩新买的凉鞋。

她跟妈妈兴冲冲地汇报:"爸爸说怕你做饭累着,我们买了炸鸡回来。"

张维凯看见桌子上的酿豆腐、杏鲍菇炒牛肉、油焖笋、滑蛋虾仁,还有牛尾萝卜汤,心里暗叫一声:"大事不好。"

李倩盯着他手里提的全家桶,眨了眨眼睛,憋出一句话:"你们坐下吃吧。"

第二章 一文不值的无价之宝

张笠果见到餐桌上已经摆好了晚饭,小心翼翼地坐下。她先毕恭毕敬地吃了一块豆腐,又吃了一块萝卜,一根竹笋,眼睛滴溜溜地转,落在全家桶上。

李倩见他们胆战心惊的样子,索性把炸鸡桶外的塑料袋剥掉,推到餐桌中间。

其他人都盯着她的眼色。

李倩先拿了一块鸡翅开啃,张维凯才偷偷出一口气,给老二拆了一小碗鸡腿肉吃。

老二用手抓,左右开弓,几分钟碗底就空了,他又"嗷嗷嗷"地叫,张维凯连忙给他继续拆肉,他吃得满嘴油亮,肚皮圆滚滚,心满意足地摸摸肚子。

晚上等两个孩子都睡下了,张维凯给李倩倒了杯热牛奶放在床头柜上。

李倩不愿意搭理他。

张维凯坐到李倩身边,李倩又把头转向另一边。

"我们今天也刚好路过,你知道快餐店门口闻那味多香啊!"

张维凯也是有骨气有脾气的人,若是别人这样对他耍小性子,他肯定摆出"不服来战"的架势。可他最害怕李倩跟他冷战,以前也没少干热脸贴冷屁股的事儿,今天索性贴到底。

他低声下气地问:"就吃一顿炸鸡,能怎么样呢?中毒了吗?娃得糖尿病了吗?"

云养娃

李倩拿起杯子下压的一张表格，上面记录着老二的饮食和睡眠以及尿布更换状况。

她指着今天的饮食记录说："今天喝奶总量不到400毫升。平常他要喝700毫升左右。我不想给孩子吃油多盐多的东西。果果小时候照顾得不好，老生病，这个我们尽量吸取教训吧。"

张维凯看她做的表格，只觉得老婆大人这身才华用在养娃上堪比用牛刀杀鸡。

李倩到现在还对老人家给果果喂咸鸭蛋怀恨在心，到老二这里非要扳回一局。

张维凯高举双手，作投降状："就一顿，下不为例。我保证以后再也不买垃圾食品。"

李倩恍惚间回忆，自从老二出生，她都没有坐在餐厅里吃过饭。每次路过餐厅她都神经紧张地快步走开。

神兽肯定在五分钟之内打翻杯子，拉扯桌布，在上菜后烫到自己，狼狈收场。

她多希望能有一天不做饭，全家在外面清清爽爽地吃一顿，大的不叫，小的不哭，她也不用收拾厨房。如果今天张维凯能打电话叫她出去，就算吃快餐，她都不会这么生气。

张维凯试探着问："要不然我们请个阿姨，专门负责做饭，打扫卫生也行。我觉得你也怪累的。"

"算了，我不喜欢家里有外人。"李倩翻了个身，背对着他说，"有指挥人家干活儿那工夫我两下就收拾完了。"

9

王悠看到李倩的朋友圈，留言说："晒菜不附菜谱的，就是耍流氓。"

李倩家两个孩子，没有老人帮忙，还能做出丰盛的菜肴来。

王悠看看餐桌上的外卖盒，惭愧地将手机扣在桌上。

总有人说女人围着家庭打转没出息。外卖再方便、快捷、美味，吃多了也觉得胃里乱糟糟。

就算王悠不上班，也没法给家里提供这个水准的服务。

王悠用一个半人高的大垃圾袋把家中积攒的外卖盒以及广告传单收起来，又将堆在玄关的快递盒子捆扎好，家里清爽了不少。

她带着孔澄一起丢垃圾，顺便到楼下的秋千滑梯处活动活动。

王悠平常要上班，和小区里的奶奶妈妈们只是点头之交。

周末的儿童游乐场聚集了不少妈妈们。

一个脸熟的妈妈问王悠："你家孩子多大了？"

孔澄张了张嘴，还没开口，王悠就回答说："刚满五岁。"

"那她个子小。我家的上个星期满五岁，身高一米一五，体重已经四十多斤了。"那位妈妈继续说道，"你们也在芳草地幼儿园吧？我经常见你送孩子。我家姑娘上次运动会跑步拿了第一名，我们楼下的姑娘拿了第三名……"

王悠心想：你大脑里存了多少排行榜？

她见孔澄贴在她腿边，好像有些不高兴。她敷衍地对那人点点头，就想让孔澄去玩滑梯。

那位妈妈说："现在都讲究德智体美劳全面发展，我家姑娘在学艺术体操，你们要不要一起去？"

王悠看见那位翻单杠的小女孩，矫健如雨燕。王悠不想让孩子用短板去比人家的长板，尴尬地回答："我现在不考虑，等一段时间再说。"

王悠不想让孔澄听见家长在此攀比孩子，推了推孔澄，让她去玩滑梯。孔澄见滑梯边好几个小朋友"咚咚咚"地跑上跑下，揪住王悠的裤腿不放手。

另一位妈妈凑上来说："学体操是不是还怪危险的？我家姑娘学舞蹈，可高兴了。幼儿园旁边就有舞蹈教室，反正都是免费试课，去试试好了。"

"现在学艺术学体育都不能加分了，英语还是最有用的。"

"英语不是高考要弱化吗？"

"所以才需要父母用心啊，将来谁家英语学得好谁就领先。"

……………

王悠觉得她们脑袋里有一个庞大的数据库,各种教育资源信手拈来。

孔澄一步都不肯离开她,把她的裤子都揪皱了。她见孔澄一句话都不肯说,索性带着她回家。

在电梯里,孔澄才告诉王悠:"我知道我五岁。她们不问我,都问你。"

王悠好像被当头淋了一盆冷水。

她以为孔澄不愿意开口跟别人说话,从来没考虑过孔澄有没有参与对话的机会。话又说回来,她不愿意让孩子参与这样的对话。除了攀比之外,还有什么?可是王悠又害怕孔澄没有拿得出手的才艺,将来会没有自信心。

以前孔澄也看了不少英语启蒙的动画片,跟着鹦鹉学舌。王悠觉得,把读写能力提上日程,也许英语能成为她的优势。

她招呼孔澄到饭桌跟前,拿出一个本子说:"澄澄,我们从今天起开始学写字,好不好?每天妈妈教你几个字母。"

王悠以前觉得孩子在学龄前只要开心玩就好了。可是现在反思自己的育儿过程,从来没带孔澄出去旅游过,也没有刻意教过什么东西。周末偶尔跑到长江边瞎跑、看货轮,就当娱乐生活了。

王悠心想:音乐、美术都外包了,我在家教孩子写字还是可以胜任的。

孔澄一听要学写字,兴致勃勃地握着笔。

王悠指着本子上的字母说:"这是 A、B、C,我们今天来学大小写字母。"

孔澄嘟着嘴,趴在桌子边,刚落手,就按断了铅笔尖。

她皱着眉头说:"我讨厌这支铅笔。"

王悠给她换了一支钝一点的,告诉她:"你轻一点,照样写得出来。"

孔澄在纸上开画,武韶华伸着脑袋瞄了一眼,指着孔澄刚画的小写 a 说:"你要把它写圆一点,尾巴写短一点,不要出格子。"

王悠冲老妈使眼色,意思是"你别来掺和,让她自己写"。

武韶华把孔澄叫到跟前,指着作业本说:"我们有句话说,'字如其人',字能代表一个人。所以我才让你把字写好看。"

王悠直翻白眼。写几个字母,还要扯到书法领域去。

这时候,孔澄满脸鄙视地对外婆说:"我字写得不好看,人还是长得好看!"

王悠"噗嗤"一声笑了出来,给孔澄的作业本拍照,发上朋友圈,并且附上她们刚才的对话。

第二章 一文不值的无价之宝

10

自从准备要孩子,每天早上一睁眼,景荷的手机便收到各种渠道推送的母婴类文章。

今天的头条新闻是《全面开放二胎已有五年,生育率并没有达到预期》。新闻将低生育率归因于高房价。

景荷看着新闻,忍不住笑了出来。

刚大学毕业的时候,景荷就向父母借了首付,买下一套两居室自己住。当时还没限购,她和颜铮结婚后又买了现在的房子。当时买的时候还觉得地段偏僻,现在已经像闹市一样。装修结束晾了一年后才搬进来住。

景荷自认为是优生优育的标兵。

上班后,景荷见到王悠,跟她客套地说:"孔澄现在说话说得那么顺溜了吗?我还记得你以前抱怨她不开口说话。"

王悠仔细回想,孔澄到了两三岁都不太说话。想要什么东西也不吭声,用眼睛看,示意大人拿给她。

王悠还统计过,孔澄常用的字不超过二十个:妈、爸、抱、不要、掉、走、玩、疼、猫、倒、奶、车,各种排列组合,居然可以满足生活的全部需求。到了四岁左右,别的小朋友都连串地说,孔澄一句话不超过五个字,难得凑

云养娃

齐主谓宾。

王悠慢吞吞地对景荷说："我怕她各方面跟不上。"

"像你。"景荷恭维她，"你做事情总是不急不躁的。"

王悠从鼻子里笑出来，说："孔明良也说像我，可是我看她行为举止都像她爸，闷头闷脑地自娱自乐。"

"可是我觉得孔澄很可爱。她现在说话都有自己的思想。"景荷回道。

无论喜不喜欢孩子，每个人都知道可以称赞别人的孩子"可爱"。王悠心想，神州泱泱十四亿人口，难道人人可爱？

王悠看见黄韵夏新发的朋友圈，是一名高大少年在机场柜台办票的背影。少年背着大背囊，挺拔隽秀。

黄韵夏给照片配了一句话："暑假来了，儿子去探索世界。"

王悠刚点完赞，黄韵夏就风风火火地走进办公室。

她斜靠在王悠的办公桌上，大大咧咧地说："我早上送儿子去了。"她抹一抹额头上的汗，王悠看到她腋下的汗渍。

王悠微微点头，明白她的意思。反正早上没会，她不请假没人知道她迟到。

黄韵夏唠唠叨叨："现在的孩子不得了，跟同学去旅游，我想抱他一下他还嫌我丢人。"

王悠莞尔一笑。

她印象中父母从来没和她有过肢体接触。若是爸妈拥抱她,她反而会不自在。

黄韵夏靠在王悠的办公桌上,把票据压皱了都没察觉。

王悠皱起眉头。

每个人在孩童时期都可爱,在青春期都英姿飒爽,什么时候变成蛮横霸道粗鲁无理的?

王悠找不到答案。

回到家,王悠等电梯的时候巧遇李倩和张笠果。张笠果等电梯的时候就用英语读电梯屏幕上的数字。

王悠刚才听见她清脆的英文,感到呼吸都困难。

张笠果见到王悠,立刻停下来,仰起脸对王悠说:"阿姨好。"

孔澄从来不会主动和别人说话。王悠都不敢奢求孔澄能这么爽快地和别人交流。

电梯来了,王悠如释重负地迈入电梯。李倩才意识到,王悠身边没带孔澄,问道:"澄澄今天跟她爸?"

"哦,我妈来帮我们接送。"王悠点着头说,期望电梯赶快到站,"她学的东西越来越多,我们实在忙不过来。这样我们都能喘口气。"

"果果小时候也是奶奶帮忙带。"李倩又努力咧了咧嘴,"老人家的理念和我们还是差别很大的。果果到八个月还喝夜奶,我怎么说奶奶都不听,孩子一闹奶奶就心疼,马上给瓶奶,后来她牙齿都是黑的,不好看,还遭罪。老

云养娃

二我说啥都不让老人家插手了,宁可辞了工作自己来。"

李倩带着张笠果先下电梯,她的鞋跟在电梯口卡了一下,踉跄了一下,张笠果回头跟王悠说:"阿姨再见!"

今天是孔澄第一天上小提琴课。孔澄见到王悠便拿出琴来咿咿呀呀地拉起来。

王悠一本正经地点了点头,说:"拉得真好听。"

孔澄美滋滋地夹着琴在客厅里拉,武韶华抠抠耳朵说:"小提琴这东西真是难。老师拉可好听了,怎么到她手里就鬼哭狼嚎的。"

王悠吓得瞪大眼睛,用一根手指压在嘴唇上,低声对老妈说:"你千万别让孔澄听见。"

吃过饭后,孔澄继续热情高涨地拉琴,孔明良几乎要抱头哀嚎。王悠瞪他一眼,让他忍着。她刷朋友圈,看见李倩刚发的动态,是张笠果站在黑板前。黑板上画着几个格子,格子中填了几何图案。

李倩配的文字是:"找规律,你觉得空的格子中应该是什么形状的图案?"

王悠给孔明良看了一眼她的朋友圈。

孔明良撇撇嘴说:"雕虫小技。"

"你现在看是雕虫小技,但是对于五岁的孩子,你得让孩子知道怎么思考这种题目。"

她把同样的图案画在纸上,让孔澄来看看。

第二章 一文不值的无价之宝

孔澄拿起铅笔，在空白的格子里画了一朵花，问王悠："好看吗？"

王悠一看，孔澄压根就没看明白题目。这就是今天李倩提的"思维方式"的考查。

格子中三角形和正方形轮流出现，空白处恰好轮到三角形出场。

王悠点破其中规律，孔澄气得一跺脚："我就想画花！"

王悠连连点头，递给她另一张纸，"祖宗你想画花就画花吧"。

孔澄画了一排花，一朵黄色，一朵红色，间隔排开。

孔明良拿着画纸说："你看，孔澄不是明白这种规律吗？你总担心孩子落后，她的理解能力和同龄小孩差不多。"

"我怕她心里明白，但是不会考试答题。"

"那些都是虚的。"

"她如果什么都揣肚子里，在考试的时候不展现出来，就太吃亏了。"

孔明良不知王悠最近怎么了，越来越焦虑。

王悠给孔澄打印了一张找规律的习题纸，让她坐在餐桌边先把题做了。孔明良见孔澄只比餐桌高出一个头，眼睛几乎要贴到纸面上了。

王悠和孔明良都近视。两人曾经商量过，要好好保护

云养娃

孩子的视力，尽量多带孩子去户外活动，不管有没有用，尽人事听天命，延缓孔澄视力衰退。

他望着孔澄瘦小的背影趴在桌边，喃喃地说："我们早说了不跟风早教，不给澄澄留额外作业，不打鸡血，让她按照自己应有的节奏成长。你现在的鸡血劲儿和其他家长有什么差别？"

王悠指着手里其余几张习题纸给孔明良看，上面画着一排排的几何形状，让孩子找其中排列的规律。

王悠无奈地告诉他："真的没什么压力，跟画画似的，也不是死读书的东西。我就希望她能熟悉一下解题思路，见到这类问题知道怎么应对。"

孔明良耸耸肩膀："我从小没做过这类题，现在不需要练习，一眼就能看出来。你以为这就是素质教育？变了内容的应试教育罢了。"

王悠尽管明白其中的道理，但是抵不住其他父母都带着孩子抢跑。

这时候孔澄不耐烦地将笔一丢："我不画了！"她"咚咚咚"地跑到客厅角落去玩玩具火车。

孔澄喜欢玩火车，孔明良见到新款就会买下来。

客厅拐角专门有一张桌子，上面搭建了轨道，塑料箱里有上百辆火车头和车厢。孔澄很喜欢把它们胡乱连接起来，让它们在轨道上奔跑。

王悠拿过作业纸一看，歪歪扭扭的图案，也就是亲妈才能认出来她画的是什么。她在朋友圈看见张笠果画的三角形和菱形工工整整,看上去赏心悦目。

她总觉得俩孩子年纪差不多,能力不应有多大差距,所以伸手去扯孔澄,想让她把图案的形状画工整。

孔明良再次挡在她面前:"让她去玩吧。一辈子那么长,你就差这几天?"

王悠看着孔澄各方面都不如张笠果,多少有点着急。她告诉孔明良:"几何很直观,她现在也有形状的概念,也许就是因为我们懒,她才糊弄。我稍微给她点拨一下,她也许就明白了。你何必阻碍她进步呢?"

武韶华也在一旁帮腔,对孔明良讲:"趁机培养孩子的耐心也好。不能让她说不干就不干,做事情要有始有终。"

孔明良以一敌二,觉得自己在家里言轻势微,没力气跟她们争论下去。他一摆手:"随你便,你爱打鸡血就去吧。"

孔澄跑来扯王悠的衣角:"陪我搭火车!"

王悠看那些车只是颜色不同,其余都大同小异。她需要把火车翻过来看底部的字才知道谁是谁。孔澄却能叫得出来每辆车的名字。有两辆火车脸孔是双胞胎,只有眉毛形状有一点点差别,孔澄都能一眼辨认出来。

孔澄每天都在桌子跟前扒拉火车半天,还意犹未尽。

王悠勉强睁大眼睛,发觉孔澄把轨道装得歪七扭八的。一看这轨道,火车跑起来肯定五秒内会翻车,打算重新给

云养娃

她规整一下。

孔澄才不等她重装轨道,打开火车开关就开跑。

果真,火车在两个弯道后就仰面朝天,轮子空转。

王悠告诉她:"你看,我告诉你轨道弯道太多,会跑翻的。"

孔澄看着"呜呜"空转的轮子,又望了王悠一眼,辩解道:"火车跑累了,在睡觉。"

王悠忽感惊喜。

她将躺在轨道边的火车拍照,发朋友圈:

"澄澄说火车在睡觉!小孩的表达还真形象。"

李倩正在陪张笠果练琴,一小节反反复复弹不好。她深吸一口气,告诉张笠果:"你再弹一遍。弹对了,我就让你俩到楼下去玩。"

张笠果抬手"叮叮咚咚",像切菜一样完成了当前的曲目。

张维凯带着老二躲在卧室里。听闻琴声落下,他也如释重负地鼓着掌出来:"弹得真好,我们出去玩。"

李倩听到他的评价大翻白眼:"圆舞曲弹得跟进行曲似的,完全没弹出来音乐该有的样子。"

"我觉得挺好的。"张维凯抱起小的,张笠果在前面给他们开门。

李倩心想:你就自欺欺人吧。

第二章　一文不值的无价之宝

看这三人出门,李倩快步赶上。好不容易张维凯带下孩子,她要一起到楼下去刷个脸熟,免得邻居都以为她是富商包养的"小三"。

走在小区的小径上,张维凯把老二扛在肩上,另一只手牵着张笠果,李倩拍下他们的背影,发朋友圈:"有爹的孩子才像块宝。他爹好不容易在家待几天,时间都花在带娃上了。"

看到王悠的动态,李倩点赞。她平常很少听张笠果流露这类童言童语。看着王悠的朋友圈,她直揪头发,坐在长椅上反思自己的养育方式,也许太严格了。

11

张笠果抱着弟弟荡秋千,张维凯轻悠悠地推他们二人。老二稀疏的黄头发迎风扬起,"嘎嘎嘎"地笑。

武韶华和王悠恰好也下楼遛孩子。

武韶华跟李倩客套地说:"你家俩孩子真亲啊,大的带着小的。"

李倩也客气地敷衍:"大的也欺负小的。可小的就喜欢跟着他姐姐玩。"

武韶华在回家路上便对王悠展开了生二胎动员工作:"你到底在怕什么?你看你家邻居和你年纪差不多,老二都开始走路了。你如果早听我的话,早生老二,现在也满地跑了。"

王悠无力地摆摆手:"好了,别劝了。我不想再生了。"

"你邻居还没人帮忙带呢。你生的话我肯定帮你带到上幼儿园。"

"我邻居可不是一般的妈。我没她的本事。"

李倩一个人带两个孩子,还能保持家中干净整洁,同时给全家做出色香味俱全的菜肴,更重要的是,李倩对两个宝宝总是和颜悦色,对于养育孩子的事业,非常乐在

第二章　一文不值的无价之宝

其中。

每到夜深人静的时候，王悠就无比怀念和孔明良的二人世界。

两人周末睡到自然醒，在床上躺着，两人联机打手游，打到腹鸣如雷才你推我搡地起床梳洗。孔明良最爱做创意炒饭，把冰箱里剩的蔬菜洗净切碎，配午餐肉、鸡蛋同炒，便是一顿周末快手餐。

下午小憩片刻，两人躺在沙发上打开投影和音响，看战争片，枪炮声震天响。待夜市摆开，呼唤三五好友坐在烧烤摊前，开几瓶啤酒，谈天说地，痛快畅饮。

自从有了孩子，王悠连个踏实觉都没睡过。在外人看来，她的生活已经无可抱怨。

在房价高涨前上车买房，两人收入足够供房子，日常开销不顾忌价格标签。美资企业朝九晚五，HR工作稳定，压力不大。

孔明良早出晚归，晚上经常需要远程工作。推掉能推的应酬以及出差，在家尽量陪孔澄玩。王悠也利用各种智能家电解放主妇干粗活的时间。

每天六点起床，马不停蹄地给自己梳洗干净，准备快手早餐，再用电饭锅定时晚饭，这样下班进门就有现成的米饭。现在有外婆帮忙接孔澄回家，再送各种课外班，即便这样，全家坐稳了开饭也接近晚上八点。

到了周五晚上，王悠所谓的休息就是把散落在卧室地

云养娃

上、椅子上、床角的脏衣服都捡到洗衣机里,再定时启动。周六早上醒来的时候衣服刚好洗净,拿出来晾干。干衣服挂在阳台上,一周都懒得收。晾衣架垂下来半截,穿的时候直接取,省了叠衣服收纳的环节。

王悠只有一个孩子,更不存在婆媳问题。即便如此,每天吃过晚饭她都觉得浑身要散架了一样,还要硬着头皮听孔澄用各种排列组合的弓法拉跑调的《一闪一闪亮晶晶》,然后看其他作业。

王悠不知道李倩怎么做到气定神闲地养两个孩子,还能把孩子教得那么好。就算让她辞了工作她也做不到李倩的水平。

朋友圈其他学钢琴的小孩已经能摇头晃脑地弹出乐曲来。孔澄热情满满,丝毫不觉得自己的小提琴拉得难听。

王悠只发过一次孔澄的演奏视频,大家很礼貌地留言:"以前听说小提琴难,今天才知道它真难。"

今天孔澄上完小提琴课回来,武韶华告诉王悠:"老师说最好再参加集体课,说小提琴和钢琴不一样,要从小学合奏。"

王悠看到老师给她发的关于合奏课的信息,每周一次,每次一小时,五个孩子一起学习。时间恰好在孔澄的一对一课程后。

王悠定下集体课,老师接着发信息告诉她:"跟孔澄的外婆说了些练习的注意事项,但是外婆可能没太听明白。

毕竟小孩理解能力有限，孔澄要想学习效率高，在现阶段还挺依赖家长的。"

王悠明白老师的意思。陪课，陪练。

李倩不但陪孩子练琴，她还能练习四手联弹的声部和孩子一起合奏。

王悠不懂音乐，再不去陪上课，孔澄光凭几天的热情怕是在音乐道路上走不了多远。跟老师交流完，朋友圈提示有动态更新的小红点跳出来。

景荷刚发出一张脸贴在飞机舷窗的照片，并配有文字：

"周末去给老公探班。他攒了那么多里程，不用就过期了。"

王悠都不敢奢望带着孩子出门旅行。

孔澄小的时候要睡午觉、吃奶，出门换尿布也不方便。孔澄两岁以前，王悠的活动范围不超过离家半小时车程的地方。现在即便到了周末，王悠和孔明良都尽量只离开半天，让孔澄有午休机会。

给景荷的朋友圈点赞之后，王悠咬咬牙，坐在餐桌前画了一个周历，先标注出来孔澄的绘画课、编程课和小提琴课的时间安排；然后标注出孔明良和她的例会、周五洗衣服的时间，这些时间没有弹性。

她又查看消费记录，清点了家里的牙膏、卫生纸和洗涤用品，根据过去的消费记录估算消耗量，全部改成网店定期配送。这样可以减少采购的频率，也许可以给她压缩出来半个小时陪练琴的时间。

　　王悠把周历贴在冰箱上,希望下周不再手忙脚乱。

　　王悠小时候独自走路上学放学,老妈做饭的时候她乖乖地写作业。不知道从何时起,无论孩子做什么都需要妈妈陪在身边。

第二章　一文不值的无价之宝

12

　　颜铮在长春出差，景荷说好了周末去探望他。颜铮推托了半天，毕竟周末也要工作，没时间陪她出去玩。可景荷不甘心错过这个月的排卵期，即便只是周末也想抓住。

　　景荷独自抵达机场，毫不意外，颜铮没来接机。她独自打车到了他住的宾馆，好在颜铮跟前台打过招呼，为她留了一张房卡。

　　颜铮回到房间的时候，已经是晚上九点。景荷敷的面膜都干在脸上。颜铮看见电视柜上的食物，只喝了一点玉米粥，就栽倒想睡觉。

　　景荷对他挑挑眉毛："有任务在身，'交公粮'。"

　　"我白天被资本家压榨，晚上还要被我老婆压榨。"颜铮翻一个身，上臂挡住脸，"明天早上也来得及。"

　　"你稍微积极主动一点。"景荷抚摸他耳后的皮肤，只希望能多试几次，多一点受孕的机会。

　　颜铮拨开她的手，将被子掖在肩颈四周。

　　景荷莫名其妙地呆在床边：这算什么？我送上门来，你都不看我一眼？

　　她戳戳颜铮的脊梁："我今年33岁了。我们没多少时间。"

云养娃

清晨,颜铮草草做完"功课",觉得自己像个工具人。

景荷生怕打扰了蝌蚪上游的旅途,平躺在床上,一动都不敢动。

颜铮双目盯着天花板,冷冰冰地对景荷说:"你这段时间都没问过我的生活。"

"我给你发消息你没回,我以为你睡了,就不想打电话打扰你。"景荷漫不经心地回答。

过去几年,颜铮被派到各地调试设备,每天早上起来都要看看四周才能确定身在何处。

他拎起搭在椅背的牛仔裤给景荷看,后口袋破了个洞。

"怎么还能把裤子穿破了?"景荷不解地问。

"安装调试设备。有的地方太挤,我都是躺在地上拱进去,一开始没注意,屁兜里装了个钱包,把裤兜撑得凸起来,蹭着蹭着就蹭破了。"

"怎么没去重新买一条呢?"

"没时间。上一个星期都上夜班,白天需要补觉。"

景荷自然知道他上夜班的事情。这个项目是维护已有的设备。晚上设备停止运转的时候才能让工程师调试新的控制程序,白天设备需要继续运转。

以前以为寒窗苦读接近二十年,有了文凭至少不用做苦力。现在颜铮还需要上夜班,和倒班的工人并无不同。

颜铮带景荷去街边吃早餐。早餐店门口只挂了一张三合板,上面歪歪扭扭地写了"粥面小菜"几个字。

第二章 一文不值的无价之宝

周末的清晨,小店里除了他们,还有一个身穿工作服的大叔。大叔端着碗的拇指边缘有一圈黑渍,估计是常年接触机油的结果。他原本埋头喝粥,看见颜铮进门,抬起头对他咧嘴笑:"来了!"

景荷用询问的眼神看了颜铮一眼。大叔临走前拍拍颜铮的肩膀,两人看上去很熟络。

待大叔出门后,颜铮吸吸鼻涕对景荷说:"你幸福吗?"

景荷愣了一下:"为什么问这个问题?"

"刚才那位,是我们甲方的技术总监。五十多岁了,还在一线做,而且经常连班,为了挣加班费。现在经济不景气,有这份工作算好的了。"颜铮见到景荷一副漠不关心的神情,继续解释道,"他孩子在英国留学,我没问他为了孩子上学已经花了多少钱。并且他还想给孩子多攒点钱。"

景荷恻然。

过了一阵子,她故作轻松地说:"我们养娃有多少力量就办多大的事儿。没必要死撑。"

颜铮只是一个项目磨破一条牛仔裤而已。而这位大叔每条裤脚都磨出毛边。大叔也肯定没觉得他为了孩子死撑。

这时一位大腹便便的孕妇提着大小纸袋从他们面前走过,颜铮问她:"你甘心变成这样子?"

"生完会恢复的。"景荷耸耸肩膀,"况且不生孩子一

云养娃

样会变胖变老。"

"你愿意喂母乳？"

"省钱又安全。"

颜铮见她决心已定，抛出最后一个问题："放弃未来二十多年的自由，把我们的钱都砸到一个小人儿身上。将来他可能住在远隔万里的地方，过年的时候给我们打个电话问候一下，你也甘心？"

"过年肯打电话，就足够在乎我们了。"

景荷拿出手机，给他看王悠的朋友圈。照片是孔澄的后脑勺，她弯腰摸一个包裹。

王悠配捂嘴笑的表情符，告诉大家："我们出门，暂时把包裹寄存在门卫处。孔澄对包裹说：'你在这上学，我们回来接你。'"

王悠的朋友圈全是孔澄的细碎趣事。

景荷把王悠过往的朋友圈给颜铮看，说："我知道养孩子需要花很多时间和精力。但是你看，孩子给父母也打开了一扇窗口。孩子看事情的视角和大人完全不一样。现在你让我去泡吧、蹦迪，我都没兴趣了。我想花二十多年的时间陪着一个生命成长。"

两人在琳琅满目的女装区穿梭，景荷对时装没有多看一眼，挽着颜铮的胳膊径直向电梯走去。家里的裙子再穿三五年都够了，不如省钱买童装。

第二章 一文不值的无价之宝

这时,一个小男孩彷徨地哭着喊妈妈,手指放在嘴里,鼻涕眼泪令他的五官都模糊了。

景荷上前将他抱起来,安慰他说:"你别着急,我帮你找到妈妈。"

景荷抱着小男孩走到收银台前,跟收银员汇报了情况。片刻间,就听见广播喊:"哪位顾客走失了一名儿童,请到三楼2号收银台认领。"

小男孩停止了哭泣,鼻涕口水都蹭到景荷肩膀上。

一名头发挽髻的少妇匆匆忙忙地赶来,头发散落几缕垂在额前。她将头发捋向耳后,接过孩子,对他说道:"告诉你多少次了,在外面不要乱跑!今天差点丢了!你害不害怕?"接着,对着他屁股就来了两巴掌。

景荷目瞪口呆地看着她,心想:幸好是我捡到你的孩子,如果是人贩子,你这时候上哪找孩子去?

"分明是你没把他看好,他才会丢的。"景荷质问她,"你凭什么用大人的错误惩罚孩子?"

小男孩抽泣着,手紧张地揪住妈妈的衣领,露出她的内衣肩带。景荷火眼金睛,见她肩带皮筋已成了波浪形,松松垮垮地挂在肩头,而手上却提着一个童装品牌的购物袋。

景荷不忍心再指责。

少妇漠然地看了景荷一眼,将孩子放在地上,厉声说:"在外面要拉好我的手!免得再跑丢了!"

待他们远去,颜铮眨眨眼睛,又问景荷:"你觉得他们幸福吗?"

颜铮的眼镜片上隐隐浮起镀膜的绿色,一双眼睛却直看到景荷的心里。

13

景荷将一个纸袋放在王悠的办公桌上。纸袋内盖着一层彩色的软纸,王悠打开,"哇",一件白色纱裙,裙摆层层叠叠,缀满了闪亮的珠子。

王悠轻抚裙子,丝滑柔顺。

她对景荷客气地说:"真没必要给孩子买这么高档的衣服。"

"我觉得好看就买了。孔澄刚好拉琴的时候穿,闪闪发光的小提琴女神。"

王悠感激地收下礼物,心想,这样的衣服在孔澄身上穿不过两天就会滴满菜汤。

景荷打心底喜欢孔澄,每一次王悠晒娃她都火速点赞。她在商场的童装区逛得津津有味,看到漂亮的女孩服饰就设想自己的女儿穿上会是什么样子。

王悠回家让孔澄换上裙子站在花坛边拍照。孔澄已经很会摆造型,侧转身过去,左脚踮着脚尖靠在右脚边,亭亭玉立。

除了平日的朋友之外,上次接收她旧童书的王晓霞也点了赞。

印象中王晓霞总是客客气气的,加了微信也没跟王悠联系过。这是王晓霞第一次给她点赞。

  王悠不愿意换算这条裙子得花掉王晓霞多久的工资，更不想揣测王晓霞点赞时的心情。市面上童装价格离谱，王悠只去平价店买百元的服饰，只有亲朋好友才会送华服。

  她赶紧删掉了这条朋友圈，又重新发出，仅限景荷可见，以表达自己的谢意。

14

李倩带着两个孩子在楼下玩。老二晃晃悠悠地开始走路,走到花坛边,就薅了一把非洲菊。

"这孩子,没规矩……"一个陌生的邻居满脸鄙视地看着壮壮。

李倩知道邻居不乐意,马上抱起他说:"壮壮,花是小区的花,不是我们自家的花,不能摘回家。"

她对刚才抱怨的邻居抱歉地笑了笑。

老二已经把花捏得烂兮兮,摊开掌心,花瓣的黄色汁水印开来。他笑嘻嘻地露出四颗牙齿。

张笠果在一旁朗声说:"落红不是无情物,化作春泥更护花。"

王悠听到张笠果出口成章,意外连连。

李倩谦虚地说:"我们一起在家看《诗词大会》,她跟电视一起玩飞花令。"

王悠和孔明良都没时间教孔澄诗词。孔澄的诗词水平还停留在"床前明月光,地上鞋两双"上。

王悠望了孔澄一眼。她不想公开比孩子,可孔澄似乎收到了她失落的情绪,扯扯她的衣角想要回家。

李倩更谦虚地说:"我没刻意教过她。"

云养娃

王悠心想:鬼才信你没刻意教过。七个字的诗句,还不是耳熟能详的句子,不刻意教她怎么会知道?

李倩摸着张笠果的后脑勺说:"我们都是零零碎碎的时间随便瞎聊,她就记住了。这么大小孩记性特别好。"

王悠转过身,翻了个大白眼。

李倩这套说辞就像学习最好的同学考前总说自己没复习,好紧张好紧张,成绩一公布,第一名!

王悠没那么多时间陪孩子,回家躺在床上下载了一套少儿唐诗教程,打算自己先在通勤路上听。现在孩子学的内容不仅限于课本。古典文学如同汪洋大海,王悠也摸不到边际。她希望通过课程了解一些入门级诗歌的历史背景,以后能慢慢讲给孔澄听。

第三章
我原本只希望她健康快乐，为什么又盼她十项全能

 今天宝贝画得太棒了！

云养娃

1

　　李倩捧着一篮现烤的点心前来拜访王悠。柳条篮子里铺着红白格子的花布，里面装了黑色和绿色的曲奇饼干。黑色的是巧克力味，绿色的是抹茶味；一个香味浓郁，一个含蓄典雅。

　　王悠立刻请她进门坐下来说话。

　　李倩坐在沙发沿上，迟疑了半天才对王悠说："我家爸爸不在本地上班，所以他的朋友也不在附近，我现在不上班，社交圈自然就窄。我们两家孩子差不多大，我觉得你家孔澄性格比我家果果开朗，希望她们能多相处。"

　　王悠听明白，原来她想给孩子找玩伴。

　　王悠朝盘腿坐在地上玩乐高的孔澄望去。

　　孔澄面向窗口，背影小小的，只穿一件小背心，透过背心都能看出脊椎的形状。

　　孔澄用深深浅浅的黄色乐高搭了一排高矮不等的长颈鹿，又递给孔明良一块绿色的乐高："你喂它们吃草。"

　　孔明良拿着那块硬塑料端详两秒，问孔澄："这能吃吗？"

　　"假装吃！"孔澄对老爸怒目而视。

　　孔明良在孔澄的呵斥下，唯唯诺诺地把乐高送到长颈鹿嘴边，"唔啊唔啊"，吃得很欢畅。

孔澄天真烂漫地望着孔明良喂长颈鹿，眼神中闪烁着心满意足的快乐。

王悠印象中张笠果无论语言能力还是社交能力都比孔澄强，哪知李倩还有其他方面的担心。

李倩又不好意思地笑笑："我生老二之后，放在老大身上的精力就少了很多。果果也因为弟弟的缘故损失了很多玩的时间。就想你们带孔澄玩的时候叫上我们，这样孩子也有个伴。"

这时候，孔澄闻着味道寻过来，美滋滋地吃李倩带来的饼干。王悠用手指头戳孔澄的背，低声在她耳边问："阿姨和我们分享饼干，你应该对她说什么？"

孔澄缩在王悠身后，探出一双眼睛，怯生生地说了声"谢谢"，便跑到一边去玩了。

李倩告辞后，王悠翻看朋友圈。

李倩下午发了一条烘焙成果。全是她亲手烤的点心。老二只戴了围嘴、穿了尿不湿，把饼干捏在手里，饼干渣沾在脸上，流着口水，憨态可掬。

李倩配文说："我家老二也是小吃货一枚。现在几乎把餐桌上的食物都尝了一遍，慢慢就能跟我们一起吃饭了。"

孔澄从小就胃口不好，很少见她对食物这么感兴趣。下午孔澄一口气吃了半盘李倩送来的饼干。

王悠反思自己厨艺太差，所以孔澄一直偏瘦。继"唐诗"之后，她又将"下厨"添加到需要修习的技能列表上。

云养娃

2

　　李倩送张笠果去幼儿园。

　　她想把老二捆在推车上,可是老二现在很有主见,一个劲儿挺肚子,想下地自己走,拒绝捆安全带。

　　李倩一看时间,若是让他晃晃悠悠地走路,怕是两个小时都到不了学校。她咬咬牙,让张笠果抵住推车,双手按住老二的胯骨,把他按回座位,以迅雷不及掩耳之势扣紧安全带,又塞给老二一个硅胶奥波摇铃球[①]。

　　李倩抹抹额头上的汗,对张笠果说:"从今天起,每天上学路上练习英语。"

　　张笠果还没反应过来,就随着妈妈和弟弟一起进了电梯。

　　"电梯用英语怎么说?"

　　"Elevator。"张笠果字正腔圆地回答,"这是由'上升'elevate的词根变出来的。"

　　李倩对她点点头:"今天先跳过这个词的拼写。"

　　张笠果微微松了一口气,这么长的词,心里也发怵。

[①]奥波球(Oball),球身上全是洞,很方便小朋友抓。一岁左右的小孩子很爱玩。

第三章　我原本只希望她健康快乐，为什么又盼她十项全能

没料到李倩说："拼写这个词完全遵循发音规律，没必要花时间。"

张笠果慢慢将 elevator 在心里念了几遍，试图拆分音节。她仰起头，食指放在嘴边，想从电梯内的铭牌以及维护记录上找到线索。

李倩又问："这种电梯和楼梯形状的电梯，名字不一样。你记得那种电梯的英语叫法吗？"

张笠果张了一下嘴，好像联想到什么，又想一想，这时候电梯"叮"的一声，救了她。

老二在电梯里原本有些烦躁，走在路上，他好奇地指着旁边停放的车辆说："车！"

张笠果摇晃着李倩的胳膊说："弟弟说话了！这是他除了'妈妈'之外说的第一个字！"

李倩也分外惊喜。老二的语言能力发育一直比张笠果晚。

张笠果小的时候，李倩手机里全是她的照片。果果第一次抬头，第一次翻身，第一次独立坐起来，第一次吃米糊，第一次爬，第一次走路……每年生日的那天她还让果果和日历合影，孩子成长的点滴全都记录在云相册里。而手机里的壮壮总在憨憨地吃饭。

她蹲下身，准备好手机摄像，期盼地问壮壮："你刚才说什么？再说一次。"

老二紧闭双唇，头转向一边，再也不肯开口。

李倩失望地收起了手机。

3

王悠在上班路上戴着蓝牙耳机,听刚购买的古典音乐入门课程。若不是孔澄学音乐学得兴致盎然,她也难得有机会了解这个范畴的东西。

在员工食堂吃午饭的时候,王悠又在学唐诗启蒙课程。

景荷从王悠身后看到了手机屏幕,察觉她见缝插针地学习唐诗启蒙课程,吃饭都吃得心不在焉。

景荷问她:"为了孩子?"

"为自己。"王悠低着头,菜汤滴到白衬衫上也没察觉,"我小时候也希望有机会培养人文素养。那时背诵是为了考试,完全没机会欣赏其中的美感,现在借着孩子的劲儿找补回来。"

王悠见景荷好奇心满满,索性将课程链接分享给她,"我觉得挺好的。利用上下班路上的时间听个课程,也充实了自己。"

见王悠如此投入养娃事业,景荷心想,应该值得。

下午,王悠向黄韵夏提交了这一阶段的员工离职率报告。

黄韵夏皱着眉头看数字:"怎么工人流失得这么快?这样我们的招聘成本要超支了。"

第三章 我原本只希望她健康快乐，为什么又盼她十项全能

铁打的流水线，流水的装配工。

王悠心想，生产线两班倒，基本招不到本地人，全靠外来劳工。工人在当地无牵无挂的，哪里钱多去哪。

公司宁可把钱给劳工中介，也不愿意发到工人手里，那工人流动性大也是活该。

黄韵夏念叨着："真是不知足。我们这好歹正规，五险一金都上，工作环境也符合安全标准，从来不拖欠工资。他们再跳，也未必能找到比我们这更好的地方。"

王悠听她抱怨，又找不到解决办法。她查看员工名单，发现王晓霞还在这里工作。这里至少能保证法定节假日。王晓霞是外地人，需要小长假回家看孩子。

王悠翻了翻王晓霞的朋友圈，一个三岁模样的小女孩蹲在地上玩水，脚上穿了一双红色塑料凉鞋，头发粘成几缕贴在额前，脑后厚厚的头发搭在脖颈处。发型剪得很笨拙，王悠担心她颈后会捂出痱子。

拍照人可能没留意，小孩子蹲在地上露出了裙底的内裤。

王晓霞说："电商还是方便。我网购的凉鞋第二天就送到了。家里老人不会取快递，感谢邻居帮我们取。"

王悠很少见到王晓霞晒娃。看到今天这条朋友圈，她推断，王晓霞的父母可能不太会用智能手机，所以不太会给孩子拍照，也顾不得孩子头发太厚实不舒服。

回家后，王悠把孔澄去年的夏装收出来一包，吊带小

云养娃

背心、短裤,最适合夏天。她趁交班的时候在车间出口处拦截到下夜班的王晓霞,将包裹给她。

王晓霞才说了"谢谢",表情突然变得警觉起来。

王悠顺着她的眼光看去,一个男人蹲在电线杆下抽烟。他佝偻着背,双肩耸起,两眼盯着王晓霞,像捕猎的豹子。

王悠明白了大半。她挽着王晓霞的胳膊向厂区走,跟保安点头打个招呼,带着王晓霞穿过办公区,从办公楼的出口离开。分别前,王晓霞紧紧抱着王悠给她的那包衣服,告诉王悠:"你放心,我的钱都给孩子攒着。他不知道我住在哪。"

孔明良下班回来,见不到孔澄,才想起今天孔澄学画画。孩子不在,家里很安静。他倒在沙发上打盹儿。

王悠经常觉得孔明良太废柴,她过的是"丧偶式育儿"的生活。可是孔明良每天早出晚归,单程通勤一个小时。每天迈进家门的时候眼睛都睁不开,王悠也无法要求他再做什么。

现在有武韶华帮忙负责后勤,全家至少不用吃又油又咸的外卖。

武韶华带着孔澄进门,孔澄激动地向他们展示今天的绘画成果。

王悠对她说:"嘘,别吵到爸爸睡觉。"

"哪那么娇气。"武韶华不屑地说,"以前我们邻居挨那么近,锅碗瓢盆都听得见,照样过。他回来还睡觉。"

王悠不想跟老妈争论,蹲下身来看孔澄今天画的画。

今天老师带小朋友画椰子树和海滩。蓝天白云,椰林树影,王悠定睛一看,椰子树上结的不是椰子,而是两枚橙色的水果。

她问:"你让椰子树结橙子吗?"

"这是枇杷!"孔澄转脸看孔明良,"前几天爸爸买的枇杷好吃。这几天都买不到了,我就画了枇杷树!"

"好好好。"王悠觉得孔澄异想天开,让椰子树结枇杷。她琢磨明年枇杷成熟的季节可以带孩子去果园采摘新鲜枇杷,顺便了解植物的生长环境。

王悠看孔明良在沙发上翻了个身,挠挠耳朵,双臂抱在胸口继续睡。

孔明良至少是给孩子买水果的爸爸。

晚饭后,王悠催孔澄去练琴。孔澄撇着嘴,还想玩iPad上的游戏。

王悠深吸一口气,帮她调好音,翻开琴谱,坐在琴凳边上,拿着老师留的作业簿说:"今天先练空弦弓法,注意怎么分配弓。"

孔澄下巴颏夹着琴,琴声干涩又刺耳。

"老师说要把肩膀放松,手腕放松,像木偶一样,胳膊是软的,垂下来,手挂在弓上,拉出来的声音才好听……"

"我知道!"孔澄一跺脚,琴夹在腋下,冲王悠吼道。

刚调整好持琴姿势，现在又功亏一篑。

王悠再次深吸一口气，凝视孔澄的眼睛说："琴是你要学的。而且陪练琴也是你要我陪的。你如果不想我陪你练琴，我马上就走。你让我坐在这，我就必须按老师教的内容来指导你。"

武韶华连忙过来打圆场："刚开始，你们慢慢来，别想着一口吃个胖子。"

孔澄立刻得意地看着王悠。

王悠把老妈推到一边，低声告诉她："我教育孩子时你别来拆台。"

武韶华见她这么严肃，搓着手说："你对孩子别这么厉害。"

王悠一本正经地告诉老妈："你来帮忙我很感激。我们都不懂，那就听老师的。我每星期搭一上午的时间去陪她上课，老师让我回来这样指导她，这是捷径。如果不听老师介绍的好方法，孔澄进步慢，学得没成就感，慢慢就不喜欢了。"

武韶华后退一步，双手握在一起，焦急地看着她们。

王悠又转身对孔澄说："刚吃完饭的时候，我的耐心有西瓜那么大，但是你一直玩 iPad，怎么叫都不过来，我的耐心就变成柚子那么大了。现在你这个样子，我的耐心只剩枇杷那么大！"

孔澄又转脸看外婆，外婆索性到厨房去洗碗。王悠才松了一口气。

每天练完琴,王悠才觉得完成了全天最艰巨的任务。

她给孔澄画的画拍照,发到朋友圈:"我娃创造的新物种,椰子树结枇杷。"

景荷留言说:"小孩子的脑洞大人一般达不到。"

4

王悠刷到李倩的朋友圈,照片里张笠果托着腮,和张维凯下井字棋。壮壮站在张维凯双膝之间,伸出一只胖胖的小手抓棋子。

李倩配的文字是:

"他爸给壮壮当军师,已经赢了姐姐两盘。我家姐姐棋品还不错,胜不骄,败不馁。"

李倩才放下手机,张笠果跟妈妈告状:"壮壮赖皮!告诉他放下棋子就不能再动了,他非要拿起来重新放。"

李倩心想,老二才一岁,还戴着口水巾,他纯粹瞎掺和,其实是张维凯在陪玩。

张笠果又跑回茶几边对壮壮说:"你现在太小了,还不会下棋。你去玩别的吧。"

壮壮原本开心地抓着棋子在桌子上砸,听到这话,嘴一扁,就开始哭。

李倩像是被俩孩子轮流毒打了一顿,感到太阳穴的动脉突突地跳。她拉着张笠果去练琴。

"你更喜欢弟弟。"张笠果扭一扭肩膀,低声说,"如果我那样砸棋盘,你肯定要说我。"

"你弟弟才一岁!你一岁的时候抓着什么都往嘴里塞,

和他差不多!"李倩气不过,把张笠果推到茶几边,又把她的手按在棋盘上,"那你也去砸几下棋盘,我也啥都不说。"

张笠果吃痛,"嘶"地吸了一口气,皱着眉头,把手抽回去,愤恨地盯着李倩说:"你就是喜欢壮壮。"

"天地良心!"李倩双手叉腰,上半身前倾,喘着气说,"我陪你的时间比陪你弟弟的时间多!你每天放学回来我陪你去学琴,学画画,学乐高。我就算做饭也让你在厨房晃悠。弟弟睡午觉的时候我都在陪你念书!"

现在张笠果的阅读水平越来越高,读书的篇幅越来越长。李倩每天给她念书念得口干舌燥,还陪她一起学英语,看英语动画片。

老二每天憨憨地学走路,瞌睡也多。

这孩子怎么看不到她老母亲的付出?

张维凯见她俩剑拔弩张,对果果招招手说:"那我们这把不带壮壮,我专门陪你下棋。"

张维凯又冲李倩挤挤眼睛,让她把老二抱一边去,他专心陪老大玩。

这一轮,张维凯故意输给果果两盘棋,果果心里才顺畅。

原以为两个孩子年龄差了快四岁,打架应该打不起来。可张笠果经常吃老二的醋。李倩每次看到这姐弟俩争宠,就反思自己,是不是因为张笠果小时候是老人带的所以现

云养娃

在对父母的关爱格外敏感？总要跟弟弟争宠。

张笠果平常很少跟父母提自己的不同意见，只有在面临和弟弟有关的事情时才会主张公平。李倩以前总觉得亏欠张笠果，现在看来张笠果有蛮不讲理的趋势。

张笠果见妈妈脸色低沉，下完棋之后倒是没等妈妈吼，乖乖地去练琴。

晚上给孩子洗澡的时候，张笠果又缩到卫生间拐角。

李倩长叹一口气。以前都是两个孩子一起洗。也许果果有了性别意识，不想和弟弟一起洗澡。

把老二拾掇干净后，李倩才察觉，张笠果的胳膊肘蹭破了好大一块皮，伤口处还有细小的沙粒。

张笠果今天穿七分袖的衣服，李倩没看见她胳膊肘受伤了。李倩连忙从头到脚检查了一遍，确认只有胳膊肘受伤了。张笠果抽回胳膊，脸扭向一边。

没法洗澡了。李倩用一盆温水给她洗干净胳膊和腿，又兑了一点温热的生理盐水，装在尖嘴挤压式塑料瓶里，缓慢挤出流动的生理盐水，帮她冲洗伤口；然后用吹风机的低温烘干皮肤，之后涂了一层药膏。

这时张笠果神情中的怨气才消散。

李倩问："你什么时候摔的？"

"在操场玩的时候。"

"你怎么不跟老师说呢？"

张笠果低下头，不吭声。

"以后摔了一定要跟大人说。在学校你就跟老师说,老师也会帮你清理的。你回来跟我说也行啊。你疼都不说,这要是没发现再感染了怎么办?"

张笠果一直低着头。

晚上李倩给果果念完书后,怎么都睡不着觉。

"你说我们当时生老二干吗?不是自己给自己找麻烦吗?"

"你又看老二不顺眼?前几天还觉得小的可爱呢。"

李倩和张维凯都是独生子女。当初觉得孩子越来越少,越来越孤单,结婚前就商量好要两个孩子,而且最好年纪差两岁左右。

可后来精力有限,张维凯频繁出差,李倩又要上班,又要照顾小孩,就算有老人帮忙也不轻松。张笠果三岁后他俩才敢要第二个孩子,这已经是承受能力的极限。

"我觉得生老二之后忽略老大了。她性格软,什么事儿都憋着。"

张维凯也发愁说:"我从小也不爱吭声,上初中了也不举手发言。都赖我的基因吧。"

"我现在给她换爹也来不及了。"李倩给他一个白眼,"我担心她的社交能力。平常我在她身边的时候她挺大方的,跟邻居说话都没问题。我不在她身边的时候她就憋憋屈屈的。"

云养娃

第二天李倩送果果去幼儿园。送进大门之后，果果拉着她的手不放开，拽着她往操场走。操场新增加了两个秋千。秋千支架下是几块混凝土地基。

张笠果指着其中一块混凝土说："昨天就摔在这里了。"

李倩才明白，其余的地方是沙子，摔了也不会受伤。这几块硬水泥一蹭就掉一层皮。

李倩拍拍她的背说："我知道了。"

她转身就走进了园长办公室，跟园长说了张笠果昨天受伤的事情。

园长辩解说："秋千必须要有地基啊。我们已经在秋千下面铺沙子了，就那里露出来一点水泥，再用沙子盖上，下雨刮风也会露出来的。"

"能不能弄块塑胶垫之类的东西把水泥盖住呢？"李倩客气地说，"除了我家孩子，其他小孩也有可能摔倒。学校做点防护措施，至少他们摔了不至于受伤。"

"那水泥墩子上面还有螺栓，盖不住。这只是意外，我告诉老师下次注意看着孩子。全校就那么小的一块地方是水泥。"园长用手比了比，秋千地基不过词典大小，"我们其他活动场所都是塑胶地面。"

李倩给王悠发消息诉说张笠果在学校中的遭遇。王悠也希望幼儿园能改进操场的设施，排除安全隐患。她下次也跟园长提一下，提的人多了，也许幼儿园会重视这件事。

景荷听说了李倩的烦恼，不解地问王悠："她怎么没好好教育孩子在水泥地上要小心呢？要是我的孩子啊，我就从小注意安全教育，让她知道躲开不安全的东西。"

王悠微微一笑，不愿意跟景荷解释。

景荷微仰起脸，眼神温柔，语气中充满憧憬："如果我有个男孩，我就把他养得皮实一点，摔倒了自己爬起来。如果我有个女孩，每天给她穿得漂漂亮亮的，买好多好多公主裙。"

王悠想，也许每个孩子在出生前都被父母这样规划过吧？她已经想不起来自己当年的白日梦了。

她看了李倩给她发来的张笠果最近的读书清单。密密麻麻的绘本标题看得她头痛。

孔澄学英语光凑热闹，怎么都不肯背单词。动画片里说上句孔澄就能接下句。但是让她好好认一下字母和单词，她就立刻不耐烦地跑开。

武韶华把孔澄按在书桌前学写字。

"你专心一点，我们今天就学写两个字！你把这两个字一样写一行就可以去玩了。"武韶华口气严厉，手指点着作业本，"写字要注意笔顺，从上到下，从左往右……"

孔澄坐在书桌前，眼泪汪汪的，看见妈妈撇撇嘴，又回头望一眼外婆，低头继续写。

武韶华告诉王悠："我今天在楼下碰到邻居，他家孩子和孔澄一样大，已经认识一千多个字了。"

云养娃

王悠满脑袋问号。一千？怎么数的？我都不知道我认识多少个汉字。

"他们告诉我用的什么教材，我记下来了，你回头也给孔澄买一套，专门教小孩认字的。每天放学回来她还有时间，我看着她学几个字。"武韶华的语气坚定不移，"拼音你们来教。我普通话不标准，教不好拼音。"

王悠看菜还一包一包地放在厨房的地上，晚饭的影子都还没有。她又追踪孔明良的手机定位，孔明良已经到了小区门口。

当初老妈主动提出帮忙带孩子，他们最大的盼望是下班回家有口热饭吃。谁知老妈对教育孩子的兴趣高过了做饭。

王悠呼喊孔澄到厨房里来。她用菜刀把蒜瓣儿拍一下，蒜皮顺势裂开。之后把拍过的蒜放在一个小碗里，递给孔澄剥皮。

孔澄蹲在垃圾桶边上，用胖墩墩的手笨拙地剥掉已经松散的蒜皮。

武韶华知道孔明良马上要进门，等着开饭，孔澄做事情慢，想自己三下五除二把蒜剥了。

王悠拦住她的手说："你让孔澄慢慢来。"

武韶华追到灶台边告诉王悠："孩子整天在厨房里没出息。我一直后悔对你小时候不够用心。如果我们当时有时间抓你的学习，你肯定不至于是现在这样子。"

王悠心想：我现在这样子哪点不好？小时候读书也不吃力，一路考上来，找工作靠自己，毕业后自食其力，结婚生子都不用父母操心。

武韶华说："你们对孩子学习太不用心了。我今天下午碰到的那家孩子拼音和识字都学完了。我原先以为小孩子都跟孔澄差不多，这几天才看出来差距。孔澄比人家差远了。"

王悠低声跟老妈说："你别当着孔澄的面把她跟其他孩子比较。"

"哪那么脆弱？"武韶华不以为然，"我今天见到的那孩子可懂事了。不像孔澄，性格躁得很，让她干啥她都跟我对着来。"

武韶华眼睑低垂，目光从眼角溜出来，落在孔澄头顶。那眼神让王悠想起自己的童年。

此时，孔明良进门，见餐桌上摊了一桌子作业本，而晚饭还没有踪影。

他走进厨房，王悠原以为他要来帮忙一起做饭，谁知他抬脚跨过垃圾桶，伸长胳膊拉开冰箱门，探头探脑地观望半天："我们家有没有能直接吃的东西？我饿得都低血糖了。"

武韶华没来帮他们接送孩子的时候，王悠负责采购生活物资。武韶华来了之后念叨他们浪费钱，不会过日子，只买蔬菜水果和肉蛋奶。

云养娃

孔明良转脸低声问王悠:"你下班顺路能买点熟食回来吗?"

"你想吃啥自己上网订,别什么都推给我。"王悠转过身来,鼻尖几乎要贴到孔明良的下巴。

厨房本来就不大,现在挤了四口人,转身都费劲。

孔明良也向后退一步,肚子"咕噜"作响。他问王悠:"家里这么多人,怎么会连饭都没得吃呢?你们回家后都在干吗?"

王悠也有这个疑问。白天孔澄上学,老妈一个人在家都干什么了?为什么连一顿饭都做不出来?

王悠看着案板上切了一半的肉,血水流得半灶台都是。老妈肯定早就把肉拿出来了,然后盯着孔澄写字,就没顾上做饭。

她对孔明良抬手示意别再烦躁:"马上就有饭吃。你带孔澄去外面玩,我和妈做好饭给你打电话。"

武韶华阻拦说:"你们就在家待一会。上楼下楼还懒得折腾呢。"

王悠对孔明良扬一扬下巴,孔明良带着孔澄出门。

他们走后,王悠就对老妈说:"以后你别管孔澄学习的事情。她学什么我来管。你帮我们接孩子,再做顿晚饭,我们就感激不尽了。"

"我听说他们都在准备考民办小学。"武韶华告诉王悠,"你们稍微对孩子用心一点。"

第三章　我原本只希望她健康快乐，为什么又盼她十项全能

王悠捂着脑门，不知道是饿得低血糖还是被老妈气的，心跳都加快了。

"我跟孔明良商量过了，真的没必要跟风。孩子的一生还长，她现在喜欢学什么就让她学什么。她喜欢画画你别嫌画画弄得乱，她画画的时候你刚好可以做饭。少写两个字又能怎么样？上小学还不是从头学起。"

"我跟你说，你家孔明良就不求上进。你再把孩子往那个方向带，孩子将来怎么办？"

王悠心里一惊，怎么把枪口转到孔明良身上了？

"我觉得孔明良挺好的，你看他哪里不顺眼？"

"他参加工作都快十年了，一点起色都没有。"

王悠不知道老妈每天在小区里跟其他爷爷奶奶都交流什么。平常她见到八卦的爷爷奶奶都绕道走。现在老妈把小区里的八卦引到家里来了。

这时她收到孔明良发来的消息："我和孔澄在吃小吃，给你们打包一份回来吧。别做饭了。"

王悠把手机塞回裤兜，感到安心。

晚上，她将孔明良和孔澄在小吃店啃猪蹄的照片发上朋友圈。

孔澄眼睛瞪得圆圆的，咧大嘴，咬了一点猪蹄的皮尖尖。孔明良一只手帮孔澄拿着猪蹄，另一只手持手机拍下孔澄嘴馋又不敢下嘴的样子。

"难怪人家说女儿是爸爸的小情人。我娃想啃猪蹄，嫌

猪蹄粘手，让她爸拿着她来啃。"

景荷点赞后留言说："孔澄这么讲究？想吃猪蹄还不愿意自己动手。"

王悠配了捂嘴笑的表情符回复："可不。要是我的话，我肯定告诉她爱吃不吃，吃猪蹄就是要粘手粘满脸才过瘾。她亲爹就给她拿着猪蹄让她啃。"

孔明良以为岳母来了，进门就有饭吃。今天他饿得头晕眼花，心慌手抖，回家后晚饭没有踪影，孩子的作业本摊了一桌子。

他带着饥肠辘辘的孔澄在外面找饭吃。从孔澄那里得知外婆逼她学写字而耽误吃饭，更是气不打一处来。小孩子长身体比什么都重要。饿着肚子学写字？那些字晚学几天又能怎么样？

孔明良不解地问王悠："你妈帮我们搞后勤就行了。孔澄无论学什么，怎么学，我们来安排就行了，何必让你妈上手呢？"

王悠辩解说："我妈肯定是听说邻居家的孩子会那么多东西，她觉得教一下也肯定没坏处。"

"孔澄的大好时光花在写那几个字上，值得吗？有那时间让孩子到外面跑跑跳跳，看看花花草草都行。"孔明良的声音越来越高，"现在不会，上学之后自然就会了。我还没见过不会写字的人。"

"我妈是好心帮忙,她肯定不会故意害她。"王悠翻了个身,背对孔明良,"我不跟你争了。我怕孩子听到我们吵架。父母不和睦会影响孩子。"

孔明良就此打住。

有孩子之前,王悠和孔明良很少吵架。正因为两人对生活挺满意,才决定要孩子。有孩子之后,难免需要父母搭把手,原本满足的生活再起波澜。

武韶华才来了几天,王悠和孔明良都能感觉到彼此之间的张力越来越足,忍耐中积攒着不满。

王悠小时候父母也没怎么管她学习。那时候需要考高中,考大学,没有民办学校,父母更没有能力供孩子出国读书。

现在,教育资源供给越来越多,为什么大家还削尖了脑袋争这一点始发优势?

王悠一夜没睡好,顶着一对黑眼圈去上班。

景荷见到她,跟她闲聊说:"现在的小孩真幸福。"

王悠满脑门问号。

"我小时候我妈一直不让我吃猪蹄,"景荷面容很疲倦,端着一杯热气腾腾的水来蒸脸,"我妈说猪蹄的脚趾头叉叉会把女婿叉走,没结婚的女孩吃了就嫁不出去。你说他们骗孩子干吗?我现在想,可能是他们自己想吃,才编出来这种谎话。我从小没吃过,上高中才偷吃了一块。"

王悠望着景荷纤细的腰肢推断,也许正因为景荷当年猪蹄吃得少,才换来今天的好身材。

王悠望了一眼景荷杯中的饮料,原来是红糖姜茶。

她挑起眉毛问:"'大姨妈'来了?"

景荷顾左右而言他:"我们为什么把月经称作'大姨妈'?"

王悠歪着脑袋思索了一会:"因为是很亲切的人?我要是'大姨妈'晚来几天肯定紧张得半死。"

景荷意兴阑珊:"我觉得是讨厌的亲戚。不可能绝交,但是甩也甩不掉。"

王悠突然想知道孔明良怎么看待自己的岳母。这念头在她脑中闪了一闪便过去了。

电光石火间,她明白了景荷的潜台词,问:"你在造人?"

景荷迟疑了一下,很轻微地点了点头。

她怕走漏消息的同时会泄漏"好孕气"。这是她第一次吐露她的计划。

王悠苦笑。

何苦呢?王悠自以为就凭她和孔明良的收入和受教育水平,至少可以给孩子提供一个无忧无虑的童年。昨天孔澄委屈的眼神告诉她,这个卑微的目标没达到。

王悠怀疑养育孩子的意义。

"等我有了孩子,她想吃什么我都带她去,她喜欢什么衣服我专门陪她去逛街。"景荷憧憬地说,"小时候我妈专门等换季打折的时候给我买衣服。色码都不全。她也不管我喜不喜欢,每次都买大一号的,第一年衣服松松垮垮的,第二年都洗皱了。我在自己赚钱之前一直是灰头土脸的。"

王悠打量景荷今天的穿搭,上身是简约的黑T恤,配了一条长度过小腿的白色蛋糕裙,英气中透着婉约,在户外不热,在空调房里又不会冻膝盖。

景荷有时装杂志水准的穿搭功力。王悠不知道她背后还有这么心酸的经历。

这时候王悠看了一眼手机,王晓霞晒出她孩子穿上夏装的照片。孔澄穿小的衣服,她家宝宝穿上刚合身。

王晓霞配文字说:"以前天气不好,衣服晾不干,我娃就没得换。现在四五套夏装,也不怕泥巴弄脏衣服了。"

王悠果断点赞。这张照片带给她前所未有的满足感。

紧挨着,是李倩新发的一条朋友圈。

王悠点开大图才看明白。不知道李倩从哪里搞来的网格垫,中间挖了个圆孔,恰好铺在幼儿园秋千架四只角的水泥墩上。橡胶材质的网格垫,螺栓恰好嵌在网格里,螺栓高度也恰好和网格厚度持平。孩子就算在上面摔倒也不怕擦破皮。

李倩配文说:"扫除安全隐患,让娃敞开来玩。摔倒也不怕了。"

王悠问:"你在哪买的?我都不知道搜索的关键字是

云养娃

什么。"

李倩回复她:"我以前有个客户专门出口园艺景观材料。这橡胶网格本来是铺在树根附近,用来抑制杂草的。我跟他们要了几个样品,一分钱没花,解决了问题。"

王悠自愧不如。

她也为幼儿园秋千架伤神过。可她在生产电子配件厂做 HR,能给孩子提供什么资源?找工作的时候帮忙改改简历?

王悠下班后在小区的游乐处见到李倩,试探着问她:"你就没考虑利用你以前的资源做点生意?"

"我哪有时间?"李倩朝腿边的老二望去。老二咿咿呀呀,晃晃悠悠地走出十几米又折返,咧大嘴笑着,扑在她腿上。

李倩眼疾手快提住裤腰。她穿了一条腰间抽绳的灰色卫裤,生怕被老二顺势拽下来。

王悠提醒她说:"你的点子很好。我觉得很多地方都有这样的需求。家用的宝宝安全防护产品很多,但是商用的设计并不好。"

王悠望向小区的滑梯,总担心扶手缝隙太大,孔澄不小心从上面掉下来。滑梯旁边就是老年健身器材,小朋友站在金属踏板上学爷爷奶奶一样活动关节,一位年轻的妈妈担惊受怕地在旁边虚伸出胳膊护着孩子,生怕他撞到金属杆。

妈妈们都有心意相通的本领。李倩也明白王悠的心思。

她缓缓地说:"如果真的推广,最终推到生产这些设备的厂家,我希望他们改进设计。我没接触过这方面的制造商,更不了解销售层面的东西。暂且不说我从来没在制造业企业工作过,只做过流通。我现在这样,谁会正眼看我,跟我谈生意?"

李倩头发松松地挽起,不施脂粉,穿卫衣卫裤,斜挎一个小花帆布包装手机钥匙,湮没在小区的带娃主妇队伍中。

武韶华呼喊孔澄:"玩好了,我们该回家了。"

孔澄回头看了一眼妈妈和外婆,再次从滑梯上溜下去。

王悠乐得让孔澄多玩一会,告诉老妈可以先回去做饭,她看孩子就行了。

武韶华跟旁边的一位奶奶说:"我家孔澄就是不听话。"她摇着头往家里走。

王悠听到这话,不愿意当场纠正老妈的表达方式。她紧张地看着孔澄玩滑梯,庆幸孔澄没听到刚才外婆的评价。

王悠苦涩地跟李倩讲了最近老妈投入孔澄学业的事情。

李倩敷衍地笑着说:"我就是因为这个缘故,宁可辞了职在家把老二带到上幼儿园,都不想让老人来掺和我们的生活。"

王悠心想:辞职我也得辞得起呢,我家还指望我那份薪水来供房子呢。

"不是说老一辈不好。"李倩柔声细语地说,"无论学问修养还是眼界,老一辈都比不上我们这代人。我不想把有限的精力都内耗掉了。"

若是武韶华单纯隔代亲也就罢了,她还对教育十分热衷。王悠白天上班,晚上需要斡旋在老妈、孔明良以及孔澄之间,疲惫无比。

王悠想让孔澄玩到天黑,回家吃了饭就睡觉,尽量减少四口人共处一室的机会。

5

晚饭后,是李倩每天最痛苦的时刻。她长吸一口气,对张维凯说:"你负责老二,别来打扰我们,果果要练琴。"

张笠果的目光停留在电视上。少儿综艺节目里小朋友在海边捞贝壳,沙子顺着小朋友的胳膊肘流下来,看得张笠果羡慕不已。

"电视一会再看。我们抓紧时间,先把该做的事情做完,剩下的时间你还能继续看电视。"李倩说着,走到钢琴边,帮张笠果翻开谱子,静等她主动走到钢琴边。

张笠果恋恋不舍地盯着电视。

李倩口气坚定又温柔地说:"你表现出一点自制力来。如果现在你把电视关了,明天就还有得看。如果等到我动手,今后一个星期你都别想看电视。"

张维凯不想看到她们母女俩杠上。他取过遥控器,正打算按下开关时,李倩夺过张维凯手中的遥控器,递给张笠果:"你自己把电视关了,要有自制力。这些东西都不应该是我来规矩你,你应该自觉。"

张笠果望了一眼杵在眼前的遥控器,又将视线转向电视。她嘟着嘴,脸上写着"不合作"三个字。

云养娃

李倩在沙发边等了半晌，递遥控器的胳膊都有些酸了，孩子却没有动静。她又深吸一口气，一板一眼地告诉张笠果："无论什么领域，只要你想有拿得出手的成绩，就肯定需要下功夫练习。你躺沙发上看电视最终只会一事无成。"

张维凯小声问她："你何必上纲上线的。你让她把这集看完又能怎么样？"

"现在节目都是网络点播的，不像我们小时候错过就看不到了。她先把琴练了再接着看，一点都不耽误。有跟我扯皮的工夫都练完了。"

李倩回头看了一眼厨房，厨房里的碗筷还没收拾，地砖上还有一摊老二吃饭时滴下的酱汁。

她压低声音对张维凯说："你去把碗洗了，把厨房收拾了。如果你做不到和我在同一条战线上教育孩子，那你至少能做到不掺和。"

"我们让孩子学琴的目的就是陶冶性情，如果你总要因为学琴这么上火，那不如不学。今天一天不练也没多大关系。"

张笠果死皮赖脸地半躺在沙发上，反而老二被妈妈的严肃脸庞吓得一声不吭，乖乖地坐在角落里看书。

"你少在这做烂好人。"李倩提高声音，义正词严地告诉张维凯，"你也明白，天底下没有唾手可得的成就。我现在所付出的一切都是帮孩子培养好习惯。"

在孩子参加的诸多兴趣班当中，李倩对其余的项目都抱着可有可无的态度,唯独对音乐最上心。

李倩也曾是琴童。她十分了解学琴之路如逆水行舟。即便孩子想把音乐当作爱好玩,也需要从小痛下苦功。学琴初期,孩子有新鲜感,到了需要打磨技术时,自然心生退意。

俗话说:"一天不练自己知道,两天不练老师知道,三天不练听众知道。"

自从果果学琴以来,李倩刻意制定相应的作息,每天饭后是雷打不动的练琴时间。她希望果果从小养成练琴的习惯,自然而然地主动练琴。

李倩坐到钢琴边,按下了一组和弦。琴声悠扬,张笠果挺直肚子,在沙发下滑了一截。

她对果果说:"来,我已经准备好了。"

张维凯轻推张笠果的肩膀,低声劝她:"快去,你妈已经在等你了。"

恰好节目结束,张笠果关了电视,将遥控器往沙发上一丢。遥控器弹在沙发扶手上,摔落在地。电池盖被摔开了,一节电池从沙发上滚到电视柜脚边。

张笠果惊讶地看着电池在面前滚过,知道自己惹了麻烦,轻手轻脚,快步走到钢琴前,"叮叮咚咚"地弹起琴来。

李倩捂着自己的脑门,默默告诉自己:不要因为小事责怪孩子,遥控器是小事。

云养娃

今天练习的曲目是《快乐的农夫》。这首耳熟能详的古典乐曲流传了几个世纪。主旋律在左手，张笠果觉得这乐曲风格迥异。跳跃的低音将田野风光展现得欢快清朗。

晚上，李倩给张笠果刷完牙，念了绘本，准备睡觉。她原本已跨出房门，又折转回来问张笠果："你到底图个啥？吃完饭把琴练了我们都高高兴兴的不好吗？你非得整得全家人都跟你受罪。"

张笠果蒙着被子，"呜呜呜"地哭了起来。

李倩退后一步，心想：算了吧，要让别人听见你哭还以为我欺负你了呢。

张维凯问她："你就等孩子把那集电视看完能怎么样？"

"我好不容易给孩子立的规矩，不能被你随意破坏。"李倩滑着手机，挑出今天弹得好的片段，传上朋友圈。

"你跟孩子较劲那么久，最后还是等她把电视看完了。"张维凯双手枕在脑后。

"你知道你哪里最令人讨厌吗？"

张维凯挑起眉毛，露出询问的眼神。

"平常不出力，还对我的工作指手画脚。"

张维凯确实出力少，他只有闭嘴听令的份。

"我长大之后总设想，如果当初我妈对我稍微用心一点，我现在肯定不至于这样。我小时候把《鼹鼠的故事》

翻来覆去看得滚瓜烂熟，我妈从来没觉得有问题。我现在想起来，多无聊啊。那动画片连台词都没有，看一两遍就够了吧？我翻来覆去地看有什么意思？我爸我妈没什么文化，也意识不到孩子的教育问题。但是我不能在我的孩子身上犯一样的错误。"

张维凯轻描淡写地问李倩："你是不是试图通过孩子实现自己达不到的梦想？"

李倩心里一惊：无论孩子将来水平如何，我都会很满意。我没有什么梦想是需要通过孩子来实现的。

王悠看见李倩发的小视频，点赞后都懒得看自己手机里的录像。

早知道小提琴这么折磨人，她就努力劝孔澄学钢琴了。小提琴学了这么久还咿咿呀呀地，她生怕打击孩子的兴趣，硬着头皮听。

今天孔澄练琴的时候问她："你觉得这段音乐像什么呢？"

王悠看了一眼谱子，《猎人的合唱》。她顿时戏精附体，抓耳挠腮地想了半天，在客厅踱来踱去，自言自语地说："像什么呢？像不像一群猎人打完猎后回家高兴的样子？"

"我觉得像恐龙在吃草。"孔澄嘟着嘴，觉得妈妈没理解她。

王悠惊觉，孔澄不识字，同时也没有被曲谱束缚，能从自己的角度理解音乐。

她发了一张孔澄吃饭的照片,配文字说:"图文不符。我娃今天练琴的时候说这周的曲子像恐龙在吃草。"

景荷点赞后笑问:"这像谁?你俩好像都没有音乐天赋。"

王悠回答:"我也不知道,既不像我,也不像她爹。基因突变了吧。"

6

夏至，幼儿园组织夏季运动会，邀请家长一起参加。

王悠从微信群里看到消息后，就把手机扣在办公桌上。

运动会的日子恰好是人事管理系统培训的日子。为了孩子，她已经尽量避免出差，但是不想错过公司的培训。公司这次打算换新的管理软件，需要专门学习软件用法。

王悠本来就做这块工作，不能再拱手让人。

她报名参加后，给孔明良发信息："今年孔澄幼儿园的运动会你去，我有培训，调不开。"

她在工作日历上加入了培训，接着就将手机调至飞行模式，不接电话和消息。

黄韵夏唉声叹气地走进办公室。她儿子今年高考，按说成绩应该快出来了。办公室的同事都屏息闭气，不敢开口问。

黄韵夏靠在景荷的办公桌边抱怨："你不要孩子也对。要生就尽量早生。别像我这样，拖到一把年纪才要孩子，年龄差距大了，孩子跟我们也不亲，整天给我们找气受。"

景荷好似胸口中箭，努力将嘴角咧向耳朵。

王悠知道景荷不想张扬备孕的事情，连忙来解围："你孩子高考填志愿不听你们的意见？"

云养娃

"哎哟哟,现在的小孩不得了。什么都不听。我们毕竟知道市面上哪些专业好找工作,他却非要报数学。"

王悠以为这一代父母早已纠正了不懂行瞎指挥的毛病。当年她高考报志愿的时候完全由父母做主,她原本想读文学的,可是父母说怕找不到工作,硬生生逼她填报了人力资源管理。

王悠至今怀恨在心。黄韵夏比她大十几岁,算不算一代人?

王悠眨眨眼睛:"数学挺好的。孔明良就是学数学的。"

黄韵夏诧异地看着王悠。

王悠耸耸肩膀说:"我骗你干什么?孔明良本科和研究生都学应用数学。"

黄韵夏惊讶地说:"我以为他学计算机的呢。学数学能当程序员吗?那也挺好的,程序员好找工作。我还以为学数学将来就只能当数学老师呢。"

有些家长都不愿意好好了解一下孩子的兴趣所在,就先入为主:学数学教数学,学物理教物理,教师待遇不好,可惜了学历……眼界窄,心也窄,还怪孩子不愿意跟父母交流。

黄韵夏撇撇嘴说:"我怀疑他是为了要好的女同学,两人说好报同一所学校同一个专业。"

王悠不想多解释。学金融,学计算机,什么赚钱学什么。做了这么多年 HR,她见过大量对工作毫无热情的求职者,困在痛苦的工作上数十年无法脱身。

景荷问:"他喜欢数学吗?"

"我觉得他读书读得都呆掉了。"黄韵夏拧着眉头,"况且爱好会变的。他现在不听我们的,将来会走弯路。"

"几乎任何专业都喜欢数学基础好的人,学数学的将来选择面可宽了。你们真的没必要担心。如果有女朋友就更好了,一举两得。"景荷冲她顽皮地眨眨眼睛。

黄韵夏忽然叹气,说:"你也是父母的孩子,你应该明白父母总是为孩子好的。他现在处的女朋友能算数吗?要是没几天两人散伙了,怎么办呢?那为了女孩子填志愿他后悔吗?"

景荷也悻悻地皱鼻子说:"我十六岁以前谈过不止三个,从来没后悔过。"

黄韵夏发现和她们貌似有代沟。原本想来诉苦,结果自讨没趣。

待黄韵夏离开,王悠和景荷对看一眼,会心一笑。上一辈父母恨不得孩子在学生时代都清心寡欲,到了毕业那一刻就带一个人回家共赴结婚生子的大业。

王悠和景荷自以为比上一辈人有进步。

景荷回到家,从床底翻出一大箱旧时的书本。她拆开几本书皮,从中掉出发黄的情书。她在写字台上将纸张折角捋平,拍照留念,又将它们整整齐齐地夹在书中。

都是青春,身在其中时提心吊胆,尝得一点甜头就足以回味几天。

　　景荷设想：孩子十几岁时，大大方方邀请同学上门，一夜一夜地闲聊。她能光明坦荡地为孩子的朋友端上茶点，不偷听他们谈话，不像查户口一样盘问对方的家庭背景。

　　一定能做到！

第三章　我原本只希望她健康快乐，为什么又盼她十项全能

7

孔明良去参加幼儿园的运动会，被夏日的骄阳晒得头晕目眩。他硬着头皮和孔澄站在班级集合区，老师对大家喊："小朋友们，请排好队！"

这些顽劣的小孩顿时整齐划一地站在操场的彩色圆点上，爸爸妈妈自动站在他们身旁。孔明良和孔澄站在队伍后方。

他忽然察觉，即便过了三十年，学校教育也没有改变。即便他们已经挑选了"尊重孩子天性发展"的幼儿园，整齐、听指令，依然是最开始的培养目标。

孔明良趴在孔澄耳朵边问："你经常跟我提起的黄思伟是哪一个？"

孔澄瞪他一眼："嘘，不要说话。"

他拍下队列形状，发给王悠："你能想象吗？幼儿园的老师有本事让这么多小孩同时安静下来。"

王悠心想：大惊小怪，你应该多去看看，幼儿园老师才是天底下最有本事的人。

孔明良站在队伍中，听到身旁有"嘤嘤"的哭声。循声望去，张笠果拉着李倩的手，脸埋在妈妈的腿上。李倩抚摸着张笠果的头发，可她仍然哭泣不止。

李倩对孔明良无奈地牵动嘴角,又微微摇头,轻叹一声:"这孩子,心思重。"

孔明良蹲下问:"果果,你怎么了?马上就轮到我们了。"

"我爸爸没来。"张笠果一只眼睛从手指缝里看了孔明良一眼,又埋下头,哽咽地说,"我妈妈没有我爸爸跑得快。"

孔明良老心一揪,握紧了孔澄的手。

李倩轻声细语地劝果果:"你看,很多小朋友是爷爷奶奶来陪,我肯定会比他们跑得快。"

孔明良仰天长叹。

这时集合的哨响了,孔明良站到跑道一端,拍着一只西瓜造型的皮球,跑向跑道另一端的孔澄。二人距离越来越近,孔明良都能看见孔澄眼中的光芒。孔澄接过皮球抱球返回,二人将皮球运来送去。

赛事结束,张笠果脸颊上的泪痕还未干。

孔明良在太阳下晒了一上午,晒得脖颈后面火辣辣地疼。他舍命陪孩子玩各类幼稚又滑稽的游戏,可是孔澄拿着漂亮的礼品袋,没有一丝欢愉神色。

他失望地问孔澄:"孔小姐,你又怎么了?"

孔澄嘟着嘴:"张笠果不高兴。我想把奖品送给她。"

孔明良不敢相信自己的耳朵,几乎激动得老泪纵横。王悠整天教育孔澄要和朋友分享好东西,终于在今天见了成果。

他连声答应:"好好好,这才是好朋友!"

孔澄在前,孔明良站在她身后,张笠果抽抽噎噎地接过奖品袋。他让两个孩子并排站好,拿着奖品袋合影留念,并将照片发给王悠。

王悠今天起个大早,刻意挑了一件丝质白衬衫配波点迷笛裙,又搭配了鞋子,去市中心的酒店参加培训。

这次公司升级系统,把亚太地区各分公司的 HR 都召集到南京来。以前几次都在国外,王悠舍不得离开孩子,都没参加。

在大堂接待桌签到后,王悠见到景荷已经在招呼泰国来的同事。他们熟络的神色令王悠觉得自己是局外人。

培训全英文,主讲人在讲解新系统绩效管理模块的量化考评使用方法。王悠却很难集中精力。

她第一次缺席孔澄的亲子运动会,内心充满愧疚感。她每五分钟就看一眼手机,又把手机揣回包里,暗暗祈祷:这父女俩安安生生地度过一天,千万别有什么事情叫她紧急去救场。

过了不到十分钟,她又想给孔明良发消息问问情况。手机解锁,王悠把手机按在胸口,又按熄了屏幕。

王悠忽然惊觉:她不信任孔明良带孩子。孔明良从没单独带孔澄出门过。她一时间听不到消息就会胡思乱想。

云养娃

可又回想,能出什么事呢?就算孔澄是个孩子,她爸爸就在身边,肯定能保证安全。

就在午饭时分,王悠接到孔明良发来的照片。孔澄和张笠果并排站着,手中拿着运动会的奖品袋。

王悠将其发上朋友圈,配文说:"孔澄今天比赛赢了一份奖品,她把奖品送给好朋友!"

景荷点赞后留言:"我也应该把你这老母亲的笑容拍下来。"

王悠用手背揉揉脸,抿嘴笑而不语。

回家路上,孔澄问:"今天我们赢了比赛,能不能喝奶茶?"

难得孔澄愿意主动分享,孔明良满心欢喜地买了,并给她插好吸管。

孔澄微闭着眼睛,深深吸了一口,"哈"地呼出一口气,满足之情溢满脸庞。孔明良听到那声"哈",觉得从头到脚都清凉无比。

今天晒的太阳比不过女儿满足的赞叹。

孔澄抱着奶茶,挺着肚皮,说:"学校发的棒棒糖一点都不好吃。还是奶茶好喝。"

孔明良满脑门问号:"所以你送给张笠果吃?"

孔澄用吸管搅动杯底的珍珠,毫不在意。

孔明良收获的喜悦大打折扣。

他正色告诉孔澄:"己所不欲,勿施于人!你不喜欢的东西就不要送给别人。要分享也要分享你喜欢的东西。你觉得不好吃就算了。你送给张笠果,如果她不喜欢还给她添麻烦。你妈整天带你读书学传统美德,书都白念了。"

"张笠果喜欢吃棒棒糖。她吃不完还可以给她弟弟吃。上次他们来我家吃了好多棒棒糖。"孔澄眼睛都不抬,只顾用吸管瞄准珍珠。

"你心眼儿够多的。"孔明良印象中自己幼时从来没那么多鬼心眼儿。

孔澄这样是不是像她妈?

孔明良教训孔澄后,有些愧疚,于是带孔澄买了一大包零食才回家。

受教育这么多年,人的自私之心还是无法消除。成年后,自私越来越凸显。工作挑好项目做,缺乏成就感的脏活累活苦活都推给别人。

孔明良心想,我三十多岁了还是趋利避害地做选择。孔澄不爱吃棒棒糖,把棒棒糖送给爱吃棒棒糖的张笠果,这算双赢。他为什么看不到孩子的智慧?

王悠发完朋友圈之后,心中暗生嫉妒:我每天给孔澄念书,教给她人生大道理和生活的小乐趣,孔明良出场一天就窃取了劳动果实。命运不公!

培训结束,她下车就往家里跑。

跑了两步之后惊觉,跑什么呢?今天好不容易孔明良在家,终于可以慢悠悠地走回家。

云养娃

  王悠在等电梯的时候碰到李倩和张笠果。她从包里拿出一只会议发的纪念品,是印有公司商标的手机支架。支架是卡通猪造型,张开双手可以抱住手机。小猪鼻头拱起,恰好托在手机背后,整体造型憨厚可爱。
  她示范了用法,将它给张笠果:"我今天也赢了一个奖品,送给你。"张笠果礼貌地接过,又大方得体地说出"谢谢"二字。
  王悠不愿意设想孔澄是否会主动对别人说谢谢。她撩开额前碎发,只盼电梯早到达。

8

李倩拜托邻居照看老二，才能抽身去参加幼儿园的亲子运动会。谁知果果不领情，光抱怨爸爸缺席。

回家后，李倩用冷水扑了扑脸，镇一镇被晒红的皮肤。抬眼一看镜中人，双眼红肿。她站在空调前，把温度调至21℃，开至最大风力。她撩起后颈处的头发，正面对着空调吹，希望冷风能带走一天的暴躁气息。

张笠果怯手怯脚地拉拉李倩的衣襟说："妈妈，我们去接弟弟吧。"

"你还知道有弟弟？我今天完全可以在家陪弟弟，不去运动会！我大热天站在太阳底下就听你哭了。你弟弟都没你能哭。"

张笠果被李倩的高亢声音吓得哆嗦了一下。

"跟你说了多少次了，你爸负责的工程正在验收阶段，没法中途回家。"李倩用手在脸旁扇风，暑气令她更加烦躁，"你这么大应该能听懂话了。你爸如果能去，他肯定会去的。你总不能让你爸坐三个小时高铁回来，去参加一上午运动会，再坐三个小时高铁回去吧？你考虑过你爸会多累吗？"

这番话说完，李倩又后悔莫及。她不想把自己的负面

云养娃

情绪传递到孩子身上。

她看张笠果背贴墙站着,也心疼孩子。都五岁了,怎么还一阵阵犯轴。大太阳下张着大嘴哭,哭得头晕目眩,错过比赛。

李倩牵起她的手说:"走吧,我们一起去接弟弟。我们晚上在外面吃饭吧。家里也没吃的。"

果果怯生生地说:"弟弟会打翻盘子。而且你要省钱。"

"你就别操心了。"李倩使劲拉她一把,"我们找个凉快地方,带弟弟一起吃饭,不点汤汤水水的菜就行了。"

李倩这几年去餐厅吃饭的次数屈指可数。每次她鼓起勇气穿戴整齐参加饭局,都因为孩子坐不住而提前退场。后来索性能推则推,待在家里不怕孩子哭闹而打翻水杯。

今天李倩刚撸了张餐厅消费抵扣券。她查过该餐厅的评价,环境比较安静温馨,上菜也很快,步行可达。

李倩拉着壮壮走一段路,抱一段,抱在手里又热又沉。

走进餐厅,她招呼服务员:"一个宝宝椅,两瓶矿泉水,再来一笼田园蒸时蔬,三两锅贴,一碟葱油饼。"

服务员被她的高效率震惊,点头记下来正要走,李倩又喊住他:"再来三个空碗!"

李倩安顿孩子坐好,暗中观察装修环境。地方干净敞亮,以四人桌为主。隔壁桌有人抽烟,她皱起了眉头。她拿出涂色纸和蜡笔,让孩子随便涂涂画画。壮壮抓着一个玉米使劲啃,玉米粒沾得满脸都是。

李倩觉得他吃相最可爱,为他拍照留念。

壮壮面前恰好是田园蒸时蔬,紫薯、玉米、荸荠、南瓜,色彩缤纷。他眼睛圆圆的,咬着玉米,盯着蒸笼,好像生怕别人吃了。

她将照片发上朋友圈:"壮壮现在几乎都吃大人的饭了,八颗牙,啃玉米不在话下。"

张笠果坐在李倩和壮壮对面,身旁座位上放着尿布包。她又惆怅地盯着空座位,念叨说:"爸爸也不能来跟我们一起吃饭。"

还惦记着呢。

张维凯和他们聚少离多。李倩一个人带两个孩子,平日生活按部就班,气定神闲。孩子因为运动会的缘故,十分盼望爸爸参与他们的生活。

李倩深吸一口气,摸着果果的后脑勺说:"爸爸努力工作,给我们挣钱,我们才能下馆子。就算爸爸不在身边,他也为我们付出很多。"

张笠果神色惆怅,李倩借着今天吃的菜跟张笠果复习英文,转移她的注意力。

张笠果看着桌上的菜说:"sweet potato, corn, pumpkin……"

"我觉得 pumpkin 这个词听上去很可爱。我不知道荸荠

云养娃

怎么说,我们查查……"

李倩正低头翻手机,听到脑后一个声音问:"你家孩子英语说得真好,你们在哪里学的?"

李倩转头,原来是背后桌的客人,看上去三十岁模样,斯文有礼。

她回答:"我教的。"

对方略显惊讶,连珠炮般发问:"你是英语老师吗?你们从多大开始学的?人家说学语言要趁早,如果妈妈会那最好了,能从小教孩子。我家孩子三岁了,也不知道现在开始来不来得及……你还收学生吗?"

这么长一串问题,李倩不知道该回答哪一个。她尴尬地笑着说:"我不是英语老师,我也不收学生。"

"哎呀,那你是做什么的?英语这么好。"

"我……啥都不干,家庭主妇。"

"哎,可惜了。"

李倩心想:你给我发工资吗?你可惜什么了?我教我孩子是天经地义,我的剩余价值被资本家掠夺去才可惜。

她"嗯嗯哈哈"地应付着,又把老二脸上的玉米粒摘下来喂回他嘴里。看孩子吃得差不多了,李倩提着的一颗心才放下来。

老二没哭也没打翻饭碗,赶快结账,省得生出事端。

就在她起身那刻,耳畔传来"乒乒乓乓"的碗碟跌落声。

李倩头皮发麻，暗念：千万别是我的娃。扭头一看，张笠果试图把弟弟从宝宝椅上抱出来。壮壮配合姐姐挺肚子，奋力一蹬，把饭碗踢到了地上。

张笠果张着嘴，盯了打破的碗碟五秒钟，惶恐地抬头看妈妈，突然说："我们跑吧。"

李倩爆笑。

她眼睛转了两圈，俯在张笠果耳边说："一会我数一二三，你赶快跑，我抱着壮壮跟着你。"

张笠果使劲点头。她听到妈妈低声发号，大跨步冲出餐厅。李倩在桌上丢下一张百元大钞，抱起老二，跟在果果身后，留下服务员错愕地站在桌边。

跑出去不到二十米，李倩又迎面遇到旧同事。

"李——倩——居然在这里遇到你。"旧同事满脸惊讶，微微弯腰，摸摸张笠果的头说："老二都会走路了！老大都这么高了，该上小学了吧？"

李倩默默打量旧同事的装束：利落地挽起白色衬衫的袖子，肩线腰线紧贴身体，裹身裙下摆是不对称剪裁，走路的时候随步伐摆动。

这位同事和李倩年纪差不多，结婚后一直没生孩子。李倩也不好意思问是不想要，还是什么原因。

"你辞职之后去哪里高就了？"同事殷勤地问。

李倩心里蹦出脏话：我最讨厌别人问我现在干啥，好不容易带娃下一次馆子，遇到两个人问我。

她轻描淡写地说:"我啥也不干,就在家带孩子。"

"我之后就没听过你的消息,你连朋友圈都不发了。"

李倩辞职那天,走出办公楼就一口气退了几十个工作群,又屏蔽了所有同事组的朋友圈,省得看他们发团建照片。

以前的公司周末还把员工召唤去打鸡血,画大饼,告诉大家公司前景一片大好。

无论饼画多大,不能保证双休的工作都是鸡肋。

李倩敷衍地说:"我忙着弄孩子,连洗脸的时间都没了,更顾不得别的。"

同事面露遗憾:"可惜你的英语了。不过什么能和孩子相比呢?"

这是李倩今天第二次听到"可惜"二字。

李倩见她神色黯淡,也不知道她是为自己没孩子遗憾,还是为李倩的英语能力无处施展。

"你生了老大之后没多久就说想要老二。我挺佩服你的。你是我认识的最爱孩子的妈妈。"

李倩尽力克制内心的厌烦,不形于色。

忽然"哗啦啦"地下起大雨来。

粉条粗的雨,噼里啪啦落到地上,腾起一层蒸汽。

雨点打在张笠果头上,她仰脸看树梢随风摇摆,老二"嗷嗷"地叫。

不到一分钟,人行道边汇出溪流,张笠果拉着弟弟

"啪嗒啪嗒"在水坑里踩,两个孩子"哈哈哈"地笑。

李倩借口要陪孩子玩雨水,快速告辞。

同事望着他们的背影,自言自语道:"瞧瞧这身泥巴,回去肯定好一顿洗。生熊孩子干什么呢?"

雨水清凉,李倩带着两个孩子蹚着水在雨中漫步,几人的头发贴在额前,雨水顺着发梢滴。脚底的雨水被滚烫的柏油路煨得温热,油膜从脚边漂过,老二蹲下身,好奇地抓"彩色的水"。

回到家,李倩好好冲了个澡,心情才平静下来。她仔细把家里的银行账户和各路固定开销盘算了一遍。每个月的薪水还没捂热就用来交房贷、幼儿园费用、水费电费网费、各种兴趣班费用,还有订阅的会员服务费。每个月都月光。她取消了几个会员续费计划,节流也只能至此,必须要开源。

周末,张维凯进门时提了两个礼品袋。李倩认得那是从高铁车站买的。她每天琢磨省钱,张维凯却毫不手软地花冤枉钱。

她责备地问:"你买这些干什么?价格贵,也未见得好吃,就卖个包装。"

张维凯支支吾吾地回答:"我两个星期没回家,想孩子。想给他们买点东西,路上也没别的地方能买。"

张维凯眼神闪烁,李倩突生疑窦,追问道:"你干什么坏事了？"

"昨天验收完，老板告诉我，让我做下一个工程的项目经理。"

听到老公升职的消息，李倩沉默了几秒，愤怒得要跳起来，说："张维凯！你言而无信！说好这个工程结束你就着手找南京本地的工作。这下你怎么跳槽？"

"涨工资了……"

"我恨死你老板了！胡萝卜加大棒，哄着你卖命。"

张维凯挠头："不过下个工程就在浦口，我争取每天回家。"

张维凯是土木工程师，从施工员做起，整天在工地上跑。做了这么多年，一步一步升上来。

李倩也明白，他升职对全家都有好处。可是职位越高，越难换工作。李倩后悔早几年没狠下心让他裸辞跳槽。那时候没孩子也不背房贷，裸辞风险低。很少有公司会接受一个空降的中层管理人员。他又不可能自动减薪降级。

为了孩子，李倩前后断档接近两年。她明白，断档期越长，越难回到职场。考虑到孩子还小，原本外贸公司的工作不再适合她。她想找一个时间灵活、不加班、没有突发事情的工作。

李倩看妈妈群里有人做微商，推断这可能是个门槛低、易上手的工作，也很适合家中有幼儿的妈妈。

正当她向人家咨询的时候，王悠给她发来私信："你想

第三章 我原本只希望她健康快乐，为什么又盼她十项全能

做微商？？？"

一连三个问号，令李倩心虚。

她回问："你有经验吗？"

王悠很快回复："有朋友以前跳过坑。竞争太激烈了，朋友圈不停地打广告、拉群，卖的产品也没什么特别。幸好卖吃的，最后东西卖不出去，都自己吃了。挣卖白菜的钱，操卖白粉的心，还不如多睡睡觉省钱划算呢。"

王悠提到了睡觉。

李倩过去两年都未曾有连续四个小时的睡眠。她上网做功课看看别人做微商经营的心得，老二摸索过来，伏在她腿上抓她的手臂。

她把老二捞起来，将他放在大腿上颠，说："你去上幼儿园，我去上班，好不好？"

老二目不转睛地盯着电脑，伸出巴掌拍键盘。

张维凯拍拍她的肩膀，看到屏幕上的搜索结果，心生疑问。李倩如实告诉他想重新工作的计划。

"老二才满一岁，尿布还没摘，这个年纪上幼儿园会不会不太好？"张维凯缓缓地问，"我们现在至少不用愁钱。你这样可能得不偿失。"

李倩低头看壮壮，这孩子憨头憨脑的。老大这么大时已经噼里啪啦地说话，每天都有新的词语冒出来。壮壮还"嗷嗷嗷"的，有要求直接动手。

张维凯继续说道："我怕他上幼儿园会被其他小孩子欺

负。毕竟老师都喜欢能说会道的乖巧孩子。"

李倩也对老二没信心。果果一岁多就可以清晰地表达自己的意愿，很少乱发脾气。而壮壮迟迟不肯说话，无法表达需求，常常很暴躁。

"我跟老板说了尽可能派我做南京周边的工程，这样可以常回家。我不是不想……"

"我明白。"李倩打断了他。她不愿意在家人之间造就互相亏欠的氛围。

李倩心灰意冷地躺在床上刷朋友圈，刷来刷去，都是各家晒娃的照片，她和其他朋友的唯一交集就是"妈妈"这个身份。

她礼貌性地点赞。

第二天，李倩在楼下游乐场看见王悠带着孔澄荡秋千。

王悠腰杆笔挺，裙子利落，简洁的手袋挎在手肘处，即便是傍晚时分，妆容依然清爽，只是眼睑下垂，露出倦意。

旁边一个奶奶问王悠："你才下班啊？"

王悠点点头。

奶奶感慨地说："哦，够辛苦的。下班连家都没回，陪孩子玩这么晚。"

"这不算什么。做饭才是艰巨任务。我妈帮我们做饭，我趁孩子年纪小多陪她玩，以后上小学没时间玩。"

第三章　我原本只希望她健康快乐，为什么又盼她十项全能

李倩深有同感。现在孩子的课外班一周排四天，上小学后更缺乏自由玩耍的时间。王悠这么晚还撑着陪孩子玩，她暗暗佩服。

王悠问起李倩打算做微商的事情。

"我们担心老二这个年纪上幼儿园会吃亏。"李倩踟蹰，"微商至少不用坐班，全程在家。我不是为了赚多少钱，是怕在家待久了和社会脱节。"

王悠明白她的感受。

休产假期间，武韶华有几天不在。王悠整天独自对着四面墙和一个小奶娃。婴儿吃了一顿又一顿，王悠在喂奶和换尿布之间苟且偷生，晚上见到孔明良就像见到救世主一样。

"微商吃力不讨好。竞争激烈，产品又不见得有多少市场竞争力，全靠刷屏推销。"王悠把下半截话咽了下去。

"那有什么适合我的工作吗？"李倩问王悠，"你了解劳动力市场。把老二送去幼儿园，我就想要一个准时上下班、离家近的工作，钱少点也认了。"

旁边的老太太听到她们的对话，以一副过来人的口气告诉李倩："一岁的孩子上幼儿园太小了，会影响小孩子的心理健康。"

王悠愣了一愣。难道现在奶奶们都开始订阅育儿公众号了吗？还知道心理健康。她以为老一辈人都倡导"棍棒下面出孝子"。

李倩咬着嘴唇,没出声。

"我家亲戚有个小孩,他妈不喜欢让奶奶带孩子,非要把孩子送去幼儿园。孩子哭得啊,饭都吐出来了。"老太太摇头撇着嘴说,"那妈真狠心,继续送。到冬天好不容易不哭了,又生病,一场病好了又来一场,全家人跟着遭罪。我们都说她,还不如不送。奶奶在家看着,至少安全放心。"

王悠听得打了个冷战。孔澄小的时候不会说话,一到冬天就犯中耳炎,去医院哭得额角青筋暴起,涕泗横流。

李倩又问:"孔澄多大上的幼儿园?"

"都快三岁了。一直是我妈帮我带。"王悠打了个哈欠,呼唤孔澄回家。

这时候,游乐场一角的一个小女孩坐在地上大哭,怀里紧抱着一个发亮又会唱歌的塑料球。壮壮半张着嘴看着这个小女孩,又转脸看妈妈,果断扑向妈妈怀里,也抽抽搭搭地哭起来。

李倩原本在和王悠闲聊,没盯着孩子,听到哭声,才看见小女孩转脸冲着妈妈哭,手指着壮壮。

"你是不是抢人家的球了?"李倩蹲下来摸着壮壮的背问,"别人的东西,不是我们的。咱自己家有,你想玩球我们下次把家里的球带下来玩。"

李倩抱起壮壮,向对方道歉。壮壮也扯着嗓子大哭不止。

第三章 我原本只希望她健康快乐，为什么又盼她十项全能

孔澄一路小跑过来，悄悄告诉王悠："壮壮没抢她的玩具，壮壮走过去时她就坐地上哭了。"

王悠目瞪口呆。那小姑娘哭得梨花带雨，所有大人都围上来安慰她。

王悠望着孔澄的眼睛问："你确定？你看清楚了？"

孔澄果断点头。

是可忍孰不可忍，男可忍女不可忍！这么小的年纪就会碰瓷了？

王悠和孔澄快步流星地走到李倩身边，低声将孔澄看到的情况告诉了李倩。

李倩正在教壮壮跟小姑娘说"对不起"，听到王悠的话，她面容僵了一刻，又安慰壮壮："我们也玩累了，今天先回家。"

回家后，李倩又气又懊恼。老二既然没动手，何必一副做了亏心事的样子，跑到妈妈跟前哭？这样去幼儿园肯定成天被别人欺负。

张维凯赔笑说："吃亏是福。况且他也没挨打。如果不是你们先入为主，也不至于冤枉他。这点小事不值得你生气。"

"我是他妈妈，我都没想过那孩子是碰瓷哭，如果在幼儿园，老师会觉得壮壮欺负人家了，也会教训他的。他闷头闷脑的，受委屈了也不说。我不想让我孩子过得那么憋屈。"

"像我。我就闷性子。"张维凯自嘲说,"以前我家附近的小孩都比我长得高,每个人都欺负我,我最多记恨一晚上,第二天还跟他们玩。"

李倩错怪了壮壮,过意不去,第二天午觉后,带着他一起做卡通馒头。馒头面坯用菠菜汁和胡萝卜汁染色,李倩给馒头做造型,揪一团给壮壮捏着玩。

蒸出锅,玉米馒头,绿叶黄心;玫瑰馒头,粉红花瓣儿;还有小猪造型的馒头,胖墩墩的,憨态可掬。

第三章　我原本只希望她健康快乐，为什么又盼她十项全能

9

中午，景荷吃完午饭了，王悠才满头大汗地进门，手中提了个塑料袋。景荷还以为她大中午去买菜了。可这工业区连小商贩都没有，能买什么？

王悠气喘吁吁地把椅子拉到空调出风口处，对着后颈吹。然后告诉景荷，幼儿园教动物的生命周期，让小朋友回家养蚕，每天还要拍照打卡。

王悠跑到厂区栅栏边上才找到仅有的一棵桑树，摘了一大袋桑叶，回家放冰箱里，慢慢喂，也许能坚持一星期。

王悠撩起头发，腋下被汗浸湿，说道："我家附近路是新修的，行道树统一规划，一棵野桑树都没有。估计做城市规划的人觉得桑树不挺拔，不好看，城里都快没桑树了。"

在江浙地区长大的小孩都有把蚕宝宝当宠物养的经历。小时候轻而易举能得的快乐，现在成为一项艰巨的任务。

景荷打趣说："亲妈啊。让你去开会你肯定动作没那么快。刚才看你顶着太阳跑出去。"

王悠摇头，打开李倩的朋友圈给景荷看，说："你看看真的亲妈什么样。"

李倩在朋友圈发出下午和壮壮做馒头的成果。

云养娃

景荷瞪大眼睛,翻看九宫格照片,每一种馒头都造型清晰,线条明朗,说道:"哇,这水平足以开店!"

王悠疲惫地揉揉脸说:"她简直把我们这些上班的妈逼得没活路。她孩子学钢琴,她光陪练还不够,能上场跟孩子四手联弹。"

景荷也咂舌。等自己到了当妈的那一天,能否胜任这些挑战?

王悠盯着本月的薪酬报表看,察觉王晓霞请了两天假,其中一天还是周六的班。工人的基本工资压着最低工资标准走,收入就靠加班费。他们有时候偷奸耍滑,星期五请假,星期六来上班,刚好挣两倍的工资。

王悠琢磨,若非重大事情,王晓霞不会缺周六的班。

她去翻王晓霞的朋友圈。

那个周末王晓霞发了一条动态,小朋友坐在床边,捧着绘本看。照片是背光拍的,看不出表情。

"我小时候就喜欢读历史,可惜那时没课外书看。我家宝宝也喜欢历史故事,我给她念了一下午,她都不让我停。"

王悠拉大照片看,床边的茶几上放了几盒儿科药和一片退热贴。

王晓霞刚入职的时候,住在房东加盖出来的小棚户里。那种临时建筑,街道都不发放居住证,以至于王悠没办法给她办理社保。后来王晓霞和老乡找到更偏远的小房子合住,才办好居住证。孔澄上幼儿园一个月花费三千,王晓霞一个月工资大概五千,肯定没能力把孩子带在身边。

王悠整理上周酒会的发票。两个小时内花掉十几万活动经费,她看着报销单上的数字苦笑。

景荷见王悠面容惆怅,忽感底气不足。她打开图书网站,输入"母婴 育儿"这般关键字,买了几百块的高评分图书。她平常有空就追剧,笑过就好。从现在开始奋起直追,她有没有足够的时间修炼十八般武艺,胜任母亲的角色?

颜铮给她发来消息:"老婆,给我转五百块钱,我充电费。"

这消息充满烟火气,令她略感安心。景荷询问他晚饭意见。颜铮的回答永远是:"随便,你看着办。"

下班路上,景荷翻看烹饪教学视频。美食博主身穿红格围裙,端出靓丽的菜肴。人家做了那么多饭,为什么厨房还一尘不染?她下一次厨至少收拾四十分钟。

她买了切好的腰花和调料包,开足火力,炒了一道火爆腰花。颜铮盯着餐桌看了半天,冲她扬扬眉毛。

景荷巧笑倩兮,说:"别多想,我看挺新鲜就买了。店主帮忙切的花刀。我没这个本事。我连切菜的工夫都省了,也不用洗案板。"

颜铮明白,这事情没那么简单。他板着脸说:"以后别买这些东西了。我不爱吃内脏。"

"你平常应酬多，换换口味挺好的。我也慢慢学做饭。以后有孩子了，我好给他做饭。"

"你给小孩做火爆腰花？"颜铮站起身来，"有没有孩子全看缘分，急也急不来。如果我们俩爱吃腰子也行。我们都不爱吃，你逼我吃？"

颜铮脸色铁青。

景荷知道颜铮吃软不吃硬，她一向都顺毛捋。没想到今天她什么都没说，颜铮就察觉了她的用意。

景荷压低声音说："平常下馆子你还点爆炒肥肠。大夏天的，我在厨房烤了一身汗，油烟机吵得我头都疼。你就当是吃肉，我下厨学了一道菜，你捧场，不行吗？"

"我能吃肥肠，不吃腰子。"颜铮满脸都是"士可杀，不可辱"的志气。

景荷心想：我们造人快一年都没有动静，你还能这么淡定？我没建议你去医院检查，有必要这么敏感吗？

景荷给自己煮了一包方便面，打了个荷包蛋，权当是晚餐了。一碟爆炒腰花明晃晃地放在餐桌中间。

颜铮坐在她对面，看她呼噜呼噜吃得满头大汗，问："你煮面只煮你一个人的？"

"想吃啥自己煮吧。"景荷低垂眼睑，吸一吸鼻涕。

"你现在就撂挑子，以后怎么当个好妈妈？"

景荷放下筷子，靠在椅背上，双手环绕在胸前，盯着颜铮的眼睛说:"来,你告诉我,怎么样当个好妈妈?任劳任怨?温柔贤惠?吃苦耐劳?"

颜铮知道说错了话,连声道歉。

云养娃

10

晚饭后,张维凯瘫倒在沙发上,两个孩子拿着泡沫滚轴,追着打闹,吵得他头疼。李倩盼望秋季送壮壮去幼儿园,他就没再反对。

晚上等孩子都睡了,两人并排坐在餐桌旁,把家中的资产负债梳理了一遍。张维凯升职之后收入增长一大截。他摊开一张草稿纸,写写画画做账目清算,滑着手机说:"能用钱解决的问题都不是问题……"

李倩听着他唠叨,心烦,伸手去抓他的手机。

张维凯摇摇头说:"我平常在家时候少,能干的活也有限。我不能让你再操心钱的事儿。"

他付清了分期消费的余款。

李倩解释说:"我就给孩子买了台电脑,另外我手机被老二一巴掌拍到地上,屏摔碎了……"

"没事儿,该买的你直接买,不用跟我打招呼,"张维凯大手一挥,"能花钱买效率的地方就别省钱。"

他查校每项固定开支的自动转账设置,自己计划出来每月的零花钱,其余薪水设成自动转账,都转给李倩。

李倩对着日历,一项项核对张笠果的学校安排和课外班日程,用红色标记时间段。这个月老二也报了一个亲子

第三章 我原本只希望她健康快乐，为什么又盼她十项全能

音乐运动班，又参加了书屋举办的宝宝读书会。她用蓝色标出老二的时间段，统一到同一张日历上，逐项设好提醒，同步到手机上。

老二现在正是锻炼咀嚼能力的时期。李倩找了些菜谱，将需要采购的原料写在手机便笺里。然后把日程表和菜谱打印出来，贴在冰箱上以便查阅。

她叉着腰，看着井然有序的日程表，对张维凯眨眨眼睛说："就算有爷爷奶奶带孩子，也需要爸妈来做这些事儿吧？我觉得爷爷奶奶都干不了这种统筹规划的活。"

张维凯朝冰箱上贴的表格望去，其复杂程度堪比公司的行程安排。李倩有管理才能，井井有条，忙而不乱。

付清一切账单，见账上还有盈余，张维凯舒了一口气，说："别说爷爷奶奶了，我们俩齐心协力，分工合作，还不算很缺钱，两个人都忙得团团转。那些在孩子年纪小就离婚的人，靠什么把孩子拉扯大？"

他们都难以想象，任何一方如何独力养孩子。就算勉强能养活，也给不了孩子现有的生活质量。

张维凯喘了几口气，看着冰箱上花花绿绿的日程，觉得心累。

他建议道："你如果觉得太累，就别给老二报班了。毕竟他也学不了什么。"

"我也没指望他学什么，就想给孩子找个地方玩，我能歇一会。要不然我都见不到几个成年人，憋得慌。"

云养娃

"我们现在钱也够花,你就别去折腾做微商了吧?"

"我怎么跟你说,你才能明白呢?我知道微商不赚钱。我怕的是我断档时间越来越长,简历褪色,将来越难找工作。"

"你干微商就能写上简历?"张维凯望着李倩。他原本觉得李倩是挺机灵的人,怎么在这个问题上走不出来。

他苦口婆心地劝:"微商赚的都是辛苦钱,无论卖什么,市场竞争都很激烈,很难找到自己的位置。"

"我现在好几个妈妈群,就打算做和孩子相关的产品。熟悉产品,大家都信任我的选品眼光。我趁机也了解一下电商的运营模式。"李倩停顿了一下,"况且,我想多接触一些人。在家待了快两年,现在除了孩子同学的家长,我都没朋友了。"

她试探着问:"要不然我去考个MBA?"

"自费脱产读MBA?你读出来有用武之地吗?"

"你总是打击我。"

"你不能总考证书。如果有精力,不如静下心来想想自己能做什么。你不喜欢原来外贸的工作,趁机转行也挺好的,借助这个空档期,好好找找方向。微商和摆地摊儿有差别吗?小打小闹地掺和一通没多大意思。你喜欢什么?有没有什么以前没机会尝试的东西?可以趁这段时间好好理理清楚。"

李倩忽感茫然。

小时候学习好,父母一点都没操心。高考时,老师建议英语好的同学报国际贸易,算是文科生当中就业前景最好的专业之一。本着不浪费分数的原则,她按照老师的建议报了志愿,像打卡一样完成每一门课程,最终获得不错的成绩,也顺利找到工作。可是工作了好几年,一点都不喜欢本行。

得知怀老二的消息后,李倩如释重负,欢天喜地地递交辞职信,终于有借口摆脱那份讨厌的工作。

张维凯见她全情投入育儿大业,并没流露出多少后悔,所以也不好催促她赶快寻找下一步的职业方向。

孩子第一次抬头,第一次翻身,第一次坐起来,第一次爬,长出第一颗牙齿……李倩都欢欣地拍照留念,发朋友圈,还印成相册,记录孩子的成长。

李倩把养孩子这件事当作一个项目来做。既然上了船,就尽力把这件事做好。毕竟以前她也是出类拔萃的人。若是老二上幼儿园了,能释放出来白天的时间。她惶恐的是,不知道自己到底喜欢做什么。

她望着冰箱上的日程表,一个又一个项目,按部就班地学,反而令她心安。一旦停下来,不想孩子的事情,李倩就被漆黑的孤独感环绕。

11

王悠躺在沙发上看手机,停留在李倩的朋友圈的时候,孔澄恰好探过头来,看了一眼说:"哇,小猪馒头!我们能在家做吗?"

"你别给我找事儿干了,况且你妈也没这个本事。"王悠原本想把孔澄推开,手伸出一半,又将她搂在身边。小孩的头发真好闻。

孔澄在她耳边说:"你有什么不会的,就上网搜搜看。"

这是孔明良经常说的话。孔澄平常和爸爸在一起的时间并不多,但是孔明良似乎对孩子耐心很多。

她每天陪孩子练琴就耗空了血槽,只有周末才能满足孩子额外的心愿。王悠强打起精神,搜教程,看了两遍,好像也不太难。于是架着平板电脑,带孔澄做馒头。

家里不常做面食,连个合适的和面盆都没有。王悠拿了个洗菜盆,倒了些面粉,照着教程加水,再和面。满手都是面糊,她又抓一些干面粉来搓掉手上的面糊。面粉撒得满地都是,她在裤腿上蹭了蹭脚底的面粉。

王悠狠狠地用手指关节按平板电脑。她们在厨房里半天,灶台上、手上都是面糊。孔澄眼巴巴地伸着脖子看王悠捣鼓，伸手摸一下，手上沾满面糊，又在裤子上蹭。

"澄澄！你别擦身上！"王悠大喊起来。

孔明良闻声而来。他从来没见过人能把厨房折腾得像被轰炸过一样，还做不出饭来。他看看平板电脑上的成品图，又看看被王悠"蹂躏"得疙里疙瘩的面团，问王悠："你怎么这么笨啊？"

王悠心想：我为了满足孩子的心愿挑战高难度任务，你光说风凉话。

她把盆往灶台上一搁，说："你聪明你来。"

孔澄见王悠面露不悦，鬼头鬼脑地低声对孔明良说："你不要说她笨。她听了不高兴，就不给我做了。"

王悠"噗"地一下笑了出来。孔澄还有点见风使舵的本事。

她照着教程给面团捏出耳朵、鼻子，又粘两粒芝麻做鼻孔，上锅蒸熟，一揭开锅盖，原本饱满的馒头塌了下去。王悠失望地望着锅里的馒头，黑不溜秋的，和李倩晒出来的可爱造型完全不一样。

孔澄伸手拿，反而被馒头烫了一下，鼓着腮帮子吹。王悠将馒头从蒸锅里拣出来晾凉。孔明良和孔澄十分捧场，一口气吃了好几个。

王悠也希望自己不用吼孩子练琴，不用盯着她学写字，不用唠叨她早晚刷牙，每天只需要陪她做有趣的事情。

晚上武韶华回来，看见他们把厨房弄得一片狼藉，只做出几个奇形怪状的馒头。她不冷不热地说:"弄这个有啥意思?吃到肚子里都是一样的。你们有这时间还不如给孩子教教英语。我刚才在楼下听说一个小孩和孔澄一样大,她妈说一个词,她立刻能写出来。"

孔明良原本的好心情被破坏了。他反问:"我们就玩一会能怎么样呢?"

"我看别的家长都忙着准备幼升小,就你们不着急。将来她上不了好的小学,就上不了好的中学,上不了好的中学就考不上好大学……"

孔明良接下去:"然后就找不到好工作,找不到好对象,她这辈子就完了……"

孔明良低头跟孔澄说:"你别信外婆。她只会玩麻将,看什么都是麻将,推倒一张,倒塌一串。"

武韶华的脸色顿时转阴。

武韶华平常也没什么爱好,退休后主要的娱乐生活就是搓麻将。小区里有一群老伙伴每天下午打麻将。孔明良每天回到家都闻到她一身烟味,却不好剥夺她的娱乐生活。

孔明良带着孔澄到卧室去玩。他平日性格温和,极少用言语顶撞他人。岳母的无心之语,触动了他的神经。

他小时候打游戏被老妈撞见,老妈觉得天都要塌了。老妈给他耳提面命地讲道理:"你现在打游戏,期末成绩肯定下降,到时候考不上大学,只能去工地搬砖,我们家的脸都要被你丢尽了……"

老妈没收键盘，不让他打游戏，他就玩扫雷，最后老妈把内存条拔了揣包里带去上班，以为一劳永逸。孔明良在高中时期给邻居小孩辅导功课，挣零花钱，攒够了钱就偷偷摸摸跑到数码城重新买两条内存条，每天掐着钟点打游戏，留给显示器足够的散热时间。还要记得关机后拔掉内存，第二天继续。

他和父母像猫捉老鼠一样你追我赶、你打我藏地共同生活了十几年。父母以为他是"两耳不闻窗外事，一心只读圣贤书"的好孩子，只有他知道自己对玩耍的渴望。

他不希望孩子重蹈覆辙。

武韶华看卧室门紧闭，压低声音，一本正经地对王悠说："你们不能太放纵孩子了。别人都比你们用心。孔明良整天不求上进，如果你再不用心，孩子将来就落队了。"

王悠心想：他上进能上到哪去呢？你就让我们找点乐子能怎么样？一天的好心情都被你毁了。

"妈，孩子的事情我们来管，你只要帮我们做好后勤就行了。"

"你得吸取教训。要不然孩子长大了就跟孔明良一样。"

"孔明良哪里不好？"

王悠心想：孔明良虽说没有一官半职，但是薪水也不算少。将来孩子无论像我或者像他，都比大多数人过得好。

王悠打开朋友圈，把王晓霞的主页打开来给老妈看，

云养娃

说道:"你看见这个小孩了吗?她妈在我们工厂打工,把她一个人留在老家,外公外婆带着。她爸游手好闲的,还堵在厂门口问她妈要钱。孩子生病了,外公外婆都不知道怎么带孩子去看病。她妈回家舍不得买动车票,坐长途大巴回去,路上多花三个小时,就为了省几十块钱。她为了孩子这么拼,但她的孩子可能永远都过不上我们这样的生活。"

武韶华冷笑说:"你倒是想得开,比上不足,比下有余。"

12

李倩打开招聘网站，搜索外贸公司的招聘广告，对照着招聘需求，修改了自己的简历。

她将过去的技能和经历写下来："英语听说读写流利，多年外贸经验，吃苦耐劳，有良好的沟通能力……"

她盯着简历发呆。原先在外贸公司的工作非常辛苦。和国外客户有时差，需要及时响应客户、与工厂沟通，作息混乱。一想到那样的生活，她就痛苦不堪。

毕竟王悠是 HR 专业人士。李倩联系王悠，希望王悠能根据她的经验和技能，找到其他行业的工作机会。

王悠听明白了她的意思，但觉得零碎时间说不清楚，下班后的时间又都给了孩子，于是约她午餐时间在公司附近的饭馆见面。

李倩也明白，每个人都有需要遵守的时间表，家庭主妇的时间最不值钱。她安慰自己，下班后三个孩子聚在一起还不知道怎么闹腾呢，趁白天清净也好谈事情。

她找邻居奶奶帮忙看着老二睡午觉，赶紧出门了。

王悠坐在餐厅角落的卡座里看菜单。她微微低着头，一侧的头发别在耳后，余光看见李倩的凉拖，缓缓抬头，向李倩笑。

云养娃

　　李倩坐在王悠对面，拨了拨粘在额前的头发，正对着空调出风口，她依然汗流浃背，气喘吁吁。

　　王悠将菜单递给李倩，李倩直接抬头对服务员说："我吃和她一样的套餐。这样厨房做起来比较快。"

　　趁等菜的工夫，李倩从包里拿出自己的简历，请王悠帮她出谋划策。王悠莞尔。每个人当妈之后都变成效率专家，游刃有余地多线程处理事务。

　　王悠了解李倩对以前的工作厌恶之极，劝她说："你英语好，可选范围很大。况且你二胎都生了，是换工作的最佳时机。外资企业很多岗位的门槛不一定高，越往上，对英语要求越高，你的英语优势也就越凸显。不过这几年外企的红利期已经过了，薪资不比民企有优势。好在外企朝九晚五，下班后、周末都不会给员工打电话，住房公积金都跟着薪资走。"王悠顿了顿，又说，"职场性骚扰也比较少。"

　　李倩并不觉得自己有多少优势。放弃以前的经验到另一个行业从头开始，入行起薪一般都很低。入行后一个月五千左右的收入，至少要半年才能看出将来的方向。这点钱刚够交老二幼儿园的学费。

　　王悠见李倩神色寥然，明白她心中的纠结。

　　她缓缓地说："我做了这么多年的HR，每个月办理几十个入职和离职手续。任何行业，任何岗位，都有让人厌烦的地方。做生不如做熟，先找个跳板，再留心经营人脉。

如果想换行业，把以前的经验推倒重来，最好权衡一下自己的需求，你看重什么，愿意舍弃什么。"

王悠将简历还给李倩，继续说："我现在觉得这份简历找外贸行业的工作应该没问题。你如果想转行，先看看自己对什么工作感兴趣，我再帮你细改。"

李倩低声问王悠："你能不能帮我留心一下工作机会？随便做个文员都行。"

王悠"啊"了一声，李倩至少有做总经理的才能，做文员太委屈了。王悠补充道："现在也不着急，慢慢留意合适的机会。你匆匆忙忙把自己贱卖了，将来很难翻身。"

李倩何尝不知其中的利害关系。她踟蹰地说："我怕我一直没工作，将来孩子会看不起我。"

王悠诧异地问："你对孩子这么用心，还担心孩子将来看不起你？"

"有几个人看得起家庭主妇？"李倩扯了扯灰色卫裤的细绳，像系鞋带一样潦草地打个结。

"我灰头土脸、邋里邋遢的，没人把我当回事儿。"李倩把头发拢在脑后，随手扯下腕上的橡皮筋，捆了一个松散的马尾。

她问王悠："如果我转行做 HR，需要考什么证书吗？"

"HR 入门不需要考证。你要真对这个行业感兴趣，了解一下《劳动法》和相关的社保政策，其余的模块边做边学，很容易上手。"王悠确认四周没有其他人，继续低声

云养娃

说道,"HR 工作实际上非常琐碎,上升空间有限,全公司只有一个 HR 总监。一个萝卜一个坑,她如果不跳槽不退休,你再努力也升不了职。"

王悠为自己这一眼看到头的职业生涯叹了一口气,接着说:"好在比较稳定。知识更新换代慢,年纪大也不算劣势。"

王悠看了下手机,得赶回公司,下午要开会,做薪资调整计划。

现在壮壮不太认人,是上幼儿园的极佳时期。李倩怕错过这段时间,也许又要再耗几年才能重返职场。她果断地对王悠说:"那我就往 HR 方向靠。"

王悠一口答应:"我帮你留心,如果能内推,效果最好。"

第二天下午在小区的游乐场,壮壮话还说不顺溜,见到孔澄却亲切,边喊着"澄、澄、澄……",边扑上来。孔澄把球给壮壮玩。

李倩把更新好的简历给王悠过目。这种高效率让王悠惊讶。看到简历上空档两年,王悠轻微摇头,也无可奈何。

王悠告诉她:"你有些地方措辞写得太实在了。把'勤奋'这类词换成稍微特别一点的词,尽量多写一些你做'人'的工作经历,HR 很看重这个。"

李倩心想,毕业这么多年了,学生会那些工作也不好意思写进去。原先做贸易跟单,虽说也和人打交道,但是重心不在这里。

王悠问她:"你怕什么?简历注水不是很常见的操作吗?你又不是没上过班,脸皮还这么薄。"

"我不擅长推销自己。写得头秃,才憋出来这些。"李倩难为情地说。

王悠索性告诉她套路:"曾经组织过百人规模活动,擅长和形形色色的人沟通,有耐心,做事注重细节,团队协调能力强,韧性强……"

李倩为难地说:"我哪有你说的那么好?人家跟我聊两句就穿帮了。"

"公司在招聘广告里注水,员工在简历里注水,公平交易。如果招聘时我们实打实地写'活多钱少还背锅',能招到人吗?"王悠恨铁不成钢,"你不行也要装!装着装着就会了。"

李倩笑出眼泪来。她每天给孩子念绘本,学诗歌,引领他们发现世界的真善美。可是孩子总有一天要面对世界的阴暗面。想到此处,李倩不由自主地感到悲哀。

她告诉王悠:"等我退休了,就开个培训班,专教学校里不教的事情。"

王悠好奇地问:"你打算教什么?"

"教他们怎么和人打交道,教他们怎么跟喜欢的人表白,怎么谈恋爱。"

云养娃

王悠听到她的理想宏图，心念一动，直盯着她的眼睛问："接下去呢，你打算怎么教？"

"饮食男女，人之大欲。做好防护措施，尽情享受。"李倩面不改色地告诉王悠，"我怀老二的时候，果果就问过这些事情，我一五一十地告诉她，卵细胞是人体最大的细胞，携带遗传信息和营养成分，和精子结合后变成宝宝。妈妈提供卵细胞，爸爸提供精子，我们才有弟弟。"

武韶华听到她们的对话，皱了皱眉头："大庭广众之下，你们在孩子跟前谈这些！"

"你说我是从垃圾桶里捡来的。"王悠气鼓鼓地盯着老妈，并反问："我们总要有进步吧？"

武韶华不再作声。

"我可以教他们怎么给简历注水。"王悠又笑着说。

这时，手机有消息跳出，是孔澄新报的乐高班老师发来的活动通知："周末介绍乐高和机器人比赛的具体规则，欢迎大家前来了解。"

孔明良喜欢这些东西。他给孔澄报班的初衷是结识兴趣相投的小朋友，和大家一起玩。只是没想到还有比赛，王悠从心底厌恶这么功利的模式，这足以毁了玩耍的乐趣。

她忽然灵光一闪，问李倩："既然你想做这样的培训班，为什么要等到退休以后呢？"

李倩神色黯然："现在孩子这么小，我哪有时间？我只想要一份安稳的工作，别慢慢和社会脱节就足够了。"

王悠也觉得有些贸然。她只有一个孩子,每天都围着孩子的时间表打转。李倩两个娃,如何实现远大宏图?

此时,王悠听到老妈对孔澄说:"你要和小朋友分享玩具,大家一起好好玩。"

孔澄脸憋得通红,双手抱着自己的球,不肯让邻居萌萌玩,并大声说:"我不给你玩!"

萌萌扯着嗓子开哭。

王悠闻声循来,只慢了一步,就见孔澄把萌萌推倒在地。

孔澄气鼓鼓地一只手抱着球,结结巴巴地对萌萌说:"我,我就不给你玩!"

萌萌仰面躺在地上,吃力地撑着上半身坐起来,捂着后脑勺,哭得更可怜了。她妈妈抱起委屈大哭的萌萌,充满怨气地看着王悠。

王悠目瞪口呆。幼儿园老师口中的孔澄虽然顽皮,可从来没和其他小朋友起过肢体冲突。

王悠愣了一刻,赶上前去连声道歉。她转脸厉声对孔澄说:"孔澄,你必须要向萌萌道歉!"

孔澄转过脸,头一昂,说:"我不要!"

王悠察觉萌萌妈妈灼灼的目光落在她和孔澄身上。她必须在这种情况下表明态度。

"打人是不对的。你更不应该对比你小的朋友动手。"王悠大声对孔澄说,"你需要向她说'对不起'!"

王悠被自己的高亢声音吓了一跳。她意识到,这都是演给邻居看的。她深吸两口气,拉着孔澄的上臂离开了游乐场,"我们回家再说。"

孔澄进家门后,怒气冲冲地关上自己房间的门。

王悠听她在里面"呜呜"地哭。"你自己反省一下!"王悠吼完之后,也靠在门上喘气。

孔澄哭累了才出来。王悠和她面对面坐在地上复盘。

她语重心长地告诉孔澄:"跟你说过很多次了,如果你不想让其他人玩你的玩具,就不要把它带出去。你带出去了,其他人难免就想玩。你让人家看着又不准人家玩,人家心里多难受?"

孔澄面色为难。她憋了半天才问王悠:"妈妈,你觉得我小气吗?"

"你为什么这么问?"

"今天那个阿姨非要把我的球给萌萌玩,我想把球给壮壮玩。阿姨就说我小气。"

王悠恍然大悟。

"我不想给萌萌玩。上次她抢壮壮的东西,今天又来抢我的球。"

王悠注意过萌萌平常很少说话,需要什么就直接动手。上次她和壮壮"碰瓷哭",这次又勒索孔澄。

王悠在大庭广众下错怪了孔澄。会哭的孩子有奶喝,类似事情将来一定还会再遇到。长大后，人抢占利益的手段更纷繁。王悠希望能将人情练达的功夫都传给孔澄，让她了解人性。

王悠以前也没学过这些内容，工作以后全靠用脑袋撞南墙才总结出一些经验教训。给孩子报了一个又一个的课外班，她找不到教这类知识的机构。

王悠搂着她的肩膀说："孔澄，我是你妈，我不是别人的妈。我不能去管教别人的孩子。我比其他小朋友大很多，我不可能出手帮你抢东西，那样就成了我欺负小孩。如果你实在不喜欢萌萌，你就离她远一点吧。"

王悠和孔澄絮絮地聊了半天，孔澄依旧委屈。

武韶华语重心长地告诉孔澄："我们每天都在教你谦让，有礼貌，吃亏就是占便宜。你把东西给别人玩，人家才喜欢跟你一起玩。你把玩具看得太重，以后谁跟你玩？你现在不明白，长大以后就知道这种事儿太常见了，没必要哭。"

孔澄听到这话，紧闭着嘴，肩膀一耸一耸的，憋得说不出话。

孔明良本以为王悠处理得很好，可听到岳母对孔澄的教导，勾起了他多年来不愉快的经历。

他幼儿园时期又矮又小。别人想要他的东西他都立刻拱手让出，班上其他同学都知道他是"软柿子"，见到他玩什么就凑过来一起玩，并将他排挤到圈子外。上学后，

云养娃

孔明良学习好,老师特别护着他,才没有其他人敢欺负他。

大人总夸奖他"懂事,有礼貌",只有他才知道其中的心酸。

"现在问题不是孔澄不跟别人分享玩具,是那个孩子来抢我们的东西。"孔明良反问岳母,"你能心甘情愿让别人拿走你的东西?"

武韶华只觉得他小题大做,轻描淡写地说:"我也让啊。就一个球,让出来能怎么样?"

那是孔澄最爱玩的球。球是黄色的,上面画了一张笑脸。眼睛只是两个黑点,炯炯有神,还透露着一丝古灵精怪的顽皮感。

这个球是孔明良带孔澄在电玩城从娃娃机里抓出来的。孔澄从一岁多玩到现在,还每天抱着跑来跑去。孔澄肯把它分享给壮壮就已经很大方了。

孔明良问道:"如果要求你把自己家房子让出来一间给邻居随便住,你乐意吗?"

"咳,邻居住我们房子干啥?"武韶华轻笑,觉得孔明良在比风马牛不相及的事情。

"邻居小孩也有玩具玩,何必非要玩孔澄的东西呢?"

"房子和皮球能比吗?"

"你觉得没法比。可是在孔澄眼里,那个球就宝贝得跟房子似的。"

孔澄仰起脸,感激地看着孔明良。

王悠看他们又要吵起来，左手向下压了压，示意孔明良不要再说了。

自从武韶华来帮他们接孩子外加做晚饭，孔明良的空间越来越窄。每天晚饭后岳母要看电视剧，孔明良只能退到卧室去。他上班盯着电脑，回家后不想再碰电脑，只想躺在沙发上看个无脑的综艺节目。

这么简单的愿望都成了奢侈。

孔明良闭了闭眼睛，拉着孔澄的手走回卧室。

以前王悠不想在卧室里放电视。今天一关门，他像声明主权一样，说要上网订台电视。

云养娃

13

  王悠在做月度考勤报告。生产部的一个女同事这个月请了两次产检假。她仔细查看过往的记录，这位同事起初一个月告假一次，这个月变成两周一次。

  王悠明白，她即将临盆。正在此时，女同事前来办理产假手续。她脸浮肿，忧心忡忡。

  王悠给她办理相关手续，安慰她说："'卸货'之后很快就不肿了，腰也不疼了。"

  女同事很迟钝，半天才回过神来，对王悠说了一声"谢谢"，小心翼翼地走出办公室。

  中午在食堂排队的时候，生产部经理魏清恰好排在王悠身后。他故作夸张地抹了一把脑门，说："我们部门那位可算休产假了。她再不生都要把我们麻烦死了。"

  魏清是单身王老五。他见王悠笑容尴尬，耸耸肩膀说："她自从怀孕，三天两头往医院跑，今年基本没干什么活儿，就要休假了。"

  王悠只觉得魏清"何不食肉糜"，反问道："我们这里是工业园，附近没有医院。去医院如果只花半天都算效率高，她产检要跑半个城，请半天假，难道不合理？"

  魏清撇着嘴点头说："真爽啊，一放假就四个月，不干

第三章　我原本只希望她健康快乐，为什么又盼她十项全能

活还拿钱。"

"你阴阳怪气的干吗？"王悠板起脸来，"社保出钱，又不是让你掏腰包，也不是公司出。"

"那还不是羊毛出在羊身上。"魏清斜靠在栏杆处，挑起一边眉毛，神情轻蔑。

"别人的孩子是未来的纳税人。将来你还得靠别人的孩子缴社保养老。"

"我交这么多年社保，到时候领退休金也心安理得。"

"你交的钱已经被你爸妈领光了。"王悠端起餐盘，扬长而去。

晚饭后，王悠摸出手机，家长群又亮起小红点。打开一看，一百多条未读消息。她望着手机屏喘粗气，几乎要被扑面而来的消息淹没。

一路向上爬，从消息起点看起。爬了半天才看明白，下周幼儿园要举办中班结业典礼，征集家长志愿者帮孩子梳头发，穿戴整齐，辅助摄影师工作。同时邀请家长尽量出席典礼。

王悠将手机甩到沙发靠枕上说："什么事情都要让家长来！一个幼儿园就要把我们榨干了。中班有必要这么折腾吗？我大学毕业我妈都没去看我戴学士帽！"

她听见自己耳膜内脉搏跳动的声音，好像有一波又一波的电流通过脑壳，阵阵麻木。

孔明良抱紧她,在她耳边轻声念:"你不想去就算了。二十年后孔澄肯定不记得这件事。反正会有人给她拍照的。"

王悠突然耳鸣,孔明良的声音模糊又遥远。

14

幼儿园中班结业典礼这天，孔澄起了个大早，穿戴整齐后趾高气扬地在门口催王悠："你抓紧时间，别磨蹭！"

王悠一惊，这像是平常她跟孔澄说的话。难道平常她催促孩子已经成为常态？

朝阳清亮地洒在阳台上，纱窗上停着一只蜻蜓，阳光穿透它的翅膀，在地面投下模糊的影子。王悠召唤孔澄到阳台上来看蜻蜓。

孔澄却喊："快点，要不然就迟到了！"

王悠不希望孩子这么小就处于疲于奔命的生活状态，她告诉孔澄："别着急，我们慢慢来。我已经请了假，今天专门陪你。"

孔澄拉着她的手向外走："你不要浪费时间！"

李倩很早就到了。有些孩子散着头发就来了。李倩坐在小板凳上给小朋友们扎辫子。她抬眼冲王悠笑了笑，又专注地给其他小朋友整理发饰。

老师对大家高声说："小朋友们手拉手，排好队，站在自己的小椅子前！今天是这学年的结业典礼，爸爸妈妈都来观摩，我们来感谢爸爸妈妈为我们的付出……"

老师右手向前压了压，全体小朋友整整齐齐地向到场

云养娃

的父母鞠躬，同时脆声脆气地说："谢谢爸爸妈妈……"

王悠看着他们向来访家长低下头，有点不自在，侧身向旁边站出一步，不愿接受如此大礼。

老师的嗓音清脆明亮："我们今天邀请爸爸妈妈来见证小朋友的成长。今年获得'健康小明星'称号的是程乐天小朋友！"

在众人的掌声中，一个小男孩离开座位上台领奖。老师召唤下一个——"最佳小画手"，另一个小女孩婷婷袅袅地走上台，对老师鞠一躬，又向其他家长露出标准的社交微笑。

王悠碰碰李倩的胳膊肘说："我压力山大。'最'这个'最'那个，每个人都要争第一名，只有最优秀的才能被认可。"

旁边一位家长撇了撇嘴，轻蔑地从鼻子里"哼"一声："这算什么！我们小时候哪有这么多奖？全班就一个'三好学生'。老师还当面把考得不好的同学的卷子撕了。孩子早晚都要接触这些。多训练他们，养得皮实一点。娇生惯养的孩子长大后受不了挫折。"

"这么小的孩子，一定要在丛林法则下生存吗？"王悠翻个白眼，"把自己逼得那么辛苦，最后又能怎么样？公司裁员一裁几千人，一个部门连锅端掉，北清和技校一视同仁，谁管你幼儿园时候得过小红花？"

"嘿，优秀的人在哪都优秀，裁掉了也能马上找到下家。"

"你看不见被大厂裁员后还不了房贷跳楼的人?"

王悠把脸转向一边,用后脑勺对着那位家长。李倩深吸一口气,暗中给王悠比个大拇指。

典礼结束,几乎每个小朋友都有奖。王悠看着孔澄的奖状上写的是"最乐于助人"。她多希望能去掉那个"最"字。生活的乐趣这么多,何苦把做冠军当作目标。

那位家长耸耸肩膀说:"这么水的奖励,自欺欺人。"

"哄小孩开心嘛。"另一位家长附和着说,"要不了几年孩子们就明白了。"

王悠和李倩不想在此地久留,待小朋友们拍完照,招呼孔澄和张笠果回家。

张笠果捏着奖状的两角,趾高气扬地对孔澄说:"我是竖笛第一名,你比我更爱帮助人。"

孔澄也对张笠果自豪地说:"我也会吹竖笛。下次我也要拿竖笛第一名。"

李倩和王悠对看一眼。

王悠蹲下,扶着孔澄的肩膀说:"你如果不喜欢吹竖笛就算了,没必要为了把别人比下去而做自己不喜欢的事情。"

王悠也不确定孔澄听懂了没,拍了拍她的后背。孔澄连蹦带跳地和张笠果走在前面。

李倩望着两个孩子欢欣雀跃的背影,问王悠:"现在我

云养娃

们这样保护她们,长大以后呢?社会会温柔待她们吗?"

王悠疲惫地搓脸,不知如何应答。

路过楼下游乐场,王悠看见几个妈妈带着孩子跑步。

"预备,起!"

一声令下,几个小男孩径直跑向游乐场的另一端。

"明明第一名!浩浩第二名!天天第三名!"

王悠听到他们的呼喊声,忍不住加快脚步。

回到家,王悠跟孔明良谈起其他家长的鸡血,孔明良叹了一口气说:"互相伤害,最后没有人是赢家。"

"真想找个无人岛把孩子养大。"

"嘿,张无忌吗?回到中原之后不知人心险恶,更遭罪。"孔明良察觉王悠时时摇摆退让,受一点刺激就飘忽到另一个极端。

周末,孔明良看见附近有围棋教室,带孔澄去试了一堂课。他看孔澄坐得住,就报班了。

王悠掰着手指头一算,孔澄到现在上过英语、小提琴、少儿编程、绘画、乐高,又加上一门围棋。目前来看,英语和小提琴会长期学下去,其他的也许玩几天就弃坑。

算完,王悠觉得心累。

孔明良却说:"你怕什么?英语里下棋、弹琴、运动用的动词都是 play。这些东西本应是玩的项目。我们不管别的家长怎么打鸡血,孔澄只需要玩。只要她想玩,我就出钱让她学。"

孔澄和孔明良坐在茶几两边。孔澄手握着一把黑子,一本正经地在棋盘的星位落子,神情专注。

15

张笠果在做珠心算作业,看着作业纸发呆,大声喊:"妈妈,你来帮我一下嘛。"

李倩在小学阶段学过几天珠算,现在模糊地记得几句口诀。她翻看张笠果的教材,看看他们在学什么口诀,根据口诀就不难推算出这堂课的作业应该怎么做。

她敲了敲作业本,对张笠果说:"你需要的方法都在这。仔细看看,别光伸手问大人要答案。"

张笠果把作业本翻过去盯了半分钟,掰着手指头数了一会,还是写不出答案。

"有点耐心,上面一粒珠子代表'5',下面代表'1'。算盘都给你画出来了。你照着书上画的,拨一拨珠子,自然就得出结果。"

李倩希望果果能自主独立思考,将着果果的后背柔声说:"你耐心一点,想明白了就知道,珠算是一目了然的。"

耐心、专注,都是李倩非常看重的品质。她继续说:"看着图想想,数字怎么呈现在算盘上。对应的口诀又是什么……"

张笠果扭动肩膀,推开李倩说:"我知道!"

李倩索性站起身来，后退一步，远远地望着张笠果的背影。

她又忍不住提醒："头抬起来一点，眼睛都要贴到纸上了……"

张笠果稍微挺了挺背。

张维凯上前对李倩耳语："你让她自己慢慢琢磨，别盯着她了。你盯着她就不自在。"

李倩走开十分钟，回头一看，张笠果摇头晃脑地在作业本边缘画画。她仔细查看作业，原来张笠果在作业本上乱填了几个数字充答案，敷衍了事。

"张笠果！"李倩敲着作业本问，"你要做就好好做，你如果不想学，只要跟我说一声'我不想学'，我肯定不会逼你。你糊弄谁？"

张笠果被李倩的怒吼吓得一哆嗦，肩膀微耸，收紧下巴，不敢看妈妈。

张维凯将李倩拉到一边说："你消消气。今天她不在状态，就算了。"

李倩柔声细语地说："不会做是一回事儿，态度不好是另一回事儿。不会做慢慢学就行了。她这样，学什么能成？"

李倩的目光跨过张维凯的肩膀，落在张笠果的头顶。

张维凯低声对她说："这种话别让孩子听见，容易损伤自信心。"

云养娃

李倩深吸几口气，让张维凯带两个孩子下楼玩。

张笠果一溜烟就跑到门口去换鞋。她穿上鞋之后还把壮壮的鞋拿出来，催促壮壮："你动作快一点，其他小朋友都下楼玩了。"

李倩见她迫不及待的高兴样子，一股烦躁感涌上心头，说道："我最讨厌磨洋工。你专心致志地把该做的事情做完，剩下的时间全都用来玩。你就算告诉我一声'今天我不想干啥'，我也不会硬拖着你。你磨蹭，磨蹭掉自己的时间。你愿意把时间都浪费在磨蹭上？"

张笠果听到这话，又低下头不吭声。

"好了好了，你就让我们出门吧。"张维凯推着两个孩子，快步往外走。

到电梯里，张维凯才对果果说："你瞎糊弄算什么？有不会的就问，卡住了就歇一会，你这样弄得大家心情都不好。"

张笠果不愿意看爸爸的眼睛，低头盯着地面。突然壮壮也低头"吭吭吭"地哭。张笠果一看，他的小脚指头从洞洞鞋的窟窿眼里戳出来了。她蹲下，让弟弟扶着她的背单脚站着，帮弟弟脱了鞋子又重新穿好。

手足情深！

张维凯立刻拍照发给李倩。

第三章　我原本只希望她健康快乐，为什么又盼她十项全能

16

王悠的生活被日程表、提醒和闹钟卡得牢牢的，一环扣一环，每十五分钟一个单元，每个单元都有专属任务。

她只能趁午饭间隙在手机上挑选生鲜。孔明良想吃猪蹄，但是老妈总说猪蹄胆固醇太高。王悠跟老妈提了好几次，孔明良每天早出晚归的，就这点盼望，能满足尽量满足他。老妈嘴上答应下来，可是几周餐桌上都看不见猪蹄的"倩影"。

王悠在手机上下单，恰好晚上就能送货到家。

景荷端着餐盘坐到她身边。王悠瞥了一眼景荷吃的食物：豆腐，一块蒸鱼，还有一碟凉拌菠菜。看着都觉得寡淡。

她劝景荷："现在不存在营养问题。吃饭首先要让自己开心。"

景荷心想：你一啪即中，当然可以放飞自我。我们苦苦耕耘快一年都没结果，不管什么偏方，我都愿意尝试。

随即，景荷从包里拿出一小瓶芝麻撒到菠菜上，增加一点香味。

王悠见她连嘴唇都抿得紧紧的，轻叹着说："你放松一点。精神紧张，干什么都不顺利。"

云养娃

景荷"哼哼哈哈"地答应着,也将目光投在手机上。娱乐新闻首页是某个女明星三十八岁高龄产下双胞胎的消息。她容光焕发地抱着新生儿,明晃晃的笑容照得景荷睁不开眼睛。

景荷索性熄灭手机,专心吃饭。

午饭后,魏清拿着绩效考核结果来 HR 办公室。这个月有一名支持人员递交辞呈,他打算从流水线工人中提升一名作为支持人员。王悠看他提出的人选,是一位入职才半年的员工。

她问:"这人能胜任吗?我觉得有好几个人都比他熟悉生产线,更胜任这个岗位。"

王悠印象中,王晓霞是那条生产线上年资最深的工人,熟悉从头到尾的工艺流程。她是极佳的人选。

魏清撇撇嘴说:"我挑的人聪明,又靠谱。其他人,麻烦事多得很,靠不住。"

"熟练的人肯定比不熟的人好用。况且你提的这位,本来没做多久,不见得好用。"

"我在一线盯着,谁表现好,谁表现差,一目了然。你别瞎操心了。"

她明白魏清口中的麻烦。孩子生病请假,回家探亲请假。HR 只是为业务部门服务的岗位。既然部门经理这么说,王悠只好办理相关的手续。

王悠多希望能为女员工争取一下升职机会,即使只涨几百块钱工资，对她们来说都是雪中送炭。

孔明良回到家，看见孔澄又趴在餐桌前学写字。桌子上一盘油亮的猪蹄，倒是令他精神振奋起来。

武韶华语气严厉："你那个'澄'字写得张牙舞爪的，把它写整齐一点！"

孔澄咬着下嘴唇，皱起小眉头，手紧紧握着笔。

孔明良从孔澄背后走过，看了一眼。孔澄握笔那副费劲样，他都觉得手疼。

孔澄一笔一画地画"澄"字，画得田字格都放不下。

孔明良悠悠地叹了一口气说："孔澄啊，早知道你今天要遭这么多罪，我就给你起名叫'孔一'了。"

"我会写'一'！"孔澄嬉皮笑脸地在田字格里画了一串"一"。

武韶华敲敲作业本说："你专心一点。哪能遇到困难就退缩？"

孔澄向孔明良投去求救的目光。孔明良也懒得跟岳母争执这些事情，假装没看明白孔澄的眼神，溜达到饭厅。

餐桌上摆着猪蹄。孔明良不等集体开饭，拉开椅子坐下，左右开弓，狼吞虎咽。

孔澄听到他吃东西的声音，"咚咚咚"地跑到餐桌前。

孔明良顽皮地冲她挤挤眼睛，让她坐下一起吃。

"猪蹄没营养的，你们最好给孩子吃有营养的东西。"

云养娃

武韶华咂咂嘴，好像自言自语，"吃什么补脑子呢？核桃？她学习费劲死了。我明天给她买些核桃回来。"

孔明良最不信这些以形补形的说法。况且写字这事儿，等她七八岁时自然就会了。到时候再学，事半功倍。

他"噗"的一声笑出来："你不如炖个猪脑给她吃吧。"

"说的也是，也许还能长胖点。"武韶华没听出其中的讽刺意思，捏捏孔澄的肩膀，"瞧你瘦的，学啥学不进去，将来去工地搬砖都搬不动。现在市场上都不常见卖猪脑的了，之前还能见到呢。"

孔明良吓出一身冷汗，连连摆手说："千万别，吃猪脑会把娃吃成猪脑子。"他递给孔澄一块猪蹄，孔澄嫌猪蹄粘手，孔明良帮她把蹄筋和猪皮剔下来，让她用筷子吃。

两人吃得脸上泛油。

武韶华着急地搓着手说："你们这样，一会就吃不下饭了。"

孔明良埋着头，眼皮都不抬，说："这就是饭的一部分。"

孔澄入睡后，王悠旁敲侧击地问孔明良："你能随便教孔澄一点数学吗？我真担心她和别的孩子差距太大了，将来会没自信心。"

"小菜一碟。"孔明良翻了个身，"我本来见到机会就教一点，你们没注意到罢了。"

17

吃过晚饭后,李倩将饭碗一推,陪孩子练琴。张笠果已经进阶到巴赫的《C大调平均律》,李倩也逐渐看到希望。

张笠果看着谱子,一路"当当当当"地弹下来,自以为流畅连贯。

李倩在谱子上画了几道分割线,告诉她:"你的音乐要会呼吸,不能把琴弹得跟剁饺子馅似的。"

张笠果抽了抽鼻涕,皱着鼻子看谱子。

李倩指着刚画下的记号:"这里,这里,这里,乐句要断开。"她又用高光笔标出渐强和减弱记号,"音符之间要弹得粘一点,这样你的音乐听上去才吸引人。"

张笠果哼哼唧唧的,忽然两个巴掌砸向琴键:"我就要这样弹!"她用尽力气把琴弹得"嘣嘣嘣"响,完整来了一遍,就开始咬指甲。

李倩陪练琴陪得血压都高了,看这样子,一天两天也出不了结果,她放了张笠果,躺在沙发上大喘气。

张维凯也靠在沙发上滑手机。李倩用脚背碰碰张维凯的膝盖说:"你去收拾碗洗碗,我头疼,要早点睡觉。"

话音刚落,张笠果和壮壮呼喊着从客厅一头跑到另一

云养娃

头,一路碰响几件电声玩具。一个电子玩具球被壮壮踢了一脚,发出鬼畜般的笑声,滚到沙发边。

张维凯绷开倦怠的眼睛,被孩子吵得太阳穴"突突"地跳,告诉李倩:"我带他们下楼,你收拾碗筷。"

"我今天实在弄不动了。"

"我也累。工地上跑了一天,鼻孔里都是土。"

李倩踹了他一脚:"你能不能主动一点承担家务?家里又脏又乱,谁住在这心情都不好。"

张维凯将手机向沙发上一甩,说:"好,你让我干我就干。"

李倩听到厨房里水声流动,不再计较,转身走向卧室。这是她这几年第一次在八点前上床睡觉。

第二天早上,走进厨房,李倩打算冲咖啡,才发现昨晚张维凯只洗了碗。杯子和锅依然东倒西歪地散落在四处。用过的咖啡杯杯底沉了一层渍,她用钢丝球好一顿擦洗,才洗到光鲜亮洁。

她怒气冲冲地说:"张维凯,你有没有一点主人翁意识?这是给自己家干活,不是糊弄老板。洗碗不洗锅,不洗杯子。现在没杯子没锅,我们用什么?"

被劈头盖脸一顿吼,张维凯的脑子依然闷闷的。

"我昨天洗了碗,又把两个孩子带到楼下遛累了才回来。我还要怎么负责呢?你至于大清早因为几个杯子没刷就跟我吵架吗?"他嘟嘟囔囔,转身去烧开水,"况且你光让我洗碗，又没让我洗锅洗杯子。"

李倩睁大眼睛盯着他的眉宇，想看清他是真傻还是装傻："我说洗碗你以为只需要洗碗？我让你吃饭你怎么知道还要吃菜呢？"

张维凯张着嘴愣了三秒，老婆大人好有道理，他竟无法反驳。

他妥协道："下次你让我干什么，只要说清楚，我肯定全都做。这次指令不清晰。"

李倩摇头。

李倩深吸一口气说："张维凯，这是你家。你前几年待在家里的时间少，我也就认了。现在你每天都回来，你是这个家的男主人，不是客人。我希望你能看见需要干的活，不需要我一项项安排，就主动把这些事情做了。"

"我洗了碗，还把老二丢在地上的玩具都收起来了。"张维凯辩解道，"就算洗碗是你布置给我的任务，收拾玩具是我主动的。你不能把我的这些贡献都否定了。"

李倩转脸，目光落在厨房的灶台上，锅盖仰面朝天，内侧覆满了油点。

张维凯顺着她的目光望去，立刻会意："下次我也会洗锅盖的。"

"不是锅的问题，也不是锅盖的问题。"李倩几乎气结。两个人结婚这么多年，怎么一点默契都没有？

张维凯困惑地问："那是什么？"

云养娃

她望着张维凯说:"我多希望有一天,我什么都不用说,你就知道。开饭前,是果果学数学的时间,她是需要有人帮忙看一下作业的,我一句话都不用说,你就去看她有什么困难;吃完饭,需要洗碗,果果每天在饭后练琴,也需要人陪,如果你不陪练琴,那你就主动把其他事情做了;睡觉前,壮壮需要人给他念故事书。我当妈的工龄和你当爹的工龄一样长,这些事情在我这都是自动驾驶的状态,而你,还是拨一下动一下。"

"我每天上班有多少事情,昨天我跟监理扯皮扯了一整天,回来就想消停半个小时,没有人打扰我,让我安安生生地坐在沙发上发会呆,可你不停地给我派活。"张维凯提起嗓子,模仿李倩的口音,"外套不要搭沙发扶手上,要挂起来;袜子不要一坨一坨地丢在地上,老二流鼻涕帮他擦一下……谁像你这么多事儿?"

李倩一股怒火冲上脑门。张维凯平常过得又粗又糙,还怪她事多!

张维凯扶着她的肩膀说:"生娃之前你没这么暴躁,现在越来越不讲理。以前我们周末吃两天方便面都没问题,现在你周末不是洗衣服就是打扫卫生,一刻都不让人安生。"

李倩捋去他的手,提起手袋就出门,留下两个孩子目瞪口呆地看着张维凯。

他们听到李倩关门的声音,齐齐发出哭声。

老二双手张开,扑向门口,边哭边喊:"妈——妈——"眼泪、鼻涕、口水亮晃晃地挂在胸口。

张维凯抱起老二,帮他擦擦嘴,拍着他的后背安慰他说:"你妈出门了,晚上就回来。今天我送你们俩上学。"

他从冰箱里拿出一盒酸奶递给张笠果:"你先吃。你弟弟一般吃啥早饭?"

张笠果握着酸奶盒,想撕开锡纸盖,撕不动,用牙咬,"哗啦"一下,泼了一身。她低头看,胸口和脚上都是酸奶,动动脚指头,粘得拖鞋上都是,滑溜溜的。

张维凯抱着老二,腾不出手来,正在琢磨该怎么办,张笠果自己"咚咚咚"跑回卧室换衣服,跑的时候还知道翘起脚指头,不把地踩脏。

张维凯的老心略感安慰。

老二被他抱着,上半身依然拧向门口,声嘶力竭地喊:"妈——妈——"

张维凯的耳朵被他的哭声震得"嗡嗡"响。他抱着老二颠来颠去,嘴里念叨着说:"你别哭了,吵死人。"

正说着,张维凯忽觉肩膀一热,老二"哇"地一口吐在他肩膀上。

张维凯把头扭向一边,左右张望,地上是酸奶,身上是呕吐物,老二一边咳嗽一边"哇哇"地哭。

他双臂伸直,让老二远离自己的身体。老二早上喝过奶了,吐出来的奶混合胃酸,又腥又臭。

他面无表情地问老二:"你们花光我的钱,毁了我的睡眠,占了我全部醒着的时间,还破坏我和我老婆之间的感情。我为什么还要爱你?"

老二哭得脸涨红,眼泪、鼻涕糊得五官都看不清了。

张维凯整张脸都皱起来说:"我和你妈都挺好看的,你怎么长这么丑?"

张笠果换好衣服跑出来。

张维凯看见她头顶一片白。他凑近定睛一看,原来是果果脱衣服的时候把酸奶蹭头发上了。本来就赶时间,张维凯也没力气再给她洗头发,转身抽了一张纸巾给她擦擦头发,就这么凑合吧。

张维凯和老二换上干净的衣服,出门的时候已经晚了半个小时。

老二坐在车后座,哭声渐止。张笠果低着头,张维凯从后视镜里看不到她。

他正想让果果坐好呢,只听见她说:"给,你吃。"

果果从包里摸出一包开了封的消化饼干,递给弟弟一块。张维凯一看产品包装就知道是李倩刻意挑过的,大地色的盒子,应该是主打"有机"或者"纯天然无添加"的产品。每两块一个单独包装,恰好两根手指的宽度,很适合孩子的小嘴巴。

老二攥着饼干在嘴里抿,饼干化成糊糊,又吃了满身满手。

等把这俩娃拉扯大,张维凯要给洗衣机颁发一个"劳动奖章"。

在教室门前,张笠果停下脚步,把爸爸拉到墙根角落处,低声问:"你们要离婚了吗?"

"你瞎操心!"张维凯心想,两人合伙养娃都够费劲了,还离婚!

18

上班时,王悠在统计这个月的考勤记录。多数员工请假的理由都和孩子有关。孩子生病,开家长会,参加幼儿园的亲子活动……

有一名同事因为孩子生病请了一周的假,这个月要损失几百块钱绩效奖金。

王悠愤愤不平地跟景荷说:"这是不正当竞争。没孩子的无牵无挂,当然出全勤,干满点。以前人养娃能动用一个村的力量,现在外婆能帮忙算是最好的。"

"你妈会微信挂号吗?"景荷挑起一条眉毛。

"不会。"王悠"噗嗤"一声笑了出来,"支付都弄不清楚,左弹一个广告右跳一个红包的,我妈生怕受骗,不敢点。她也只能做后勤,其余的事情她有心无力。"

"如果孩子生病,也只能由父母承担。"景荷叹了一口气,"不公平啊不公平。有了钱才能养娃,可是养了娃又损失挣钱的机会。"

午饭时间,有人轻拍王悠的肩膀,怯生生的。王悠回头,原来是王晓霞。王晓霞趴在她耳边说:"你到卫生间来一下。我看见好像有人流血了。"

王悠迅速站起身来,深呼吸两次,和王晓霞一前一后,缓步走向卫生间。一个隔间的门紧闭，王悠只能从隔间门下的缝隙处看到两只蜷曲的脚。

她大力拍门，同时摇晃把手，高声呼喊："开门，开门……"前来用卫生间的同事也察觉出异状，一瞬间，原本不大的空间挤满了人。景荷拨开人群，挤到王悠身边。里面久呼不应，又没人能爬过隔间，景荷只好召唤维修人员拿梯子来。

人越聚越多，七嘴八舌地讨论到底发生了什么事情。王悠心知大事不妙，招呼在场人员散去，可是大家无动于衷，伸长了脖子看热闹。

魏清随着维修人员赶到现场。待他们打开门，一个苍白的女工瘫坐在地上。维修人员将她拖出来。她的上衣几乎缩到腋下，肚皮微微隆起，两腿之间流了血。

王悠明白了大半。

魏清低声问王悠："要不要报警？"

"报什么警！这人是不是你线上的？我从来没接受过她的产检假申请。说明这段时间她一直跟着生产线两班倒。看这情形至少四五个月了！法律规定不能安排孕妇上夜班，你知道吗？你报警了，我们公司违反《劳动法》就实锤了。"王悠给他一个白眼，"搞不好连你都要问责。"

王悠一通抢白，魏清哑口无言。他心想，就算是我们部门的，我也管不到最基层的工人。

他也怕员工去仲裁，压低声音问："那我们该怎么办?"

景荷低声告诉魏清:"你招呼工人开工,别聚这么多看热闹的人。"并脱下外套,盖住女工的上半身,又拨打120,呼叫救护车。

景荷陪着救护车将女工送到医院,办理所有手续。在入院通知单上签字的时候,景荷的牙关忍不住"咯咯咯"地打颤。

从医院出来,迎面公交站牌上"无痛人流"的广告映入眼帘,景荷望着广告牌,几乎要喊出来:"给我,给我!"她日夜盼望的孩子总盼不来,有人盼来了这份宝贵的礼物,却只有浅浅的缘分。

王悠回办公室调取员工资料,打电话通知她的家人。这名女工叫李巧华,老家在安徽,丈夫也在外打工,父母还在安徽。王悠耗尽了全身的力气,才打完一圈电话,办妥此事。她又专程去魏清的办公室,特意叮嘱他不要声张。毕竟,公司声誉重要。

魏清满脸走油,一只手撑着脑袋,头发都竖了起来。

他不耐烦地说:"我们是很正规的单位,该给的假都给,而且她这段时间受《劳动法》保护,不能被辞退。你说她干吗给我们惹这么大麻烦?"

"还不是为了钱?如果不上夜班,她会损失接近1/3的工资。"王悠恨铁不成钢,"你这王老五整天不问世事,我都没法跟你沟通。"

晚上回到家,王悠将孔澄紧紧抱在怀里。

武韶华从她身边走过,说道:"这么大的孩子了,还整天抱来抱去的,什么时候能独立?"

"我都不着急,你着什么急?"王悠把脸埋在孔澄的脖颈处,不愿意抬头。

19

回到家,景荷依旧浑身发冷。

颜铮煮汤圆当宵夜,问她要不要吃点热乎的食物。她望着锅里白花花的汤圆,忽然失去胃口,跑到厕所大口呕吐起来。颜铮追随她到厕所,露出询问的目光。

景荷将头发捋在脑后,对他摇摇头说:"不是你想的那样。"

景荷不愿意把公司今天发生的事情告诉颜铮。她一夜蜷缩在双人床的一侧,耳朵里充斥着卫生间围观工人嘈杂的话语:"作孽啊……"

第二天上班前,景荷在早餐店买了一份豆腐脑和一个饭团,又挑了两个茶叶蛋,一起送到医院。

李巧华身穿宽大的病号服,显得又瘦又小。她接过景荷送来的早餐,沉甸甸的一袋,吃了两口,蛋黄还残留在嘴角,忽然呜咽着说:"我每天都吃叶酸。是不是因为搬了一箱货,不小心闪了腰?"

景荷心想:我怎么会有答案?我们总想找到原因,尽量避免悲剧重现,持"宁可信其有,不可信其无"的态度。即便如此,还常常事与愿违。

她拍拍李巧华的肩膀说:"你这种情况符合产假标准,

第三章 我原本只希望她健康快乐，为什么又盼她十项全能

我给你办理手续，你专心养好身体，将来有的是机会。"

李巧华面露难色。

景荷立刻会意，说道："这个社保报销比例很高的，你别担心医药费。"

李巧华长舒了一口气。办理入职手续的时候，李巧华曾经问 HR 能否不扣缴社保，当时总觉得钱揣在自己腰包里比较踏实。现在看来，有医保已经是不幸中的万幸。

景荷回到办公室，和王悠打了个照面，皱着眉头摇摇头，只吐出三个字："没保住。"她趴在办公桌上，头发披散下来，盖住脸颊。

过了一刻，景荷抬起头。王悠发觉景荷脸颊上印出了衣袖的皱褶。这是年纪渐长，皮肤失去弹性的征兆。

景荷盯着电脑，为李巧华办理产假手续。这种假期像是买了假货砸在手里，收下心里堵得慌；不收，怎么弥补自己的损失呢？

电脑屏幕上的数字一直闪动，景荷的眼睛又酸又胀。

王悠见景荷面色灰白，叫了两杯奶茶外卖送到公司。王悠知道景荷相当自律，不碰甜点饮品。她相信今天景荷不会拒绝。

她分给景荷一杯香浓的奶茶，说道："你对这件事情投入了太多感情。"

"我盼了这么久。"景荷眼睑下垂，法令纹卡粉，口红顺着唇纹溢出。不像以前，妆容精致服帖。

云养娃

"也许缘分没到。"

"周围意外怀孕奉子成婚的，说生就生，还有人怀了不想要。我倒是遵循优生优育的原则，戒酒戒茶戒咖啡，按书上讲的方法备孕。"景荷看了一眼手中的杯子，"我都一年没喝过奶茶了，怕奶茶里的植脂末有食品安全隐患，将来影响宝宝的健康。"

王悠"哦"一声，不知道是否该收回奶茶，换成热水。她手伸到一半，看见景荷眯着眼睛享受的笑容，又缩了回来。

景荷努力咧了咧嘴说："没事，一年喝一次，应该不会有什么影响。"

以前景荷看见"无痛人流"的广告灯箱并无特殊感觉。这两天进出医院，公交站牌上的广告令她如鲠在喉。

有人轻而易举得到孩子，却要将孩子请出门。有人受到命运之神的馈赠，享受短暂的快乐后，又被无情地夺走。她，只体验过无边无涯的失望。

王悠偷偷将景荷的微信设置到"纯工作关系"，将来晒娃的朋友圈不再对景荷可见。

景荷调出李巧华过去三个月的出勤记录。她一天假都没请过，半个月白班，半个月夜班，和平常一样正常上班。估计生产线上的其他工友都不知道她怀孕的事。按说她们肯定都知道产检假的福利，她为什么放弃了这部分权利？

景荷在例会中提出这个问题：如果女性怀孕后就必须退到相对清闲的岗位，那么收入会骤减。女工为了保住原有的收入，也可能尽量撑着。希望公司能作出调整，让她们的收入不受怀孕影响。

"干的活少了，少拿钱，不是理所当然的吗？她怀孕还不注意，能怪我们吗？"魏清不屑地说，"女人真是麻烦。去年我们组有个人怀孕，那一年正常上班的日子不到三个月。怕早班公交太挤，早上十点多才晃晃悠悠到办公室，外加产检假、产假和哺乳假，一个人拖得一个部门都转不起来了。"

王悠心想，还是因为受保障的假期太少了。如果男女都能享受为人父母的假期，女人也不至于在怀孕生产期间贪恋那一点点特权。

王悠上半身前倾，直视魏清的目光说："李巧华原本可以正常上班的，现在流产，休假一个多月。公司又不可能专门为这一个多月的缺口招人，就算招了新人，工作效率比熟练工差远了。我们还要给劳工中介付佣金，公司损失更大。"

景荷推断业务部门的领导不一定知道具体的招聘成本，补充道："我们招一个新人的直接成本是半个月的薪酬。间接成本更高，两个月之内能独立工作的话就算是好的。新人培训、磨合都是成本。老员工出错机会小，需要的支持资源也少。降低流转率对大家都有好处。"

云养娃

"让她们退出熟悉的工作领域是更大的浪费。现在的考核标准有一些不合理的地方,我们可以考虑改进流程,提高效率。如果我们的考勤制度能增加一些弹性,也许会更好地激励员工投入工作,提高产出。"王悠继续说。

"这些都是纸上谈兵。"黄韵夏打断了王悠,"考核标准是总部统一的。全世界各地的分厂都按这套标准走,不可能我们单独搞一套。"

散会后,王悠百无聊赖地告诉景荷:"养娃的环境这么差,不养也罢。"

王悠垂头丧气地回到家。

孔明良听了事情始末,问她:"你们 HR 有权限改变绩效和考勤规则吗?"

"老板说全公司统一,但是各国法律不一样,会针对当地实际调整。很多细节上我们是可以自己权衡的。我就想让他们在绩效考核的时候少做表面文章,真的衡量产出,对公司、对员工都有好处。"

武韶华摆出饭菜,招呼他们吃饭,说道:"你们单位算很正规的了,其他小公司比你们差远了。你瞎操心。"

王悠想到厕所里目睹的一幕就无法释怀,回道:"如果公司不愿意改善,以后可能还会出现类似情况。电子厂,女工多,躲不开这种问题。"

王悠低垂着脑袋,将孔澄搂在怀里。武韶华见王悠总把孔澄当作小婴儿，不由得为孔澄的将来担心。

武韶华一本正经地对孔澄说："看见没有，我让你好好学习，你还不听。以后你要努力，像你爸你妈一样，做白领工作。"

察觉孔明良眼神中透露出的一丝不悦，武韶华顾左右而言他，对王悠讲："你们单位已经很正规了，她自己非要上夜班，你有什么办法？你能干什么？"

蚍蜉撼树，自不量力。

在公司开会的时候，王悠说得口干舌燥都无人响应。回家来，老妈也无法理解。

不管老妈能否明白，王悠也试图让她明白，解释道："我在这个岗位，尽量把工作做好。每一个员工都是公司的资源，平常员工的很多诉求我都没法满足，因为要保障公司利益。但是这次，明显是两败俱伤。生产线上的工人的基本工资太低了，全靠加班费。女员工一怀孕就不准加班，收入立刻缩水，让人家拿什么养娃？我们是电子厂，年轻女员工本来就多，只要安排几个岗位专门供孕产期流转用，肯定能调度过来。她们怀孕后可以做生产线上的支持工作，不损失薪水，同时也能发挥价值。现在就因为人事设计没留弹性，她们怕损失工资才隐瞒怀孕。"

"你操那么多心有什么用？上个班还着急上火的，值得吗？"武韶华给王悠舀了一碗汤，"来，多吃点，补补身体。我跟你说啊，女人年纪大了，就指望孩子。你不如专心把孩子弄好,人事工作,做到头也就那样。你看果果她妈,对孩子多用心。我今天在电梯里碰到她们,她家老大对两位数的加减法很熟练了。"

王悠突然耳鸣。

20

李倩见张笠果又在抠作业本边角，哀求道："念在你爸妈交的学费的分上，你至少把这些东西做了！"

张笠果忽然抬起头来，问她："养我到底花了多少钱？"

"问这个干吗？"

"你老说养我贵。我想知道你花了多少钱。"

李倩掰着手指头跟她算："吃的喝的穿的就不算了，那些都是小钱。你学过乐高、轮滑、编程、游泳，现在还有四五个兴趣班，每个月各种兴趣班至少两千的费用，幼儿园三千五，从三岁上到现在。我们一年花在你身上的钱至少五万吧。到现在为止，花在你身上的钱，买辆中档车绰绰有余。"

"那些不算。"张笠果打断她，"那都是你让我去学的，不是我要的。"

"啊？"李倩满脸问号，"每个都征求过你的意见，你说你要学的。"

"是你让我去，我才去的。"

"那什么是你想要的？"

"我想买个游戏。"张笠果看看 iPad，又不好意思地低下头。

云养娃

"就游戏是你要的？其余的都是我热脸贴冷屁股？"李倩心想，这些东西总共才能花多少钱啊。

趁张维凯饭后带孩子出去玩的工夫，李倩怅然若失地坐在卧室床沿上发呆。

睡觉前，张笠果轻手轻脚地走到主卧，问李倩："我们今天还要不要练琴？"

李倩双眼微闭："你不想练就算了。"

张笠果牵着她的手向客厅方向拉，说："你来陪我练琴。"

李倩甩开她的手，转身去刷牙。

张笠果站在她身边，仰望着她满嘴的泡泡，继续恳求道："你来陪我练琴。"

为什么张维凯只需要带孩子做开心的事情，而分给她的任务总是令大家都痛苦？

"我累了，想睡觉。"李倩看见毛巾上有几个黑手印，就知道老二肯定用它擦手了。她把毛巾叠了几叠，用相对干净的一面在脸颊上按一按。她贴近镜子，发现脸颊处浮现几块色斑。

张笠果已经长得超过妈妈的腰线了，可怜巴巴地拉着李倩向客厅走，说道："你说每天都要练琴，一天不练都不行。"

每天晚上都要唠叨，李倩都嫌自己烦，再也不想费神费力地扯皮。临到睡觉，才良心发现要练琴。李倩绕开张笠果，径自爬上床，蒙着脑袋睡觉。

周末，在等孩子上课的时候，王悠用胳膊肘碰碰李倩说："你看这商场里，实体店基本除了快消时装店和电子产品体验店，其余的都是给孩子开的。"

李倩顺着王悠的目光看着场馆地图。餐饮和儿童娱乐几乎各占半壁江山。地图上分布着儿童音乐体验馆、少儿英语、跆拳道、体操馆、舞蹈教室、轮滑馆、电玩城和电影院。

李倩耸耸肩说："电商挤掉了实体零售，实体店也只有卖服务一条出路。餐饮行业常青，一批倒了后重新包装出一个品牌来，大家为了尝鲜也追着去打卡。针对孩子的教育机构也层出不穷，五花八门的，什么热门就追什么。"

李倩将手机递给王悠看，上面推送了一条广告："再不学你就落伍了，审辩式思维才是创新人才的必备素质！"

"儿童审辩式思维课程……"王悠苦笑摇头，"一个说话都说不利索的孩子怎么通过一周一小时的课程培养critical thinking？完全舶来的概念，本应该嵌在生活中让他们自然生长出来的技能，现在套入模具来培养，我很怀疑他们能不能养出来。就像我们设计的绩效考核标准一样，都不走心，走个过场，改变不了结果。"

王悠寥寥数语，道出李倩的心声。

李倩回顾自己的成长历程，她就像一块毛坯，经过流水线上的一道道工序，变成一块标准件，闪闪发光，无趣无味。她又望向商场里的芸芸众生，都像被看不见的绳子牵着似的，伸着脖子，弓着背向前走，眼神漠然。

多数人都是这样生活的吧。

李倩捏捏自己腰间的"游泳圈"，指着商场远处一对年轻情侣的倩影说："你看那个姑娘的身材，要腰有腰，要曲线有曲线，穿什么都好看，精神面貌比我好多了。我现在，整天就琢磨下顿饭吃啥，没出息。"

王悠顺着李倩手指的方向望去，一男一女趴在舞蹈教室的玻璃窗前，兴致勃勃地看小朋友学跳舞。王悠觉得那姑娘身形有些眼熟，待他们手挽手走近了，她才认出来，是景荷和颜铮二人。

景荷还想多看一会儿，但是颜铮不耐烦地拉着她走。

"小女孩穿粉红色的小天鹅裙子，踮着脚尖学跳舞，多好看。"景荷冲教室内的学员扬扬下巴。

颜铮不屑地说："你看那些孩子，脸绷得紧紧的，一点都不像乐在其中的样子。"

"你想太多了。我看有几个跳得就很投入。"景荷指着其中一个胖乎乎的小姑娘，同手同脚，但是摇头晃脑的，怡然自得。

"你没听那老师大呼小叫的？"颜铮满脸厌恶，模仿老师尖厉的声音说，"'把手抬高，不要耸肩膀，小肚子收紧……全都打起精神来！'围观了十分钟，吸收的负能量比上班一星期的负能量都多。有几个人听到那股呼喊声还能乐在其中？"

景荷恋恋不舍，颜铮牵起她的手便走。

"老师的声音让我有了心理阴影。小时候我妈送我去学手风琴，和这个一模一样的老师，一堂课下来，我喘气都费劲。三十年过去了，还没长进。生个娃出来遭这种罪，我不想生了。"颜铮边走边说。

景荷心里一惊，养娃的项目需要夫妻二人齐心协力合作二十多年，他千万别打退堂鼓。她握紧颜铮的手。

王悠见这二人手拉手地走过来，不由得回想，上次和孔明良牵手是什么时候？她收起心神，向颜铮和景荷打招呼，同时介绍了李倩："李倩，我的仙女邻居。"

李倩听到这样的形容，将额前散落的碎发捋向耳后，羞涩地同他们握手，谦虚地说："我哪有你说得那么好。"

"你烧得一手好菜，家里永远一尘不染，还把孩子教得那么好，生活安排得井井有条，这都是很稀缺的才能。"王悠拍拍她的后背，"'仙女'二字，你当之无愧。"

李倩勉强牵动嘴角，她知道王悠在说客套话。

这时候小朋友们下课，孔澄和张笠果跑出来。

孔澄和张笠果牵着壮壮的手去买棉花糖。孔澄伸出手环让店员扫码，把第一朵棉花糖递给壮壮。

王悠见到这一幕，露出老母亲的微笑。在家总教她要谦让有礼貌，终于有了成效。

云养娃

"现在的小孩都这么聪明了吗?"景荷看得目瞪口呆,"她已经会支付了?"

王悠点点头说:"我教了我妈好多次,我妈都学不会。孔澄无师自通。"

景荷问:"她还不认识字吧?她们怎么做到的?"

"哪用认字啊?她们就扒拉触摸屏,看商标的形状就知道哪个模块是干什么用的。"

"从来没听你说过孔澄有这方面的能力。"

"现在孩子学这些都很快的,不能算才能。"

李倩补充说:"孔澄对电脑更熟练。果果回来说过,孔澄第一堂课就知道双击图标,然后关闭窗口。其他小孩都要从头教。"

她们这样一说,王悠才意识到,孔澄在这个领域确实灵光。

"她小时候她爸打游戏的时候就抱着她看,看得多了自然就会了。"王悠兴致寥寥。

颜铮微笑着说道:"我觉得你们为人父母都很矛盾。你们忙着让孩子学编程,却很害怕孩子打游戏。每个游戏都是电脑程序,即使孔澄是通过游戏学会的电脑技能,你还觉得游戏不是个好东西。"

王悠耸耸肩说:"孔明良一有空就打游戏,游戏也没耽误他上学、上班,可是到了孩子这里,我还是害怕孩子会上瘾。"

这时一名身穿 Polo 衫的推销员凑上来，问李倩："女士，来了解一下我们新开的少儿英语班吧，我们采取最新的自然拼读教学法，是最适合小朋友学英语的方法……"

李倩摆着手说："我们不需要学英语。"

"现在哪有不需要学英语的孩子呢？"推销员穷追不舍，"英语好的人工作选择就多了……"

李倩心想：我就是英语好的人，没觉得工作选择面宽。

她客气地回绝："我怕孩子太辛苦，不想再给她报班了。"

推销员滔滔不绝地讲："其他课可学可不学，英语肯定要学的呀。如果英语不好，将来过不了四级，就拿不到学位。英语不好，学编程都费劲，更别提出国读书了。将来孩子如果有这个心思，但是因为英语卡住了，也许会怨你的……"

李倩一边摆手一边后退，张笠果看到妈妈脸都憋红了，三步并作两步跑到推销员面前，朗声说："I already speak English."

张笠果吐字清晰、圆润。

推销员脸色立变，又换出一副笑脸问："小朋友，你在哪里学的英语？说得这么好。"

如此寻常的问题，令李倩悲从中来。

从孩子不会说话起就给她念英文绘本，别人向她讨教育儿经验，她都不知如何说起。每天反反复复地和孩子用

云养娃

英语互动,才有今天的成效。

李倩提一口气,问王悠一干人等:"我中午很想吃火锅。你们有安排吗?没安排的话我们一起。火锅就是要人多热闹才好吃。"

景荷笑眯眯地抱起壮壮说:"我们刚好也饿了,大家一起吃。你家老二虎头虎脑的,真可爱。"

壮壮扯着嗓子喊"妈——",大哭了起来。大嗓门吓得景荷一哆嗦。

李倩接过壮壮,抱歉地对景荷说:"我家老二认生。"然后带着两个孩子走向火锅店,问服务员要来宝宝椅,把孩子安顿好后,一口气点了几十种菜品。

鸳鸯火锅端上来,李倩把红汤转向自己,拨下半碟猪血、黄喉。她望着翻滚的火锅喘了两口气,又拨下半碟香肠。

王悠看她把食材都丢进红汤里,心想孩子肯定没法吃,赶快"抢救"了一些剩余食材,放到清汤里煮。

李倩又冲服务员大喊一声:"麻烦你,来一扎冰啤酒!"

景荷和颜铮面面相觑。他们本是陌生人,第一次坐在一起吃顿饭,李倩好像看不见他们一样,眼神陶醉在火锅里。

李倩吃完一口猪血,烫得她"吸溜吸溜"地,接着一大口冰啤酒入喉,满足地发出"哈"的一声。她抹抹嘴告诉景荷:"我从怀老大起,到现在都六年了。这六年内,我不是在怀孕,就是在备孕,要不然就是在喂奶。怀孕、喂奶的时候要忌口,后来孩子吃不得辣,我没吃过麻辣火锅,也没喝过酒。今天第一次破戒。"

景荷尴尬地瞟了颜铮一眼,颜铮咧咧嘴,皮笑肉不笑,露出几颗牙齿。

李倩捞了一大漏勺牛肚,咬得嘎嘣脆。她劝颜铮和景荷:"你们趁没孩子,使劲玩,一旦有了孩子,他就花光你的钱,榨干你的时间,你干什么都受孩子牵制。"

王悠紧张地扫视坐在饭桌上的小孩,张笠果和孔澄盯着饭桌对面悬挂的电视,看得目不转睛,不知道有没有听到李倩这番话。同时给壮壮捞了些清汤里的豆制品,又把肉丸切成四瓣,放在盘子中晾凉,让壮壮抓着吃。

见李倩眼神涣散,王悠建议早点收场回家。

走到商场门口,几个拿着气球的年轻人弯下腰问孔澄:"小朋友,你要不要气球?"

孔澄露出羡慕的眼神。

年轻人递给王悠一个书写夹板,说道:"只要填个表就可以领气球。我们刚推出幼升小衔接班的课程。平常学习的积累很重要,我们家注重拓展训练,和孩子在幼儿园学的内容互补,培养思维。"

王悠被他这一串推销措辞冲得晕头转向,接过传单,搓成一个纸筒,握在手里,对年轻人说:"我回去研究

云养娃

一下。"

另一个年轻人手中紧紧攥住气球绳，挑逗地问三个小朋友："你们喜欢哪一个气球？"

孩子们望着五颜六色的气球，拿不到干着急。尤其是壮壮，本来就有些困，抓不到气球，眼看就要开哭。

王悠心生怨恨。推销课用孩子做筹码，不地道。

"澄澄，你想要气球我下次给你买。"王悠不由分说地拉着孔澄的手，立刻离开现场。

孔澄一步三回头，依依不舍。

景荷明白销售人员的这种雕虫小技。给一点甜头，换取顾客信息，之后推销电话便打上门来，烦恼无穷。

路过小店，景荷顺手买了三个气球给小朋友，了却他们的心愿。

王悠先将李倩和两个孩子送回家。

张维凯中午乐得清闲，自己煮碗方便面，躺在沙发上看电视。开门发现，嚯，好大阵仗，这么多人送李倩回来。

王悠压低声音告诉他："李倩今天很不开心，稍微喝了点酒。"

"她平常滴酒不沾，怎么想起来喝酒？"张维凯满脸诧异。

王悠内心呼喊：她也盼望有无拘无束的放纵的机会啊，有自制力不代表不馋酒。

景荷和颜铮顺便到王悠家来坐坐。造人这么久没有音信，两人都有些气馁。

王悠带他们到书房里，打开书柜，满满两层都是育儿相关的书籍。

景荷自认为阅读了不少育儿书籍，知识武装头脑后可以胸有成竹地应对将来的育儿问题。现在看到王悠的书柜，才意识到自己的阅读储备不过杯水车薪。她试探着问："这些你全看过？"

"一本不漏，反复研读。"王悠对她扬扬眉毛，"我留着的都是质量比较好的。坑爹坑娘的信息都被我扔了。"

"李倩的书柜容量至少是我的三倍。"王悠疲惫地搓搓脸，"我再为孩子付出，都达不到她的水平。你今天见到我们养娃的窘迫样，还盼望孩子？"

景荷再次捏住颜铮的手。

"如果用心能把孩子养好也行。可是，我一直担心，我的孩子走上我们的老路。"王悠压低声音对景荷说。

"此话怎讲？"

王悠侧一侧身，让景荷看看书柜的全貌。

景荷放眼扫去，不觉有什么奇怪之处。

王悠见她面容困惑，指向书柜低层，点破玄机："孩子小的时候，育儿书的内容都是怎么养育一个身体健康、心理健康的快乐宝宝。到了两三岁，书柜里就逐渐出现了各种早教题材的书，如何开发孩子的智力，不要让孩子

云养娃

输在起跑线上,培养孩子的好口才,黄金英语学习方法,等等。"

经王悠这样指点,景荷才看出其中端倪。

王悠继续不急不缓地说:"孔澄快上小学了,我前几天路过书店,顺便进去逛了逛,小学生家长的读物都像教辅一样。孩子学钢琴,给父母出一套配套教材。孩子学英语,父母先学,然后回家和老师配合,强化学习效果。还有这样的书。"王悠掏出手机给景荷看,是前几天她在书店里拍的一张照片。公众号标题,《父母做这9件事,孩子从厌学到爱学》,封面印着大大的"哈佛"二字。

"我拍了照,却不敢发上朋友圈。"王悠说不明白自己对这类图书的感情。如果说厌恶,也许是她吃不着葡萄说葡萄酸。

"能出版这样的书,就说明大众市场有需求。我和孔明良在怀孕前就商量好了,不要让孩子像我们这样长大,无论她学什么,都不为考试,不为堆简历。我们的孩子要热情满满地探索。"王悠带景荷走到饭厅,将贴在冰箱上的日程表给她看,"可是现在,她一周七门课。"

景荷定睛一看,日程表内有好几项都是她前所未闻的,少儿编程,逻辑思维,算法游戏……

"这些我听都没听说过。这跟我们小时候刷题还是不一样的。"景荷露出羡慕的眼神,"我们小时候哪学过这些东西?而且这些技能都很有用啊,你担心什么?"

王悠回道:"我也不知道我担心什么。我总觉得有些不对劲。按说孔澄已经很好了,可我总觉得她和我们以前上学的时候没多大差别,而且我们上中学的时候才会安排得这么满。她现在才五岁多,就每天跟着日程表转。我几乎可以预见,再过十年,我的书柜里就会充满黄冈题库这类图书。"

第四章
躲在孩子背后当然容易，
有本事就冲在前线

 今天天气真好啊，我们去爬山咯！

云养娃

1

孔明良在和孔澄对弈,王悠在不远处望着他俩。

孔澄托着下巴,白子一落,迅速放了一枚黑子在白子旁边。

颜铮给孔澄支招:"你看他拐角那片马上就要做活了,你得趁他势力还小的时候压住他的扩张。"

孔澄嘟着嘴,"啪"地拍下一枚棋子。

孔明良面无表情地说:"你这样把自己越逼越窄了。"

见孔澄漫不经心,孔明良继续在棋盘上摆出变化来,说道:"你想从这里压住我,但是我可以从侧面挡住,你拐出来,我开始征你的子。你越来越被动,我一旦开征,那边又有我的接应子,随便打哪里都是双吃。你这盘就白下了。我们很早就讲过征子,你到现在都没有全局意识。下棋是斗智斗勇的游戏,目光要看得远。"

孔澄不耐烦地将手中的棋子丢回棋盒,说:"我不下了。"

王悠马上抚摸她的背,打圆场:"我们去拿个雪糕吃,一会再说下棋的事情。"

"我再也不下了。"孔澄挺着肚皮,满脸恼怒。她趁孔明良和颜铮闲聊的时候,火速在棋盘上抹了一把,将下了一半的棋局抹乱，才跟王悠去冰箱翻雪糕。

孔明良最不能忍受孩子蛮横无理，本想将孔澄叫回来教训一顿，可碍于家中有客人，只好忍了下去。

王悠让孔澄挑了一支雪糕，又把 iPad 解锁交给她玩。孔澄捧着 iPad，眼睛却悄悄瞄孔明良，见他和颜铮聊得正欢畅，气鼓鼓地把孔明良按在茶几对面坐下，说："我们再来！"

颜铮、景荷见孔澄如此投入，便先行告辞。

回家路上，颜铮忽然说："我刚才看孔澄下棋，觉得养个娃也不错。别看她水平不高，输了棋之后，追得特别狠，下手毫不留情，非要再赢回来。"

景荷翻个白眼说："你做白日梦吧。孔澄爱下棋，你的娃就会爱下棋吗？王悠和孔明良都不爱下棋，为了孩子，孔明良边陪练边学。我们的孩子会是什么样？我们又能为孩子付出多少？"

景荷双手抱住上臂，上下揉搓，好像觉得冷，说道："我不想生娃了。我以前看王悠做什么都气定神闲，今天才发现，她也慌乱无措。她对孩子已经很用心了，还一点底气都没有。我再努力，也做不到她这样。"

2

第二天的午饭休息期间,王悠刚从厕所出来就碰见了王晓霞。

王晓霞满脸笑容地寒暄:"王悠,我们还真有缘。"

王晓霞每次在厕所门口制造缘分,王悠都有些尴尬。在她们公司,HR和一线工人并没有什么交集,食堂都是分开的,王晓霞想见她,也只有在食堂厕所门口的洗手池附近偶遇。

王晓霞拿出手机上的一篇文章给王悠看,内容是关于儿童营养品。

"你家孩子吃过这些东西吗?"王晓霞问,"她们说现在的孩子都吃,吃了对大脑好。你们读书多,比我懂得多,所以来问问你。"

王悠一看价钱,嚯,全套吃下来,一个月得将近两千块。流水线上的工人一个月拿回家五千块,她打算花两千块在营养品上?况且这些东西能有什么效果?都是智商税。

王悠问:"你买了吗?"

"还没。朋友做微商,她说是进口品牌,质量放心,让我试试,觉得好的话,我也可以兼职卖。"王晓霞的语气中充满憧憬,"听说微商赚钱很容易呢。"

微商竞争激烈，利润微薄。看似自动下单，但是需要时刻给顾客解答问题，几乎整天都要挂在网上。王晓霞每天 12 个小时在流水线上，哪有时间做兼职？

既然还没买，王悠便忧心忡忡地说："我家孩子没吃过这些东西。市面上的这类产品鱼目混珠。越贵的东西，越有动力造假。我怕有食品安全问题。"

王晓霞觉得贵，不知道效果如何，抱着试一试的心态，就算吃不好，也肯定没坏处。但是王悠提到食品安全问题，王晓霞的脸色黯淡下来，说："我爸妈特别爱吃咸菜。我家宝宝长得又瘦又小，我怕她营养不良。"

王悠心里"咯噔"一下，她从来没担心过孔澄会营养不良，反而担心会肥胖。王晓霞想爱孩子，却不知道如何下手。

王悠告诉她："那也不用吃这些东西。吃当季的蔬菜、水果，配合肉蛋奶，就足够了。最普通的食品最安全。你想想看，普通的肉蛋奶利润薄，黑心商人没有造假的动力。营养品利润厚，肯定假货多。孩子每顿有肉蛋奶就足够了，真的没必要吃补品。现在上网能订牛奶，你爸妈不会操作手机，你可以订，让他们在家收。就订最便宜的鲜牛奶，如果老人家舍不得，你告诉他们不喝就会坏，他们肯定让孩子天天喝。"

听了王悠这番话，王晓霞又是安心，又是愧疚。她默默低下头说："我也想让孩子吃好的、穿好的、用好的。"

云养娃

王悠斩钉截铁地说:"儿童用品是个无底洞,商家抓住妈妈们的心理煽动消费,弥补愧疚感。妈妈们像买赎罪券一样,买了安心。但有什么用呢?"

王晓霞好似被几块大石击中,面孔呆滞。

王悠每次看王晓霞的朋友圈,都觉得心酸,一个月才能回家一次,回去给孩子买一大包零食和衣服,短暂停留一两天又要回来打工。

确认四周无人,王悠建议王晓霞:"你要是有时间做微商,还不如学一门技能,毕竟流水线工作就那样,就算做二十年也不会比现在做得更好。"

王晓霞叹了一口气,说:"学什么都需要时间,我现在哪有时间去学?我多挣钱,只希望孩子将来过得比我好。"

"躲在孩子身后当然容易。自己冲上一线试试看?"王悠双手环绕在胸前,对王晓霞扬起眉毛。

"磨刀不误砍柴工。你如果自修个大专学历,就能落户南京。将来孩子可以跟着你的户口走,在这里上学。江苏的大学比安徽的多,孩子受教育的机会好很多。而且你在我们这工作也有两三年了,一直没中断过社保,如果一直在江苏,就能享受江苏的社保福利,比安徽的要高。我们公积金都按标准交,这都是隐形的好处。"王悠补充道。

王晓霞感叹:"我们县里的老乡出来打工的那么多,没听说谁在这站住脚不回去的。我就想多挣点钱,回老家开个小店。"

王悠劝说:"你以为开店容易吗?现在实体零售被电商压垮了,利润越来越薄。也就餐饮行业和教育行业能活下来。餐饮起早贪黑,全年无休,赚的都是辛苦钱,比我们生产线两班倒的活还辛苦,我们这至少周末休息一天,五险一金都交齐。住房公积金的贷款利率比商业贷款低,你回老家开店就放弃公积金了。"

王悠看一眼手机,午休时间结束,两人都必须回到工作岗位去。

王晓霞垂头丧气地说:"你不知道我们外地人想在这扎下根有多难。没学历,没文化,也没本事。"

王悠若再说下去,也感觉无用。临分别前,她告诉王晓霞:"你考虑一下,将来想往哪个方向发展,有什么需要支持的,尽管跟我说。我也可以帮你留心公司内部的岗位空缺。"

下班后,王悠走到厂区门口,王晓霞站在铁栅栏附近张望。见到王悠出现,王晓霞快步迎上前。王悠心想:我赶去接孩子,可没时间跟你闲扯。

"我们边走边说。"王悠脚步不停,目光望向车站。拥挤的人群攥着手机,伸长脖子望向公路另一端。王悠知道,公交车即将进站,不然他们都是低头盯着手机。

王晓霞见王悠神色冷漠,也体会到其中的厌烦之情。原本她们在平行宇宙生活,王晓霞硬生生击穿两个次元,寻找交集,只想获得更多的指引。她厚着脸皮问王悠:"你

云养娃

觉得会计这个工作怎么样？"

王悠大力点头说："会计挺好的，到处都用得到。而且经验很重要，越久越值钱，就是要一路考证。拿了初级证之后就能在小公司找个工作，其余的证可以边工作边考，一路冲关打怪考上去，身价也跟着涨。"

会计听上去是体面的白领工作，但是起薪极低。若是王晓霞转行，也许需要两三年才能达到现有的工资水平。

王悠踮起脚尖，望向远方。

车来车往的，王悠满脸灰尘。王晓霞生怕王悠听不清，高声说："我见有培训班，打算报一个初级会计班，试试看。"

王悠忽觉惊喜。

"我都二十六岁了，怕学不进去，浪费钱。"王晓霞不好意思地低下了头，"如果给孩子买东西，她一天比一天有进步，我也高兴。"

"你把钱投资在自己身上，每天都在增值，最值得。"王悠翻看手机里最近的招聘海报，把招聘会计的广告发给王晓霞，"这是我们公司招聘初级会计的要求，你就照这上面的职业技能要求来学，目标明确，学习效果也好。"

王晓霞连一声"谢谢"都没来得及说，王悠就头也不回地登上了公交车。

3

孔明良下班回家一进门，就看到孔澄趴在桌边。他原以为孔澄又在学写字，凑近一看，原来在做算术题。

简单的加减法，数插图里的水果个数。

孔明良觉得这种方法太笨拙，浪费时间，又降低学习兴趣。他问岳母："你又跟谁的风呢？我听说，明年上学全部要摇号，有必要非要孩子抢跑这一点吗？专门把娃往笨里教。"

武韶华在楼下听邻居讲孩子学数学，可孔明良和王悠做什么都慢吞吞的。她对孔明良说："你们对孩子太放任不管了。我今天遇到一个小孩已经会做三位数的加法了。你们的文化水平也不差，好好教一教孩子，咱家孔澄也会出类拔萃的。"

马上就要开饭，餐桌上还摊着好几本练习册。

孔明良一鼓作气，合上所有的练习册。各种名目的习题册，几乎有五厘米厚。他将它们摔在边几上，"噗"的一声，腾起一股灰尘。然后拍拍手，招呼孔澄来吃饭。

"摇号就公平了吗？"武韶华慢悠悠地说，"摇号才是拼爹的时候呢。有钱有权的爹会让孩子'顺其自然'地摇到好学校去。草根家庭的娃只能掉坑里。"

云养娃

听岳母这番话,孔明良木然地盯着饭桌上的菜,半晌都说不出话来。

工薪阶层,没钱没权,给孩子提供的保障非常少。可将来的职业应该越来越多元化,就业机会越来越多。孔明良并不十分焦虑,他更期望孩子充满热情地去探索。

别人家的孩子,别人家的爹。

呵,孔明良在心里翻了无数遍白眼,回道:"现在账房先生都不需要做人肉计算器了。有汽车还逼着孩子学人力拉车,美其名曰吃苦耐劳,其实纯粹是浪费时间。"

武韶华觉得孔明良平常憨头憨脑,看似好相处,但是油盐不进,无论说什么他都听不进去。于是劝他:"趁她年纪小,把基础打好,总是没错的,学了肯定比不学强。"

说完便招呼大家吃饭。

武韶华给孔澄捞了几个丸子放在碗中,说:"你多吃点,营养好了身体就好,学习才有力气。"

孔明良一听,吃饭都要往学习上扯,放下筷子问道:"连吃饭都要这么功利吗?还让不让人吃得高兴了?"

"王悠小时候太挑食了,不爱吃肉,学习后劲不足。"武韶华的语气充满遗憾,"我如果当时好好培养她的生活习惯,也许她也能考个清华北大。"她转身又给孔澄夹了两块冬瓜,"来,搭配着吃。你爸你妈没考上清华北大,你努力一把,给我们争口气。"

孔明良放下筷子,清了清嗓子,问岳母:"你对北清有情结,何必让孔澄去帮你圆梦呢?亲自上北清多过瘾啊。从今天起,我们鼎力支持你再去参加高考。反正现在高考也不限制考生的年龄,谁都能报名。"

武韶华听出他语气中的讽刺意味,"啐"一口,说:"你说笑了。我读书的时候赶上'文革',小学凑合毕业,就没念书了,现在哪能去高考呢?"

孔明良掰着手指头算:"你现在刚满六十,反正退休了,有的是时间,一年考不上就复读一年,复读一年不够,就复读两年,二十年内肯定能考上。你基础再差,也比小学生强。从小学到高三,一般人有十二年的受教育时间,你时间比他们多,可以尽情追求梦想。"

王悠见老妈神情尴尬,在桌子底下踢孔明良的脚,示意他别再说了。

孔明良脸色阴沉地看着岳母。

武韶华惭愧地低下了头,招呼孔澄:"来,吃你喜欢吃的。"

过了一会,孔明良给孔澄捞了一个肉丸,孔澄还没下嘴,他又捞了一个放在她碗里,并说:"你本来有一个丸子,我又给你一个,现在你有几个丸子?"

孔澄看了一眼饭碗,回:"两个。"

"如果用数学语言来表达这种现象,就是1+1=2。这叫建模。"孔明良眯眯眼睛,"数学是简洁的艺术,数学模型是高度概括自然规律的语言,是化繁为简的过程。"

云养娃

说到此处，他看了岳母一眼，继续说道："人算得再快也算不过计算机，人记忆力再好，也比不过硬盘，但是计算机和硬盘都是由人发明出来，为人服务的。"

王悠在桌子下踢孔明良的脚，说："你别讲太深。"

孔明良对王悠挑起一条眉毛说："我老板的孩子，你记得吗？高中毕业就出国读书的那个。"

王悠点点头说："一路在外国语学校就读，听说他们班一大半的人高中毕业就出国念大学了。我们还是算了，烧不起那么多钱。"

"孩子在法国读酒店管理专业，前段时间回来了。"孔明良爆笑起来，"回来发现没有酒店让她管理，只能从铺床的服务员做起，一个月两千多块钱。"

饭后，王悠一家三口出门散步。

秋天的夜晚已经有了凉意。王悠裹紧外套，双手抱在胸前，对孔明良说："我妈就那点见识，她在这帮我们做饭，看一下孩子，没有功劳也有苦劳。你顶她干什么？"

"做饭我感激啊。她如果嫌累，我们买着吃也行。"孔明良满腔愤慨，"我最见不得自己不行还拼命给孩子打鸡血的人。逼别人比逼自己容易多了。孔澄有那时间，还不如跑跑跳跳，出去看看花花草草呢。"

孔澄蹦蹦跳跳走在前面，连背影都透着希望。

王悠悄悄对孔明良说："我觉得我这辈子就这样了。我妈肯定早就有这种感觉，才会想从孩子身上找补回来。"

孔明良吓得倒退两步，惊恐地说："你别转身也给娃打鸡血，有些爹妈令我头皮发麻，屁本事没有，光会躲在孩子身后，逼孩子出人头地。"

"你内心怎么那么阴暗呢？我逼孩子干什么了？"王悠缓缓说出自己最近的困扰，"我就觉得事业到了瓶颈，没职可升。跳槽呢，我们公司至少运营比较正规，换一家可能还不如这里呢。"

她顿一顿，继续说："所以我也能理解那些打鸡血的爸妈，有力气没地方使，全压在孩子身上。"

工作日的傍晚，公园里少见玩耍的小孩。

孔澄让孔明良推秋千，高声呼喊："你再使劲，推高一点！"

孔明良宁可出来像个机器人一样给孔澄推秋千，也不想和岳母多说一句话。他使劲推了两把，坐上旁边的秋千，自己荡起来。

孔澄见他不需要人推就能荡很高，奇怪地问："你怎么荡起来的？"

"一股巧劲，只可意会，不可言传。"孔明良对她眨眨眼睛。他纵身一跃，跳下秋千，推孔澄几把，又回到自己的秋千上。

孔澄坐在秋千上，肚皮一拱一拱，随着秋千摆动的韵律找节奏。忽然，她也自主荡起来了，就高声呼喊："你

云养娃

看！你快看我！"

几分钟之内，孔澄突然领悟其中技巧，两条腿随着秋千摇摆，自己将秋千荡到半空。

孔明良立刻拍视频，发到家族群里，收获一连串大拇指。

今晚，露水浓重，空气清冽，王悠和孔明良难得有二人独处的机会，二人却闭口不言，齐齐跟在孔澄身后。回家路上，商铺已经陆续打烊，只有教育机构灯火通明。有几名大学生模样的工作人员站在门口发传单。

孔明良手揣在裤兜里，路过他们的时候刻意侧一侧身，连下巴都懒得动，招呼孔澄去吃冰激凌。

王悠敷衍地接过传单，独自回家。

武韶华在家族群里看到他们发的短视频，摇着头，苦笑了半天。她见王悠一人回来，跟到厨房，低声说："你们太由着孩子了。她学什么都不下苦功夫，将来肯定会落队的。她看围棋节目也是看两三分钟就换台。你由着她三分钟的热情，将来肯定没出息。"

王悠问老妈："你觉得多少人有出息呢？就看我们周围，文化水平再高，还不是打一份工？你以为拼了老命就能升职、能赚大钱吗？高的职位就那几个，我们公司空一个中层职位出来，至少五个人虎视眈眈地盯着，在走廊见面都恨不得给对方一拳。如果你非要将孩子的生活盯在考名校、赚大钱上，中间要错过多少风景？"

第四章 躲在孩子背后当然容易，有本事就冲在前线

武韶华忧心忡忡，说道："你们三十来岁事业没希望了也就罢了，对孩子也不上心。当时给你介绍了多少对象你都不乐意，最后找了孔明良，要钱没钱，要权没权，两人都不求上进。多少人为了孩子都要拼一把，你们倒好，带着孩子一起没出息。"

此时，孔明良带着孩子推门进来。

武韶华没听到钥匙转动的声音，就见孔明良带着孔澄，一人拿了一支蛋筒冰激凌，出现在门口。她立刻顾左右而言他："哎呀，家里雪糕吃完了吗？早知道你们去买雪糕，多买一点，存在冰箱里慢慢吃。"

孔明良踢开门口的鞋，愤愤地说："难得外婆没警告吃雪糕要肚子疼。"他一眼望去，花花绿绿的乐高撒满地。

孔澄进门连个招呼都没跟外婆打，舔着冰激凌，盘腿坐在沙发上，笑眯眯地看电视。

孔明良递给孔澄一个塑料筐说："澄澄，你玩过乐高后要把它们收拾干净。不然晚上我们不小心踩到会硌脚。"他站在孔澄和电视之间，挡住了半边电视。孔澄脑袋"嗖"的一声，向左一偏，绕过他的身体，继续盯着电视。

"这么弱智的东西有什么好看的？"孔明良看了岳母一眼，她在刷手机上的短视频。他四处巡视，没找到遥控器，手动按下了电视开关。

电视节目戛然而止，孔澄扁一扁嘴，大哭起来。

"你玩过的东西，你负责收拾好。"孔明良将塑料筐向

云养娃

前一伸，等孔澄接手。

武韶华闻声赶来，抓向塑料筐，说："澄澄别哭，外婆收就好了。"她弯腰拾起地上的乐高，头顶的头发花白稀疏，孔明良也觉得一阵心酸。岳母每天就为这些琐碎事务操心。

孔明良向后退了一步，躲开武韶华的手，冷冷地说："让孔澄来收拾。她要学着为自己负责。"

王悠见这三人僵持在客厅，上前接过孔明良手中的塑料筐，问他："这点小事，你杠上，值得吗？"

孔明良将目光投在孔澄身上，孔澄略停顿一秒，偷偷从眼睛缝里看爸爸一眼，嘴张得更大，扯着嗓子哭。

"我教育孩子，你别来掺和。"孔明良侧身避开王悠的手，"该让孩子做的事情，就得让她自己来。"

王悠压低声音在他耳边问："你要趁机立威，演给谁看？"

孔明良嘴唇僵硬，说不出话来。

待大家都进卧室了，孔明良才对王悠说："今天在楼下，除了孔澄之外，还有一个孩子在那玩。你说，周围这么大一片居民区，中学小学都在附近，肯定住了不少小孩。其他孩子都到哪里去了？都在家做题吗？"

"还上网课。"王悠拿出手机给孔明良看。最近妈妈群里的人团购了各种网课，每天学完在朋友圈里打卡晒单。

"孩子玩 iPad，一个个都喊着盯着屏幕对眼睛不好，小孩不该接触那么多电子产品。到了上网课的时候就高呼科技万岁，视力下降也在所不惜。"孔明良双手枕在脑后，想起了无限的往事，"我看了一眼网课的PPT，让我想起大学时期的期末考试。每天盯着电脑看考试资料，就想着怎么把这关打过去，一点求知的乐趣都没有。"

孔明良长叹一口气，又翻了一个身，背对着王悠说："我的孩子不要这样长大。"

王悠翻看手机上的日程表，指着几门课问孔明良："那我们把孔澄的课退掉一些？"

"退什么呢？"

"问题是我也看不出来她喜欢什么。让她去上课，她都哼哼唧唧地耍赖皮，去了之后也就上了。"王悠琢磨，"孔澄可能像我，没什么主见。除了明确说不学珠心算，其余的我问她，她都点头要学，可学什么都不投入，晃晃悠悠的。"

孔明良也发愁，他希望孩子在这个年纪能尽可能地探索，孩子有大把时间寻找自己喜欢的东西，可是每门课程都规规矩矩的。

"乐高和编程就没必要学了。乐高本来是玩的东西，专门去上课，就变功利了，足以毁了其中的乐趣。编程，她现在还弄不清基本的逻辑呢，孩子上那课最多是满足家长的虚荣心。学编程得手里有个项目，边上手做边学。如果以后她真的感兴趣，网上的资源太多了，自己摸个线头就可以跟着钻研。"孔明良摇摇头，"当初报课的时候我就觉得这两门没意思，但是大家都学，你不跟风就不甘心，权当交了智商税。"

"嘿，你赖我？要不然以后这些事你来负责！"王悠在他胳膊上狠狠地掐了一把，"光是调研培训机构的口碑，就花了我多少工夫，现在至少没遇到交了学费后跑路的。没功劳也有苦劳，你这家伙光指挥不干活，还显得高明。"

孔明良"嗷"的一声，倒吸一口气，说："你窝里横，只有家暴我的本事。"

王悠内心不平，吐槽道："当爹比当妈容易。我如果不用心，人家会说我懒；我管得多，人家还说我是虎妈，会把孩子逼出心理问题来。"

"人家怎么看或者干什么，和我们有什么关系？问心无愧就行了。"孔明良揉揉眉心，"学学音乐、美术、体育还挺好的，其余的我觉得都没必要报班学，就算学龄前抢跑也跑不了多远。周末至少空出一整天什么都不学，让她随便玩。"

王悠上中学时分快慢班，她因为数学成绩不好被分到慢班。老妈去开家长会的时候，在走廊里贴着墙根走，一到教室门口就闪进教室，因为楼下邻居家的孩子在隔壁快班，万一在学校偶遇邻居，都不知道该怎么跟人家打招呼。老妈每次开完家长会回来就唉声叹气，让王悠加把劲学数学，好升到快班去。

王悠告诉孔明良:"你知道,我妈那代人,吃了没文化的亏,无论我念书还是工作,都帮不上忙,他们可能觉得亏待了我,所以希望在孔澄身上弥补回来。我爸妈一直觉得读书好的人特别有面子,她希望孔澄好好念书。学习好的孩子走到哪里都趾高气扬,老师同学都喜欢,家长脸上也有光。"

"我不需要孔澄为我争光。"孔明良只觉得悲哀。他过关斩将地考试,念好大学,做体面的工作,为下一代买学区房,就是希望孩子能拥有更宽广的天地,能投入地享受求知的快乐,不再被成绩排名驱策,更不要孩子为了满足父母的虚荣心而生活。

自从岳母搬来同住,孔明良已经听了无数个邻居家的故事。岳母有意无意就在餐桌上提起某个孩子的爹是开公司的,为孩子的教育不惜血本,眼睛都不眨地交了四十万赞助费,让孩子去上民办小学。

孔明良听到这些,可以感觉到岳母羡慕别人家孩子获得的教育机会,也对这个无钱无权的女婿感到不满。

自卑吗?谈不上。他只是憋屈。

孔明良语气和缓,说道:"我也是第一次当爹。估计将来也没有机会再给别人当爹。我能为孩子付出多少就尽力付出多少。我以前念书遭过不少罪,多数都没必要。所以我的孩子,尤其是这么小的时候,我不希望她接受你妈灌输的、这么功利的学习理念。"

王悠垂着眼睑,说:"你这么倔强,最后落得我受夹板气。大环境就这样,你现在躲得了一时,将来怎么办?"

"大环境这样,我们家里可以不这样。"孔明良斩钉截铁地说,"我也觉得孩子的学业很重要。问题是你妈的目光太短浅了,整天数孩子现在能写几个字,做几位数的加减法,这些都是旁枝末节的东西。现在孔澄好奇心多重啊,她拿个小木棍戳蚂蚁窝都能玩半个小时。她对什么好奇就顺着她走。你妈非要拧巴着来。"

"她毕竟是我妈。每天六点起来给我们做早饭的人是她,每天迎着西晒的太阳接孔澄的人也是她。"王悠看了一眼手表,晚上八点半,"没有我妈,我们俩肯定到这个点儿都吃不上饭。更别提着急忙慌接送孩子奔波在各种课外班之间,我们肯定没有现在的生活质量。她也只是在饭桌上没话找话,跟我们闲聊。她的见识、眼界就这么窄,这些无关紧要的事情,你表面忍一下能怎么样?"

"无关紧要?她非要按着脑袋'灌',把孔澄的好奇心和求知欲都'灌'没了。"

此时,门铃混合着急促的敲门声打破僵局。王悠打开门,发现是李倩头发散乱地站在门口。

李倩气喘吁吁地对王悠说:"我家老二发烧得厉害,我要带他去医院,你能不能帮我看一下老大。她爸这几天不在家。"

王悠义不容辞地就要跟李倩下楼,脑后响起孔明良的声音,"等一下!"孔明良抓过车钥匙和外套,"我送你们去医院。这么晚你带着孩子,我怕打车不方便。"

壮壮现在又沉,又烧得迷迷糊糊,李倩怕他再着凉,给他穿上外套,厚墩墩的,抱都抱不住。孔明良接过壮壮,把他扛在肩膀上,脸颊贴到了壮壮滚烫的脑门,暗中"呵"了一声。孩子烧成这样,他爸到哪里去了?

好在夜晚的医院人不多,很快就有医生看诊。医生用听诊器探入壮壮后背,专注听诊,告诉李倩:"排除肺炎。"

李倩听到这几个字,长舒了一口气。孔明良帮忙办理各种缴费、取药手续。

护士高喊着:"来,爸爸妈妈把宝宝头扶住,别让他动。"

壮壮看见陌生人上前,立刻撕心裂肺地哭起来。李倩看见护士手中的针头,只觉得一阵心痛,她稳住壮壮的头,孔明良帮忙压住壮壮的膝盖。

李倩听见剃刀刮过壮壮头皮的声音,窸窸窣窣,穿过孩子的哭声,挠得她心神不宁,干脆紧闭眼睛,再睁开眼时,壮壮额角的头发被剃掉一片,贴着胶布和针头。

孔明良很久都没听过小娃娃的哭声。那哭声将他的五脏六腑都揪到一起,他在心里默念:"好了伤疤要记着疼,千万别再生老二。"

云养娃

离开医院的时候,壮壮昏昏沉沉地趴在孔明良的肩膀上睡着了。李倩给壮壮扣好安全带,又将外套盖在他身上,坐在副驾驶上,才稍微觉得安心。她向孔明良道谢:"今天多亏了你,要不然我一个人忙不过来。"

"举手之劳。"孔明良原本想问一下张维凯为什么这么晚还没回家,话到嘴边,又咽了下去。也许人家有难言之隐,不愿意昭告天下。

李倩察觉出他面色变化,大笑着告诉他:"张维凯每个月的薪水都被他两个娃花得干干净净,哪有钱养'小三'?"

孔明良有些尴尬,咧咧嘴说:"我不是那个意思。"

"他们的项目马上要验收,我们家离工地远,这几天他就没来回跑,住在工地上。我也不想因为这种事儿把他叫回来。"李倩清了清嗓子,"我上次辞职的时候,几乎每个人都为我的婚姻操心。你那样想,也是人之常情。"

孔明良摇头。

"二十来岁的时候还觉得这种生活很有奔头,有挑战。现在我也跟着他折腾累了,就希望他能每天回家。"李倩忽然转头向孔明良一笑,笑容舒展灿烂,"你们多好,一家人每天都在一起。"

"我家,现在也只是我吃饭睡觉的地方。"孔明良苦涩地将嘴角咧向耳边。

听到孔明良的描述,李倩畅快地笑了出来,说道:"当初生了老大,我公婆都特别高兴,兴高采烈地来帮我带孩子。我婆婆素质也挺高的,不多说话,怎么带娃都听我的,我们一点婆媳矛盾都没有。但是婆婆住我家,我就浑身不得劲。周末我早上七点起床,连赖床的底气都没有,躺床上玩会手机都良心不安。我婆婆去晨练,我本来在沙发上躺着让孩子满地爬着玩,一看到她要回来了,我就马上弹起来,至少把吃早餐用过的碗筷收拾干净。我如果不收,我婆婆肯定一句话都不说就自己动手。他们也没把我怎么样,但是和公婆在一起生活,我就特焦虑、特压抑。我宁可啥都自己来,自由。"

孔明良算是遇到了知音。家里多了一口人,做什么事情都多了一双眼睛监督,他浑身上下说不出的别扭。他说:"我现在晚上就把卧室门一关,自己躺床上看电视。王悠和她妈絮絮叨叨说一晚上话,跟我说不了三句,我在家就跟客人似的,什么事儿都和我没关系,你家至少一切都由你做主。"

"但是我也付出了很高代价。"李倩耸耸肩膀,"看我现在,好的工作看不上我,普通工作我又看不上。"

孔明良看了一眼坐在后座的壮壮,试探着问:"我听王悠说你想转行做 HR?"

李倩点头。

孔明良惋惜地说:"其实现在你老二年纪小,你没必要仓促找一份不适合自己的工作,可以再等一等,看看有没

云养娃

有更好的机会。"

"还不是因为不想带孩子。"李倩疲惫地揉眼睛，苦笑着说，"我能早点脱身就尽量早脱身。"

孔明良以为李倩是天底下最爱孩子的妈妈。谁知她也不想带娃。

李倩半天才止住笑意，说："我下班陪孩子玩一会就够了，我也不想整天对着孩子。要不然一整天都在家，不停地做家务。那些事儿一时不干就自动长出来，我跟着孩子后面收拾，一天下来，一点成就感都没有。"

成就感？孔明良觉得讽刺。

手中的项目做了几个月，产品方临时改主意，研发人员就要从头返工。精力都消耗在这里，他的热情和成就感也在这恼人的过程中磨没了。他摇着头说："我也想做有成就感的事情，可我没见过几个人热爱自己的工作。"

李倩把老二抱回家，却一直在回味孔明良说的话。

张笠果见到李倩在给老二测体温，趴在床边问她："壮壮又发烧了吗？"

"嗯，三十九度五呢。"李倩看了一眼温度计，"医生说可能明天会好一些。"

"我上次烧到四十度。我发烧都比他烧得高！"张笠果喜笑颜开地说。

李倩满脑门问号，这又不是好事儿，有什么好比的？

张笠果继续说:"我比弟弟认字认得多,我会弹琴他也不会。"

李倩平常尽量避免把两个孩子放在一起比,谁知道张笠果找到机会就要和弟弟一分高下。

"你像你弟弟这么大的时候也只会'啊啊啊'地跟在我后面要吃的。"她没好气地赶张笠果去睡觉。

4

张维凯听说孩子生病，买了一大包零食，外加两只毛绒玩具。

李倩看着他手里的纸袋，再对比自己每天在手机里做任务刮红包薅羊毛，顿时明白小时候学的"水龙头进水，下水道同时放水"是什么意思。

张维凯不以为然地说："你想买什么也买呗，我也没管着你花钱。"

李倩眉头紧锁。

张维凯见李倩愁容满面，语重心长地劝她："我觉得你太紧张了。家里脏一点乱一点没有关系，你不喜欢打扫就不要打扫，你不想下厨，我们就吃外卖。娃玩个 iPad 也没关系，这一代的孩子，哪一个不是在电子产品的陪伴下长大的呢？我好不容易回趟家，给娃买点东西，你还要挑我的毛病。我原本心情挺好的，你这样弄得我心情也不好了。"

"你不做家务，让我也不要做家务；你不带孩子，让我也不要带孩子；你乱花钱，让我也乱花钱。"结婚这么多年，李倩才意识到，张维凯真是一个宽于律己又宽以待人的大好人！

张维凯把零食和毛绒玩具统统放在地上，让两个孩子来挑。

壮壮拿起一块巧克力，笨拙地抠表面的锡纸。张维凯见他剥得费劲，抓过巧克力帮他剥。就在他的手碰到巧克力包装纸的那一刻，壮壮一屁股坐在地上，扯着嗓子大哭起来。

李倩闻声赶来，说："他以为你要抢他的吃的。"说完把锡纸边缘抠开，递给壮壮，让他站在垃圾桶旁边剥。

壮壮的面孔瞬间由阴转晴。他的手指头又短又拙，一点一点地抠皮。

"我帮他剥，他不领情，还哭。"张维凯好像自讨没趣，"看得我急死了。他干什么都笨手笨脚的，有我帮，他现在都吃上了。巧克力都要被他焐化了。"

"他这么大就是很喜欢自己做事情，对他来讲，剥锡纸的乐趣一点都不亚于吃巧克力的乐趣。你尊重一下孩子的意愿，别总跟他拧巴着来，要不然他跟你不亲。"

壮壮闷着头，看都不看张维凯一眼，挺着肚皮，站在垃圾桶边上剥巧克力锡纸。李倩转身就去厨房做点心。

结果壮壮"咚咚咚"地跑到厨房来，贴在李倩的大腿边喊："抱——"

这孩子到现在还不太会说话，需要什么就蹦一个字出来，居然也够用了。李倩一只手抱着他，另一只手指着正在搅拌的面糊。

李倩逗他说:"看,我们烤饼干吃。"

壮壮一改平日里的馋嘴模样,软趴趴地贴在妈妈的肩膀上。

李倩摸了摸他的额头,没发烧。她问:"你怎么了?"

"掉——"他指了指垃圾桶,又把脸埋在妈妈的肩窝里。

李倩探头一看,原来他不小心把巧克力掉垃圾桶里了。这孩子有点难过,甚至有些愧疚。李倩笑眯眯地带他又挑了一块巧克力。

张维凯很失落地看着他们说:"我就在旁边,他都不找我,非要跑到厨房去找你。"他霸道地将壮壮搂在怀里,贴在他耳朵边说:"我是你爸。"

壮壮"咿咿呀呀"地叫。

种瓜得瓜,种豆得豆。

李倩端出一炉香喷喷的巧克力曲奇饼。

巴掌大的巧克力曲奇饼,散发出满室甜香。李倩深吸两口气,让巧克力和黄油的浓郁味道沁满心脾,而后发消息让王悠下来拿一些,然后倚靠在厨房中岛台边,单手叉腰,眼睛微闭。

吃过早饭,李倩就在厨房里忙活,站了一早上,腰酸背痛。

张维凯不懂李倩。他在家的时候,经常被李倩数落不干家务,眼里没活儿,而李倩只要睁着眼睛就不停地找活干。在张维凯看来，完全没必要自己做点心。

每次烘焙，要用很多搅拌盆和专用烘焙工具，做一次点心，面粉、黄油和鸡蛋浆甩得到处都是，光收拾厨房就要花半个多小时。做出来还要送给别人。

这么麻烦的事情，得不偿失。喜欢什么买着吃好了。

他劝李倩："觉得累的话，就别折腾这些东西了。反正是零食，可吃可不吃的。"

"但是我喜欢烘焙。"李倩歪歪脑袋，"你为什么总希望我放弃我喜欢的事情？"

"天地良心！"张维凯捡了一盘曲奇饼，举手做投降状，"你喜欢你就做，我捧场吃还不行吗？我就是看你干这么多活，怪辛苦的，想减轻你的负担。"

李倩使劲闭了一下眼睛，算了。有孩子之后难得有属于自己的时间做自己喜欢的事情。一天三顿饭是生存刚需，逃不掉。每天推开门看见宽敞明亮的客厅，就觉得心情舒畅，所以她必须勤打扫。

她喜欢烘焙，其中一个原因就是它不是必须要做的事情。烘焙不为填饱肚子，只为享受生活。

她倒是希望张维凯能主动承担清洗烘焙用具的工作，尽管这是痴心妄想。若是她督促张维凯来洗，他不爱干，还会抱怨自己没事找事，自讨苦吃，同时拉着别人一起受苦。

张维凯两只脚搭在茶几上，肚子上放着一碟曲奇饼，

云养娃

吃得正香，武韶华带着孔澄，按响了门铃。

孔澄是熟客，不需要别人招呼就跑去找张笠果。武韶华是第一次见张维凯，以前只听说过他是土木工程师，需要长时间在工地。她看着张维凯戴着眼镜，在家也穿白衬衫、西裤、皮带、袜子全套整整齐齐，看上去斯文儒雅。孔明良平常在家一定会穿圆领衫，光着脚。

武韶华看李倩还在厨房里忙活，客气地说："你厨艺真好，会做这么多吃的。王悠就不愿意做这些事情，勉强烧个饭。我说她懒，她还不乐意听。"

李倩笑而不语。父母们在夸奖人的同时似乎总要贬低另一个人。她觉得王悠热心，寻求意见的时候总能听到真话，她认为王悠很适合做朋友。

李倩将各种点心每样挑了几块，用篮子装好，递给武韶华。

武韶华难得见到这么精致的家庭物件，柳条篮子，内衬红格子布，清新活泼。"你做了这么多东西出来，辛苦了。"

李倩客套着说："我周末有时间，喜欢烘焙。"

武韶华又转向张维凯说："你也辛苦了，一个人养这么大一家人。"

李倩看张维凯坐在沙发上，挪都没挪一下，只觉得"辛苦"二字和张维凯完全不搭边。她反问武韶华："他又没因为我不上班打两份工。他该吃吃，该喝喝的，辛苦在哪里？"

武韶华用眼睛转了两圈，觉得这小夫妻之间气场不对，连忙呼唤孔澄一起回家。

人在家中坐，锅从天上降。

张维凯委屈地辩解道："我至少是负责挣钱的人。我从来不让你担心钱的事情，每个月工资一到账就转给你。其余的事情我是真的力不从心。"

他倒是希望李倩能找到一份合适的工作。虽说李倩工作的时候，家里的生活质量直线下降，但是她每天出门的时候都精神抖擞，回家对家人也和善不少。而辞职后就跟火药桶似的，专门拿他出气。

李倩沮丧地低着头，摆摆手，算了吧。

"你暂时找不到合适的工作也别着急，我们出去玩一趟吧。"张维凯提议。

"出去玩太麻烦了，孩子年纪小，好多东西不能吃，老二还认床，一出门就不睡觉。"李倩想到要带孩子出门就头疼，找不到换尿布的地方，走两步鞋子里进石头，小的哭大的叫。

"你不能总是我提一个建议就否决一个，然后你自己什么办法都没有。你把自己逼到拐角，好像完全没有其他的退路一样。我们就在附近找个民宿，过个周末，至少你不用操心做饭、打扫的事情。家里脏就脏，我们都没意见，就你要求高。"

云养娃

"你也搭车享受了我的劳动成果,好吧?"李倩翻翻白眼。

张维凯得意洋洋地打开手机给李倩看,说:"这个项目的奖金发下来了。能用钱解决的问题,就用钱解决。买个洗碗机,以后你爱烘焙就尽情烘焙,用完了往洗碗机里一塞,爱干啥干啥去。机器人之类的也配上,花钱买效率,还是值得的。"

张维凯一边说一边打开网购 App,打算下单。

李倩捂住他的手机说:"你别急吼吼的,至少研究一下。我听说扫地机特别蠢,动不动被电线或者乐高卡住就出不来。"

张维凯消费越来越大手大脚,原来是又涨工资了。

他们俩刚认识的时候,都刚毕业没多久。张维凯在工地上做施工员,每天跟着师傅满工地跑,一身土,收入还比李倩少几百块。

这几年,张维凯进步的速度越来越快,甩李倩越来越远。

张维凯屡屡在此碰壁,索性背对着她,订了一间亲子民宿,收到确认短信后才告诉她:"我钱都付了,我们收拾收拾东西,一起出去过个周末。"

孩子们听到要出去,欢呼雀跃地围在他腿边,叽叽喳喳地商量要带哪个玩具一起出行。

张维凯满口"好,好,好",笑得像圣诞老人一样。

李倩叹息。

爸爸用钱开路，做什么都讨人喜欢。而妈妈总需要做那些吃力不讨好的事情。

李倩坐在床沿，看着收拾了一半的行李箱。怕晚上冷，需要厚外套；目的地有溪流，孩子肯定想玩水，需要一套换洗的衣服和鞋袜；老二认床，要带上他平常盖的小毯子，陪睡的毛绒玩具……她听着客厅里的欢声笑语，想在行李箱里装一套自己的睡衣，却找不到空间，只好又拿了一个大托特包，才装下自己的随身物品。她忽然觉得眼前的画面都变成了黑白色，对即将到来的短假期毫无期盼。

她寂寥地对张维凯说："东西收拾好了，你带娃去玩吧，我不想去。我想一个人静一静。"

"你怎么连度假都这么重的心理负担？我们出去玩，你不用操心。我什么都订好了，我负责开车，累了就找个服务区休息，饿了随便买点吃的。"张维凯看出她的顾虑，肯定又在操心孩子出门的难处。

张维凯继续安慰她说："娃出门兴奋得很，不挑剔。"

李倩犹豫了一下，咬咬牙，把手机扔在沙发上，告诉张维凯："我什么都不操心，连导航都别指望我查，一切交给你。"

"没问题。"

闹喳喳的一家人占满了电梯，一个邻居气喘吁吁地伸

云养娃

手拦住了电梯门,看看这一家四口,又后退一步说:"算了,我等下一班。"

李倩撇撇嘴,说:"小娃猪嫌狗恨,连邻居都不乐意跟我们搭同一班电梯。"

张维凯假装没听见,让老大拉着老二,把行李箱拖出电梯,装车。他扣好后备箱,拍拍手对李倩说:"你看,不用你操心。你放假,全让我来。"

李倩坐在副驾驶位,望着车窗外的黄叶和斜阳,打了个哈欠。

她琢磨着每天都能这样就好了,不用催孩子练琴写作业,更没有妈妈群里各种团购书籍的消息,那些消息搞得她每天都担心孩子会输在起跑线上。

白日梦做了没几分钟,李倩脑后响起一个声音:"我们快到了吗?"

"快了快了,再过一会就到了。"张维凯听到张笠果的声音,敷衍地回答。

李倩从包里拿出两包小饼干递给果果和壮壮,说:"你们安静一点,别耽误你爸开车。"

壮壮接过饼干,结果袋口朝下,全撒车里了。

张笠果看到此状况,赶紧把自己那包小饼干分给他一块,说:"弟,给你吃!"

李倩大感安慰。她整日念叨两个人要相亲相爱,今天终于见到成效。

壮壮低头，捏着姐姐给他的饼干，还不甘心，又用手抓安全带卡扣，试图挣脱安全带跳下去捡饼干，脸涨得通红，"吭吭吭"地哭。

李倩闭一闭眼睛，深吸一口气，大声告诉他："坐车要系好安全带。饼干掉了就脏了。脏东西不能吃。现在包里没有了，后备箱里还有，下车就拿给你。"

壮壮丝毫听不进去，手扯安全带，双脚踢前排椅背，踢得"咚咚"响。

张笠果大喊一声："你吵死人了。爸，我们到了没啊？"

顿时，小小的汽车内，两个声音此起彼伏，吵得李倩的头发都立起来了。

"果果，你带个好头不行吗？告诉你一会就到了，你耐心一点，你弟弟也不至于这么急躁。"

"我等不及了！"

"你要上厕所吗？"

张笠果继续哼哼唧唧地说："我等不及了。"

李倩心想：你不上厕所，有什么等不及的？

壮壮变本加厉地踢前座椅背。

张维凯长叹一口气，才开出去不到半个小时，就成这副鸡飞狗跳的样子。他都想开着车冲到长江里。

李倩忽然抬起巴掌，对着壮壮的小腿呼了几巴掌，并说："告诉你，掉了的东西不能吃！你闹什么闹？"

壮壮张大嘴，诧异地看着李倩。

车厢里一片寂静。

李倩不可思议地看着自己的手，沉默地转脸，望向窗外，一路无语。

两个娃哭过了桥底隧道，哭过了山间林径，哭到山脚下的木屋边，哭得老母亲仓皇而逃。

李倩跑过停车场，跑过山间溪流，将黄叶踏在脚下，一个声音夹在"沙沙"的落叶声中，清亮地在她耳边问："你强迫自己当个好妈妈，逼得自己不开心，其他人也不开心。你何苦处处为难自己，又为难别人？"

跑累了，她就缓步走在溪流边，只有秋风掠过林梢的呼呼声和潺潺的流水声。此处没有琴声，没有作业本，没有朋友圈提醒的小红点，也没有妈妈群里@她的消息提醒。

平日掩盖她惶恐的杂务都退去，内心的空虚赤裸裸地暴露在空气里。

张维凯带着两个孩子，远远地望着她奔跑的背影，山谷中风声猎猎，他呼喊无用，也不可能追上去。他看这山谷中清净无扰，并无危险，从车里找了张收据，在背面写下房间号码，夹在雨刮器上，自己带两个孩子办理入住手续。

壮壮跑进房间，一看有两张大床，爬上去，从这张床跳到那张床，张笠果也加入其中。

李倩进门时,张笠果跳得不过瘾,左看右看,抱起两个枕头,夹在腋下,喊:"我会抱着枕头跳!"

老二也跟风抱枕头,可自己手短,单手抱不住枕头。他看看姐姐,只暂停了两秒,就想出解决方案。他两只手把枕头抱在胸口,和姐姐一起跳。

张维凯被他们的快乐感染,用胳膊肘碰碰李倩说:"看,有兄弟姐妹还是很好的。"

"万一长大感情不和怎么办?"

"你怎么净想阴暗的结果?"张维凯看出她双眼红肿,顾左右而言他,然后对着床上嬉戏打闹的两个孩子扬扬下巴,"别管以后怎么样,以后财产平分,他们爱来往就来往,不爱来往也别强求。我小时候哪有人跟我这样玩啊。现在我就觉得这钱花得值。"

晚上洗澡的时候,张笠果兴奋地告诉妈妈:"我今天可高兴了。"

"你爸趁我不在的时候带你们去哪了?"

张笠果一本正经地说:"我今天不用做题。饭,饭也吃得蛮晚。吃饭前也不用洗手。"

李倩又想翻白眼。不洗手也值得高兴?

待孩子都玩累睡下了,李倩盯着天花板,听着他们的呼吸声,怎么都睡不着。

"你出门玩也要焦虑到失眠吗?"

"我今天打了孩子。"李倩懊恼地说,"我第一次打孩子。"

张维凯还以为多大点事，安慰道："这哪算打啊？我小时候我爸打我比你狠多了。你拍了他两巴掌，他都不记得了，你还过不去这个坎儿。"

"我小时候学写字的时候，我妈就站在我身后，写错了冷不丁就一把尺子抽在手背上。"李倩打个冷战，徐徐说道，"我当妈之后，给自己定的第一条规矩就是不打孩子。可是我今天打了孩子。"她用被子蒙住脸，半天都不吭声。

张维凯从来没听她说过这些事情。他了解的李倩对自己高标准严要求，事事追求完美。他还记得第一次见家长时岳母脸上的自豪神情，李倩小时候是"别人家的孩子"，三岁背唐诗，五岁背九九乘法表，中小学期间每年都是"三好学生"。

"我妈以为我早慧，还以此自豪。其实我知道，如果不能让我妈脸上有光，她就会说要不是为了我，她早就评上高级职称了。她把希望都寄托在我身上，我为了不让她失望，做什么都要付出一百二十分的努力。老话叫'笨鸟先飞'。"李倩望着天花板长舒一口气，"考大学的时候，我很想报师范大学，我觉得当老师挺好的。我爸妈觉得我贪图教师职业有假期，偷懒去读师范。老师也说报志愿不要浪费分，因为商学院分高，所以我去读了录取分最高的国贸专业。"

"老师为了班里高考榜单好看，哪管学生的意愿。"张维凯舒畅地笑了起来。

李倩无奈地笑。高中毕业，不确定自己的兴趣所在，被老师怂恿去读一个既不喜欢又不擅长的专业。她付出了数不清的清晨去背商务英语，学进出口规则，忍受枯燥乏味的时光，最后从事一份外表光鲜却毫无兴趣的职业。

李倩伸手在枕头边摸，没摸到手机，哑然失笑。平日里和外界最强的联系被斩断了，才有时间审视自己。她一天没看见微信群里的小红点，看不到别人炫耀孩子英语说得多标准，看不到别人的孩子突破解魔方的纪录，反而畅然。同时，她心里又空荡荡的。会有人在群里@她询问适龄儿童读物吗？会有人找她要菜谱吗？不得不承认，她平日从群里获得不少成就感。

张维凯双手抱在脑后，语气轻飘飘："现在老二也小，你完全可以观望一下，看看有什么适合你做的事情。就算你需要重新修学位考证，我们也等得起。我又不是养不了家。"

李倩侧眼看张维凯，此人打瞌睡的时候都嘴角上扬，得意洋洋。有事业撑腰就是不一样。

"不能总靠你养家。"

"钱都归你管，你还有什么不放心的？"

李倩很喜欢每天早上醒来就有明确目标的生活。在家陪孩子，给孩子读书，陪孩子玩，给孩子做餐食，陪孩子写作业、练钢琴。总归不是自己做主角，时间匆匆而过，

云养娃

飘渺无根。她心里说不出的厌倦，自己已经小学毕业二十多年了，厌倦教孩子加减法，厌倦每天跟幼儿的作业纠缠。

第二天回程，一路上就听张笠果叽叽喳喳地盘点："这次我们看见三个蘑菇，壮壮也不烦人了……"

李倩心想：你到底多嫌弃你弟弟？

张笠果摇头晃脑地继续说："天热的时候影子短，天凉的时候影子长。"

李倩小声问张维凯："是你教她的吗？"

张维凯眼睛瞪得圆溜溜，谨慎地摇头。

她转头问张笠果："你们在幼儿园学的吗？"

"我自己看出来的。"张笠果得意地说，"天冷的时候我们都能站在树的影子里，热的时候就站不下。"

李倩惊喜地握住张维凯的小臂摇晃，感叹："她自己能发现这么大的规律！"

张维凯也笑起来。

全家人踏进家门的那一刻，张笠果脸色忽转黯淡，眼神闪烁从钢琴上掠过，加快步伐，连走带跑，回自己房间。出门两天，缺了两天的练习时间。

李倩站在钢琴旁边，手指抚摸琴键。她不会奢求一个五六岁的小孩每天主动练琴。可是，若想琴艺逐日精进，就必须忍受大量枯燥乏味的练习。

张笠果在初学钢琴之时也表现出浓厚的兴趣，但是每天练琴前都像拉锯一样，需要李倩反复督促，才勉强坐到琴凳上。若是容忍她三天打鱼两天晒网，从中收获不到成就感，很可能会因为长时间水平停滞不前而放弃。

到底要不要呼唤果果来把今天该练的份练了？好不容易培养的好习惯，因为一次家庭度假就要垮塌了吗？

张维凯把睡着的老二扛到床上，出来见到李倩还在钢琴边纠结。他问："如果我建议你让她过一个完整的假期，你会不会觉得我在挑战你？"

李倩沉默不语。

"如果我说，缺一天也没关系，你会不会觉得我破坏了你给孩子培养的好习惯？"张维凯的声音低沉，"你如果真的认准了一天都不能缺，现在肯定已经把果果拉出来练琴了。你在纠结什么？"

李倩最讨厌张维凯在旁边看得清楚，但是又不下场来执行。

天下有唾手可得的技艺吗？李倩想不出来。可是她不愿意让孩子走她的老路。吃尽苦头，练成十八般武艺，却对身上的技能爱不起来。

她气馁地从沙发缝里摸出手机，好几个妈妈群都有@她的消息提醒。上千条未读消息，李倩懒得理会，一律左滑，删除群聊信息。她站在张笠果的房门口，靠在门框上，双手绕在胸前。

张笠果看见妈妈过来，哀嚎一声："练琴练琴，总是练琴。"

李倩说:"你缺一天也就罢了,如果缺两天,这个星期会赶不上进度,回课的时候拿不出手来。"

张笠果把脸埋在枕头里,"呜呜呜"地叫。

学音乐本来是为了让孩子拥有一门享受生活的技能。现在督促她练琴成为越来越痛苦的事情,李倩在度假期间累积的好心情一扫而光。她上前拉张笠果的胳膊说:"就算是把音乐当爱好,也要尽量做好。你放一天假就够了。连放两天,你想捡起来都费劲,这一个星期都白练了。"

张笠果扯着嗓子大哭起来,两只脚把床板砸得"咚咚"响。

李倩反复问自己:我图什么?

5

几天后,李倩在楼下碰到王悠。她问王悠:"你面试了那么多人,能看出来应聘的人谁真心喜欢这份工作吗?"

王悠浅笑,回道:"一眼就能看出来。喜欢这份工作的人,眼睛里有光,装不出来的。我们 HR 只能做初步筛选,最终还是部门经理来决定是否聘用。但是我私下有一份记录,我面试期间看得出眼睛里有光的人,他们对工作格外上心,在公司工作的时间也比较长。"王悠耸耸肩膀,继续说:"我就不知道自己喜欢什么。当时周围人都说人事工作很适合女孩子,我就稀里糊涂地做了这么久。"

"那你能看出来孔澄喜欢什么吗?"

王悠眯眯眼睛说:"我跟着你后面抄作业,你还反过来问我。这个年纪的小孩,什么都让她试试,她喜欢的就继续,不喜欢的就弃坑。"

李倩心想:哪有这么简单的事情?如果她不喜欢,但是出于生存压力必须要做呢?或者她一开始很喜欢,遇到困难想退缩呢?也许父母推一把,她翻过这个坎又喜欢了。

她问王悠:"你家孔澄会主动练琴吗?"

云养娃

"怎么可能?"王悠大笑起来,"帕尔曼[①]这么大的时候宁可看建筑工人砌砖都不主动练琴!他还是公认的音乐神童呢。帕尔曼说如果一个几岁的娃号称爱练琴,那娃不是说谎就是脑子有毛病。"

李倩仰天叹息,天下琴童都一样。她说:"我们出去玩,我觉得孩子比平常开心很多,而且她自己会发现到新东西。回到家,我和孩子都觉得头顶一团乌云,看她哼哼唧唧的样子,我也很烦啊。让她学音乐,本来就希望她有个爱好,可她只想上课不想练。"

王悠诧异地看着她说:"我一直以为果果学音乐还挺乐在其中的,以前经常看你和她四手联弹。"

"还不是为了督促她练习,要不然她觉得太闷了。"李倩揉揉眉心,"我现在不知道该怎么办。我如果放手,将来她会不会后悔,希望我坚持一下?坚持让她强忍着痛苦学,将来成了她的童年阴影怎么办?"

王悠十分理解李倩的纠结。这年头当父母不容易。无论做什么决定,都会担忧又疑虑,不知道怎么做对孩子有利。

孔澄几乎和张笠果同时开始学音乐。孔澄学小提琴,到现在还"咿咿呀呀"的,王悠都不好意思发她的演奏视频。好在孔澄兴致盎然,王悠在车里放曲目的录音,吃饭

[①] 伊扎克·帕尔曼(Itzhak Perlman),著名小提琴演奏家。

的时候也放,让孔澄听熟了,练琴的时候更容易上手。

"我不懂音乐,孩子学琴也使不上力气,老师让我们多听我们就多听。"王悠耸耸肩膀,自觉无能为力。她知道李倩有音乐基础,陪孩子学琴,陪孩子练琴,孩子不懂的地方她也有能力点拨一下。

王悠也考虑过和孩子一起学琴,可精力实在跟不上。

张笠果进步的速度比孔澄快多了。

王悠羡慕地说:"你小时候就学过,现在陪孩子学琴比我们这些音盲给力多了,孩子也少走弯路。"

李倩苦笑,天知道她付出了多少。张笠果的学琴进度比同期入学的同门高很多,现在在学中级的奏鸣曲,这对技术要求更高,需要更巧妙的练习方法。她小时候由父母代管欲望和爱好,她学琴的经历像是父母专门为她设置的一个大障碍,培养她吃苦耐劳。每天刷练习曲,没感受过音乐之美,最终因为缺乏乐趣,浅浅地学了三年就放弃了。

李倩希望自己的孩子能通过学音乐开发感官享受,感受到音乐之美。她从王悠这里找不到具体有用的信息,又跟旁边的几位家长打听。

一位妈妈义正词严地说:"哪能孩子说不想练就不练的?我规定一首曲子必须连续弹二十遍,不出错才准停。"

王悠和李倩交换了眼神,王悠吐吐舌头。

这位妈妈继续说:"我家孩子明年夏天打算考英皇八级,我盯着表,每天至少练两个小时。你把规矩坚持下来,她自然就认命了。每天回来的第一件事是练琴，练了琴就吃饭，然后再写作业。要不然她写作业磨磨蹭蹭，到睡觉才写完，就没时间练琴了。"

两个小时？王悠从来没见孔澄安稳地坐过两个小时。

李倩心虚地问："那她不乐意怎么办？"

这位妈妈见王悠露出勉强的神色，语重心长地说："现在我逼她一把，将来她会感激我的。你们要是由着孩子，她肯定愿意打游戏，这种事儿不可能指望孩子主动。你这时候放松了，她觉得任何东西都可以放弃，将来做事情没恒心，没毅力。"

另一名穿铅笔裙的妈妈说："我们学钢琴也有一年，现在转学民乐了，学琵琶。我跟你讲啊，钢琴竞争太激烈了，十级的小学生一抓一大把，学钢琴很难出头。现在整体风向倾向于民乐，尤其是女孩子，学个中阮、琵琶、古筝，气质好，又容易作为特长生。现在考艺术特长，学校都不稀罕钢琴生，反而喜欢民乐。"

铅笔裙妈妈满口"特长""加分""出头"，好似穿高跟鞋走鹅卵石路，磕磕绊绊，一步三拐，令李倩揪心。

李倩赔笑说："我家孩子自己选的钢琴，钢琴'叮叮咚咚'的，她觉得好听。"

"你不让她试试其他的，你怎么知道她不喜欢呢？这么大孩子懂什么？她看见别人学就跟风，同样花钱又花时间的，学一个容易出成果的多好。我们上个月带孩子听古筝，她也觉得很好听。"铅笔裙妈妈得意地嘴角上扬，为自己的英明决策感到自豪。

李倩果断摇摇头说："我们也没打算让孩子当特长生，她愿意学就学，不愿意学就算了。"

"现在幼升小说是不考才艺，其实心机可重了。我听说其他家长都让孩子用英语做自我介绍，把稿子背得滚瓜烂熟，说自己平常学什么乐器，练什么体育项目，去哪里度假。老师一听，就能了解孩子的家庭背景。招生简章上说一视同仁，不考术科，其实都暗中考查。"

铅笔裙妈妈一本正经的神情，好像透露出了不起的内幕消息。

李倩赔笑说："那就等于考家长，有什么意思？"

"现在有什么不是拼爹拼妈的？就说孩子学琴，哪个家长不陪练？不陪练的能学出来吗？最后拼的就是家长的素质和毅力。家长如果不投入，孩子肯定出不了头。"铅笔裙妈妈微微扬起下巴，"我们又不可能给孩子留下多少家产，还是要让孩子自己有本事。现在竞争这么激烈，如果家长在战术上盲目蛮干，孩子投了时间和精力，还没成绩。"

李倩扭头，不想碰触到铅笔裙妈妈犀利的眼神。

功利心这么强，还能欣赏到音乐之美吗？老师在教学的时候也会迎合家长的功利心吧，要不然金主怎么愿意一直付学费？

云养娃

孔明良在给壮壮推秋千,听到她们的对话,用鼻孔"哼"了一声,他压低声音对孔澄说:"你知道我们为什么要学数学吗?学数学不是为了做算术,是为了学习逻辑思维,不会犯这种逻辑错误。"

孔澄却不搭理他,伸着腿荡秋千,和壮壮说:"你把腿顺着秋千的劲儿摆,就能自己荡了,可以荡很高很高。你看我!"

壮壮憋得满脸通红,双手抓住秋千两边的绳子,"吭吭吭"地用力,秋千扭来扭去。

李倩反复思量,她感激父母当初的严厉管教吗?现在和父母见面都客客气气。伤痕依旧,她不再追诉而已。她独自扛下育儿大业,避免重蹈覆辙。

回家后,李倩等壮壮睡觉后,和张笠果并排坐在地上谈心。她轻柔地问:"果果,你到底想不想学琴?"

张笠果低头,抓来地毯上的一只毛绒兔子,捋着兔子耳朵,一言不发。

"你如果想学,就要每天练,你自己都知道练和不练的差别。今天吃完饭后我跟你提了一下,你假装没听见,我也就不再催。你又一天没摸琴,明天回课怎么跟老师交代?"

张笠果把脸扭向一边。

李倩扳过她的肩膀,让她看着自己的眼睛,说:"你要知道，我小时候学琴，外婆什么都不懂，只会逼我练琴，没练够一定时间就不准离开。我每天练琴时就听邻居小朋友在外面玩，学了几年，我哭着跟外婆说不想学了，她可能也累了，就算了。现在我还挺后悔的，如果当初能坚持下去，我也许能弹琴自娱自乐。"

"我有一个大学同学，她学钢琴有十年，随便听到什么音乐都能弹出来。同学们点歌，她一抬手，伴奏就从指尖流淌出来，大家围着她，齐声唱流行歌曲。当时我羡慕死了，所以现在你练琴，我每天都陪着，就希望你能坚持下去。"李倩补充道。

张笠果问："那你怎么不学了？"

"我小时候不懂事，长大就来不及了。"李倩心情沉重。

最近她一直在给自己复盘，到底哪一步走错了，陷到现在的困境？已经很努力了，怎么还会这样？一点幸福感都没有。

"你练啊！练多了就会了！"张笠果的眼睛瞪得圆鼓鼓。

李倩惊讶地看着果果，这和她平常说话的口气一模一样。"你没什么事情，有充分时间来培养爱好。"她反问，"我一天要干多少活？哪有时间练琴？"

"你又不上班，哪有多少活干？"张笠果"呼"地站起来，身体前倾，像一只战斗的小公鸡。

云养娃

李倩气得嘴唇颤抖,这孩子从什么地方学的这么伤人的话?她大声对张笠果说:"我宁愿去上班也不想陪你!如果我不用浪费时间送你学这个学那个,现在怕是考了十几个证书了,哪还用在这跟你白费口舌!"

"壮壮都不用学琴,为什么我要学?"

"你跟你弟弟比?他说话都说不利索呢,你给自己一点面子好不好?怎么不跟弹得好的同学比?"

话一出口,李倩心里一沉,她怎么也拿"别人家的孩子"跟自家孩子比较?以前最恨父母这样,她口中却溜出来同样的台词。

张维凯闻声赶来,慌忙拉开剑拔弩张的李倩,挡在她和张笠果之间,怕她们产生肢体冲突。他压低声音说:"好了,你别再跟孩子说这种话!"

李倩推开张维凯的肩膀,踏出半步,直面张笠果说:"我以前走过的弯路,不希望你再走一遍。你不是为了我学琴,以后你爱练不练,你要想我陪练我就陪,你不想,我马上放手。以后你想学啥,我只负责交钱和接送。我不在你身上浪费时间!"

张维凯怕她继续说下去,粗暴地打断她:"你跟孩子一般见识干什么?她童言无忌,你也口不择言地出口伤人?"

李倩捂着嘴,愤然离开张笠果的卧室。

壮壮听到他们的声音,拖着自己的小毯子,趴在门框上张望。

"不干你的事儿,你好好睡觉。"张维凯厉声对壮壮说。

壮壮吓得一哆嗦,灰溜溜地回自己房间。

6

生产线上的一名工段长来提交岗位调整的相关表格,表格姓名一栏赫然写着"王晓霞"。

王悠细看,发现他将王晓霞调到一个全白班的焊锡岗位。焊锡对人体有毒,但是因为是全白班,就算加上补助,王晓霞每个月也要少赚一千块。

她严肃地告诉工段长:"我们公司和工人有签劳动合同。入职后如果调岗,待遇只能升不能降,你把她调到这种岗位,是想逼她辞职吗?她要是懂法,去劳动局申请仲裁,一告一个准。"

"咳,跟我没关系,是她自己要求的。"工段长满脸委屈,"我本来觉得她干得好好的,我也乐意用熟练工,她看焊锡那边可以不上夜班,主动要求去的。"

王悠心想,焊锡会造成潜在的神经损伤,大家都心知肚明,王晓霞年纪轻轻的,耳聪目明,手脚麻利,怎么会愿意降薪去做那种事情?可是如果是自愿,她不好妨碍基层工人的人事调动。

工段长说:"你把手续办了就行了,王晓霞是我们线上最犟的,她要去,你还能拦得住?"

王悠仔细琢磨,估计王晓霞是为了争取更多的自由时间来修会计课程。她收下表格，告诉工段长："我得仔细查一下关于特殊工种的相关规定，这个岗位对从业人员的身体要求好像挺多的，我不想给公司惹麻烦。"

午饭时段，王悠在食堂厕所门口的洗手池处等着，果然碰到王晓霞。确认四周没人，王悠有一搭没一搭地边洗手边问："你是为了腾出时间来上课，才申请去焊锡的岗位吗？你知道那东西有毒吗？"

"我身体好，不怕吃苦。"王晓霞的笑容憨厚又腼腆，"自考的报名费都交了，我不能白瞎了钱。每天下班后，我的脑袋昏昏沉沉的，累得眼睛睁不开，我想换个全白班的岗，试试能不能好一点。"

"干焊锡伤脑子，更别指望学什么了。"

这类岗位的伤害都是慢性渗透，公司已经按照国际标准安装通风设施，但是残留的颗粒依然对操作人员有伤害。电子工厂女工多，她们都没什么文化，吃苦肯干。车间里灯火通明，工人终日见不到阳光，对时间只有一个模糊的印象。每天在那种环境下做长时间的重复劳动，谁的大脑还能正常运转？

"我帮你看看物流部门有没有空位。仓库里有些岗是不倒班的，工资可能和焊锡差不多。你如果专心念书，一年就能读出来，你考了证就能去接小公司的兼职会计的活，不太损失钱。"王悠甩干手上的水，"就算为了钱，也犯不着去做有毒有害的工作。"

云养娃

　　王晓霞心想：我爸妈几乎不识字，我勉强把初中念完，周围的人进城打几年工，回到县城里就能开个小店。我想留下来，只看到隧道尽头一星半点的光芒，拼命往那个方向靠，哪顾得上工作伤不伤身体。

　　晚上，王悠刷朋友圈的时候，看见王晓霞发了一张海报图，图中人在峭壁边纵身一跃，面前是波浪滔天的大海和礁石。

　　海报留白写着艺术字体的鸡汤："现在我一无所有，无所畏惧。"

　　这纵身跃下峭壁的身影冷峻而肃杀，孤注一掷，王悠久久无法忘怀。

　　做了将近十年的HR，王悠希望能让公司的每一个人都找到施展才华的舞台。乌龟游泳，兔子跑步，皆大欢喜。可她看着一项一项的考核指标、绩效奖惩标准，好像整天都在给员工下绊子。为工人尽绵薄之力，也能收获些许成就感。

　　第二天，王悠给王晓霞办理仓库管理员的入职手续。手续办妥后，景荷带王晓霞去报到。仓库管理员的工作需要用电脑，王晓霞手足无措地站在电脑旁边，压低声音告诉景荷："我不太会用电脑，干不了这个。"她转身就想回车间。

　　景荷叫住她："一开始手生，用多了就熟了。会计依赖软件，现在有机会多接触电脑，还能了解公司的仓储物流数据库，对将来的发展很有好处。"

将王晓霞介绍给仓库主管后，景荷远远地望着仓库主管带着王晓霞四处参观，介绍工作环境。王晓霞怯生生地跟在主管身后一米处，不停地点头。

货仓里有几十个型号的电路板，分门别类码放。仓库地面用不同颜色、数字、英文字母搭配标记区域，要把这些东西弄清楚，可需要下一些功夫。

回到办公室，景荷感慨地对王悠说："那个安徽工人很勇敢，如果让我现在转行，我肯定迈不出那一步。"

普通生产线的工人最多希望做相关的支持人员，毕竟驾轻就熟。王悠将王晓霞推离了二十四小时不停机的流水线，她心想，这也是逼别人比逼自己容易的例子吧！她从头到尾没问过王晓霞是否对货仓内的工作感兴趣，王晓霞一心找一个不倒班的岗位过渡，王悠硬把这个岗位塞给她，只求给她喘息的机会。

谁知一个月后，王悠根据仓储物流部门的绩效报表登记奖金，发现王晓霞被扣了绩效。她凝神看其他人，并没有异常。

王悠问仓储经理："为什么会有一个人被扣这么多钱？她怎么了？"

"我压根管不到那一层，主管报上来的。"仓储经理丢下报表就走了。

说的也是。工厂有上千名一线工人，多数工人都没存在感。王悠和王晓霞在同一个大门出入,一点交集都没有。各路缘分累积,两人才逐渐有了联系。

王悠下班等班车的时候,王晓霞也恰好在车站,深深打了个哈欠,嘴角向后咧,跟王悠问好。现在她不需要上夜班了,上下班时间和王悠同步,依然面容疲倦。

"你新工作如何?"

"挺好,就是,他们嫌我动作慢。"王晓霞低头望着地砖。

王悠恍然大悟。估计主管不耐烦,更不愿意等王晓霞成长。她跟仓库主管打交道的次数并不多,现在才意识到此人对待手下可能很刻薄。

王悠言简意赅地告诉王晓霞:"每天练一点,从盲打开始。还有,Excel很有用,你上网找教程学学看,别自己瞎琢磨,那样效率低。"

"我现在晚上上课学电算会计,白天上班时眼睛都睁不开了。"王晓霞讪讪地笑,"小时候不喜欢上学,学习成绩也不好,初中毕业后家里人巴不得我去挣钱,出来打工后才知道,没文化寸步难行。"

王晓霞从口袋里摸出来一个小本子,翻开,递给王悠。上面细细密密的,记满了电脑操作的方法:"双击:打开;单击:选中;右键:弹出菜单。Excel虚线框:选中这个区域操作;鼠标变成一只手,可以拖拽区域……"

蝇头小楷,把电脑操作的每一个细小步骤都写在纸上。

王悠叹为观止,忍不住拍下她的笔记,拿回家给孔明良看。

孔明良为之咋舌,他从来没想到会有人这样学电脑。王晓霞"武"功"文"学,费劲,还未必能出成效。孔澄都比她用得熟练。

武韶华探头看了一眼,转脸就教育孔澄:"你看,小时候不好好念书,长大后学什么都费劲。"

孔明良皱皱眉头,让孔澄去挑棋。

孔澄在电视柜里翻了半天,抱出来一盒飞行棋,说:"我今天想玩这个。"然后美滋滋地打开盒子,摆上双方棋子,嘴里念念有词,"我这次要下黄色的,上次我爸拿黄色就赢了。"

孔明良"噗嗤"一声笑出来,飞行棋全靠丢骰子,大家机会均等。他一本正经地搓搓手,跟孔澄说:"这次黄色要来撞我了,我用红色的。"他捉着一枚棋子在棋盘上连跳几步,眉飞色舞地告诉孔澄:"红色跑得最快。"

武韶华原以为他们在学围棋,可算追上了邻居家孩子的步伐。谁知如此。"你不是在学围棋吗?平常抓紧时间练,玩这种弱智东西干什么?"

孔明良摸摸后颈,深吸一口气,告诉岳母:"孔澄喜欢玩什么就让她玩什么。"

"你得督促她,别浪费时间。"武韶华转脸对孔澄说,"现在不抓紧,将来就像那个人一样,别光看人家笑话。"

孔明良满脑门问号。原本只是和王悠围观王晓霞的笔记,岳母无论看到什么都能转到督促孩子学习上去。

孔明良告诉岳母:"我不希望把孩子教得权势眼又功利。流水线的工人只有初中文化,照样可以继续提升自己。我们的孩子机会更多,你不要给她设这么多限制,她现在只需要尽情探索,你什么都要拐到学习上,孩子慢慢就没兴趣了。"

"你们太惯着孩子了。现在不听我的话,以后会吃亏的。"武韶华转脸对王悠讲,"从小你们就该训练孩子的竞争意识,她整天不求上进,不知道自己的力气该使在哪。"

说到此处,武韶华瞥了孔明良一眼。

王悠拉着孔明良耳语:"你带孔澄出去逛。"

孔明良张张嘴。

王悠补充道:"我妈交给我负责,你别直接跟她起冲突。"

外面黑灯瞎火的,孔明良带着孔澄到楼下去溜达。

王悠等他们关上门,冷冷地问老妈:"你到底嫌弃孔明良什么?"

"他整天打游戏,带得孩子也不求上进,我就没见他干过正经事。"

"他早出晚归的,回来打会儿游戏能怎么样?"

王悠起初喜欢孔明良,就是因为他随时随地能找到玩的东西。

两人爬山，孔明良从路边小摊买一枝向日葵，边走边吃。他吃了几十粒之后将花盘递给王悠："看，我给你吃出来几条斐波那契曲线。"

经过他指点，王悠才看出名堂来。不像普通人从边缘开始吃葵花籽，孔明良从向日葵正中心开吃，沿着顺时针和逆时针方向，各吃出几条圆滑的曲线，其排列恰好符合黄金分割规律。花盘充满了几何美感。

王悠至今都记得孔明良的笑容。他眼神里只有螺旋线，专注欣赏造物主的神奇天工。换句话说，现在像孔明良这样清爽澄澈的中年男人已经很少见了。

"你想让我给娃换个爸？"王悠对老妈挑挑眉毛，"换个爸爸也换不了基因，怕是得连妈一起换了。我也挺没出息的，想干啥都干不成。"

"胡说八道！"武韶华啐一口，"老话说，相夫，教子，你这两门下的功夫都不够。"

王悠缩缩脖子。躲在别人身后督促别人上进，还冠以如此美妙的名目。她宁可骑车、跑步，也不想逼别人上进。

7

孔明良带着孔澄去楼下的小店吃冰激凌,遇到李倩独自在店里捧着一碗刨冰吃。

李倩见到孔澄,问:"你这么晚了还能出来玩?"

"果果呢?"孔澄左右张望,不见张笠果的身影。

"她在家练琴,我眼不见心不烦。"李倩抬眼对孔明良客气地笑了笑,就算打过招呼了。她弯腰又问孔澄:"你今天的琴练了没?"

孔澄不理她,"咚咚咚"跑到玻璃柜前去挑甜品。

孔明良见李倩在孔澄面前吃了哑巴亏,笑问:"我发现娃只要学琴,爹妈就淡定不了。娃学画画也是一星期上一次课,没见哪个爹妈跟在后面催娃每天画一张。"他双手抱在胸前,"我们跟着你跳了一个又一个坑,从来没见你这么有挫败感。"

李倩翻白眼,回复道:"因为学校会教画画这类,现在给娃报班也就报个安心。而学校几乎不怎么教音乐,要额外学。高考不考,全看家长用不用心。我认识那么多老琴童,没有人后悔学琴,只后悔小时候没练够,没让琴艺再精进。"

她继续说:"我给果果退了乐高和珠心算,让她有时间练琴。我前几天跟她大吵一架,我们俩都退一步,以后我不陪练,她随意练多少。她练琴的时候我就出来遛弯儿,这样我心情好多了。"

李倩大舀了一口刨冰,含入口腔,冻得脑仁疼,又狠狠把勺子插在刨冰上。

孔明良摇头说:"你娃已经很好了,你还担心那么多东西。"

他又暗叹一口气,安慰别人容易。也许别人看孔澄也很好了,他依旧担心孔澄。

两人正在闲聊时,孔澄颤颤巍巍地端着一大碗冰激凌走来。玻璃碗有半个西瓜那么大,五颜六色的冰激凌球错落有致地堆在碗里,顶部还有一团奶油和鲜红的车厘子。孔澄的两只拇指都抠到碗里,眼睛紧张兮兮地盯着冰激凌碗,一小步一小步地挪。

服务员跟在孔澄身后,想帮忙,孔澄扭一扭肩膀,非要自己端。

孔明良连忙伸手接过碗。放她自己去挑冰激凌,她买了这么大一碗。孔明良哭笑不得。这分量跟全家桶似的,怕是五六个人分食都够了。

孔明良问她:"你干吗买这么大一碗?化成汤了你还喝不完吧?"

"那个阿姨告诉我,买大碗更便宜。"孔澄望向服务员。

云养娃

服务员冲孔明良露出职业化的甜美微笑。

孔明良脑壳疼。现在推销没底线,见到孩子也使劲推销。他查询手机上的消费记录,店家从孔澄的手环上刷掉了一百五十八块,也怪自己一时间没盯住。之前经常来这家店,没觉得他们做生意这么不地道。他光顾着和李倩说话,着实被店家坑了一把。

反正钱也付了,孔明良也不好责怪孩子,问服务员多要几个勺子,请李倩分食。

吃了几勺,孔明良问孔澄:"你知道这碗冰激凌多少钱吗?"

孔澄点点头说:"一百五十八。"

"我们平常买小的多少钱?"

"十二块。"

"那你怎么觉得大的便宜呢?"

孔澄忐忑不安地低下头,也知道一百五十八块很贵。她从上衣口袋里摸出来一个塑料熊:"她说买大碗会送一只熊,我就买了。"

李倩觉得很好笑。

常见的促销套路,尤其在小孩身上特别有效。

孔澄吃了一个冰激凌球,尴尬地说:"我吃不下了。怎么办呢?"

就算打包回家也都化在路上了,孔明良对她耸耸肩膀。

李倩强忍着笑,清了清嗓子问孔澄:"你吃高兴了吗?"

"挺高兴的,但是我看见剩的又不高兴了。"孔澄嘟着嘴,盯着面前的大碗,紧吃慢吃,还剩半碗汤。

李倩暗笑,这孩子很有些勤俭节约的优良品质。她告诉孔澄:"如果我们把不需要的东西买回来,就算打折,也是浪费。我们不会把钱丢到垃圾桶里,但是会把用钱买来的东西丢掉。"

孔澄更舍不得了,恋恋不舍地用勺子挖,舔着勺子对孔明良说:"你多吃一点吧,别浪费了。"

孔明良哭笑不得,揉揉自己的肚皮说:"我也吃不下了。"

李倩告诉她:"我们吃冰激凌是为了让自己高兴,你如果为了避免浪费,吃得自己难受了,那更浪费。"

孔澄听到她的劝导,放下了手中的勺子。

李倩见她还有些不舍,说:"钱已经花了,你也吃高兴了,要不然你用这水在桌子上画个画?这样也不算亏了。"

说罢,孔澄便舀了一勺水泼在桌上,用勺子背在桌上胡乱涂抹,粉色、黄色、棕色的冰激凌水,混合出一幅抽象的画作。

画完,孔澄只高兴了片刻,又惆怅地望着剩下的半碗冰激凌说:"那怎么办呢?我外婆最不喜欢剩饭了。"

孔明良摸摸她的后脑勺说:"今天就这样了,以后吸取教训,别被人家一忽悠就买不需要的东西。"

云养娃

　　孔澄依旧闷闷不乐，说："我买了还能赚个熊。"

　　李倩忽然感怀。不被忽悠，需要极高的定力。小孩子趴在橱窗前，看各色冰激凌，每一个都细腻顺滑，令人垂涎欲滴。商家还用蝇头小利诱惑人消费，怎么可能不踩坑里？

　　孔澄眼巴巴地看着服务员收走半碗冰激凌，眼眶都红了。

　　李倩缓缓告诉她："英语里有句谚语，叫作'不要为打翻的牛奶哭泣'。牛奶不小心洒了，已经没有办法挽回，你再伤心难过都没用。冰激凌已经买了，你尽情享受，把钱的价值赚回来就好了。"

　　孔澄吸吸鼻涕，闷着头向外走。

　　孔明良一出门，反手给店家写了个差评。他冲李倩说："你引导得好。孔澄从小性格就比较硬，遇到一点点小事动不动就大哭。今天我以为她看见剩那么多东西要哭了呢，早知道我就陪着她去挑冰激凌了，免得孩子心里难受。"

　　李倩也笑着说："我们也是走了无数弯路才总结出来这些经验，好在现在我们当父母了，可以慢慢把这些东西都教给孩子。以前从没人教过这些，全靠自己用脑袋去撞南墙。我以前也特别一根筋，做任何事都要争优秀，求完美。看书一定要看完，跑步一定跑五千米。我都不知道为什么这样逼自己。"

　　晚风习习，吹得李倩头脑清凉。

第四章 躲在孩子背后当然容易，有本事就冲在前线

手机上又跳出几条消息提醒，李倩扫了一眼，又是妈妈群里有人@她，询问少儿英语分级读物的清单。那些东西几乎每天都在聊，聊了就有人存，存了也不看，想起来的时候又向她伸手要。可能家长存书单也是为了缓解焦虑吧。动动手指，就当作为孩子成长做贡献了。

李倩也有欲望，有野心，可是每日精力都消耗在这些琐事中，令人丧失斗志。她叹了一口气，说："我觉得这些事情才是值得教给孩子的，教他们辨别人际关系，识别其中的利益。推销冰激凌的服务员和顾客的利益肯定不在一条战线上，所以她逮着贵的推。诱惑无处不在，孩子面对诱惑时该怎么做选择，做选择的时候要以自己利益最大化为原则，别人的期望都不足道。"

每天带着孩子从一个课外班赶向另一个课外班，一方面是为了给孩子找个娱乐项目，另一方面，别人都忙着抢跑，谁后起跑就吃亏。可孩子真的受益了吗？

"果果最多的时候一星期要上六个课外班。我当时还想过，不报刷题教学的班，什么好玩就让她上什么。就算学不到东西，也不会学坏了吧。结果，上着上着，我发现都有套路，就连逻辑思维这类班都是教你怎么解题。换汤不换药。"李倩轻笑两声，"我怎么那么幼稚，只要层层考试筛选的制度不变，市面上的教育产品肯定就不会变。我们费那么多精力干什么？现在孩子小，学起来肯定费劲。长大一点，在学校学自然就会了。我上学早，做任何事情都

要比同班同学付出更多。现在我的孩子也走了我的老路。"

孔明良默默地走在李倩身边。他也痛恨刷题,现在他尽量给孔澄找一些玩耍的机会,可是铺天盖地的培训机构,孩子的娱乐生活就是上课,上趣味的课。

李倩叹一口气,说:"等我老了,我想办个班,专门教学校里不教的事。"

孔明良脑袋"叮"的一声,好像见到一丝亮光。他问:"既然你有这个想法,为什么要等到老了呢?你现在就可以开始。"

李倩笑道:"你说笑了,我哪有那么大的本事?"

孔明良凝神看着她说:"做教育不需要投入多少固定成本,最重要的是投入人力资源。一开始规模不大的话,还有时间有机会慢慢摸索并优化产品。主要顾客都来自周边居民,也不需要出差,工作时间是周末和放学后,白天时间还归自己支配。这很适合你现在的状态。"

"我就随口说着玩,哪那么容易?现在教育机构那么多,我连门都不知道在哪,怎么打得进市场?"

"你不去摸一摸,怎么能找到门呢?"孔明良鼓励她,"我觉得你与其乱糟糟地瞎担心,不如好好想想具体的教授内容。其余的具体事务都能一步一步慢慢解决,内容才是最关键的。我光听这个概念,就觉得挺吸引人。辨别人际关系,没人学过,但是长大后每天都用得到这些技能。除了这些,还有很多东西值得教。"

"拉王悠入伙,教怎么给简历注水。"李倩越说越开心,"我们合伙开一个班,覆盖我们成长中缺的课,把以前的遗憾都补回来。"

孔明良的上身向前探,语气激动又充满盼望,说:"你可以开始写计划书,想具体的教授内容。像我们这种父母肯定不在少数,我觉得很有希望。"

李倩眼神中的光芒一闪而过,再次黯淡下来,说:"我孩子太小了,折腾不起。"

孔明良在王悠眼中也见过同样的神采。王悠每天早上在厕所里盘亘很久,打开厕所门的那一刻也满脸光芒,但是走到客厅,看见满地的乐高,便光彩不驻。

孔明良打量李倩一阵,说:"你也躲在孩子后面,拿孩子做借口。"

他问:"你老二就要上幼儿园了,白天时间都释放出来了,你完全有精力去规划这件事情。现在也没多大经济压力,你可以慢慢着手计划。现在不做,要等到退休再去做?那中间你打算做什么?继续做一份你恨的工作吗?"

云养娃

8

孔澄一进家门，就扑到外婆身上，"呜呜呜"地哭着说："我今天浪费钱了。"

孔明良大略讲了事情的原委。王悠抿嘴笑，原来孔澄还继承了外婆勤俭节约的优良品质。自从有了手环，孔澄出门总抢着付账，每次支付成功后都喜气洋洋的，觉得自己完成了一件了不起的大事。

武韶华搓着手说："你看，我早就说了，不要给孩子买什么支付的手环，你们偏不听。惯孩子，她要啥就给她买啥，这么小的孩子最好别接触钱，你们让她自己去付钱，她哪知道东西贵贱？这不就被人坑了。"说完，就要将孔澄的手环摘下来。

孔澄把手背到身后，退了几步，贴墙站着，鼻子一抽一抽的，说不出话来。

孔明良见女儿憋了一路，回到家好不容易哭出来，外婆二话不说就要没收她的手环，连忙掩护说："她吃了一次亏，以后就知道了。我当时没跟着她去买单，没想到服务员没操守。"

"小孩子最好别沾钱，你们太惯着她了。王悠小时候一分钱都不花，压岁钱都全攒着，从来不买零食。"武韶华露出自豪的神情。

孔明良轻蔑地从鼻子里喷出一口气，说："你总要给她成长的机会吧？"

"钱还不会挣呢，就先学着花钱。"武韶华的不屑之情溢于言表。

"不能因噎废食。"孔明良摔上房门，不想跟岳母争辩。

王悠回房间安抚孔明良。

"你妈一点边界意识都没有。"孔明良也知道，岳母并无恶意，只是每次她插手孔澄的事情，都令他不舒服。

"你要求是不是太高了呢？我妈从小一大家人在一个锅里搅饭，她作为大姐，要为弟弟妹妹负责，所有人的事情都和她有关，她习惯了为周围的人操心……"

孔明良天衣无缝地接下去："她都是为你好。"然后把被子围在脖颈儿之间，接着将脸埋在被子里。

"你也蛮不讲理了。她也就唠叨，你油盐不进的，我妈还能把你怎么着？君子和而不同，你要求人人都跟你一样吗？"王悠睥睨地看了他一眼，"我看你也只能闷着脑袋当码工，你要是做产品经理，怕是干不了一星期脑袋就秃了。"

孔明良被王悠戳到痛处。他在一线研发做了快十年，想过转方向，可是复杂的人事关系令他望而却步。生了半晌闷气，他告诉王悠："李倩说想开个辅导班。"

云养娃

王悠一听"辅导班"这几个字就头疼。

教育市场的竞争如火如荼,针对不同年龄、不同目的的产品层出不穷。到目前为止,孔澄上过的各种名目的课外班,一双手都数不过来了。每次收到传单,王悠都默念,不报了,不报了,无论怎么忽悠都不报了。可是一看周围的孩子都在不停地尝试,只要孔澄不排斥,她继续交学费。不试试怎么知道孩子喜不喜欢呢?就当花钱请人陪孩子玩。

王悠叹了一口气说:"现在做教育,无论有没有干货,都赚得盆满钵满,热钱一窝蜂往里涌,她想去凑热闹也在情理之中。她打算自己做?教少儿英语?"

"她想教学校里不教的事,我觉得这创意挺好的。可教的东西多了去了,她现在想到的是生活中的经济规律,怎么安排个人开支。我可以教趣味数学。"孔明良用胳膊肘碰碰王悠,"你去教怎么给简历注水。"

他们的概念令王悠耳目一新。

"怎么不分给我好活儿啊?"王悠闭目思索,大家最希望在成长过程中学到什么呢?

做 HR 这些年,王悠面试过好几百人,例行公事似的,会问每个应征者同样的问题:"你为什么申请这份工作?"多数人流利地背出提前准备好的答案,而有些人会双眼放光地描绘自己对这份工作的期盼。她细心观察,第二种人,录取后会对工作表现出更高的热情。

成长本应是了解自己,并逐渐强大的过程,而简历则是把自己的优点和技能精挑细选后呈现给外界的工具。王悠希望孔澄将来能充满憧憬地坐在面试官对面,神采飞扬地描绘自己想要的生活。

第二天,王悠送孔澄去上学。本来出门就晚了,孔澄突然驻足不动,盯着路边的站牌发呆。

王悠拉她一把说:"别磨蹭,要迟到了。"

孔澄突然对她说:"你注意到没有?两个奇数相加,得出来是偶数,两个偶数相加,也是偶数。"

王悠好像听到了天书,瞪大眼睛看着孔澄问:"你爸教你的吗?"

"我自己想出来的。"孔澄盯着公交车牌,指给妈妈看,"3和4,加起来是7;2和2,加起来是4。"然后咬着手指头,喃喃自语:"不过3、2和2就太麻烦了,我算不出来了。"

王悠激动地给孔明良发消息,孔明良回给她一脸问号:"我只告诉过她1、3、5、7、9是奇数,2、4、6、8是偶数。你是不是听错了?她现在还挺难理解这些规律吧?"

"真的是她告诉我的!"王悠恨不得把孔澄抱起来转几圈。

孔明良一向反感拔苗助长,没刻意带娃做过算术题。

王悠好像看到了隧道尽头的一星光芒,她扶着孔澄的肩膀问:"幼儿园老师教的吗?"

云养娃

　　孔澄得意洋洋地摇头说："是我刚才看出来的。"

　　王悠听到背后公交车发动的声音，抬头一看，321路公交车晃晃悠悠地离站。她懊恼地跺脚，车站人多又拥挤，几辆公交车同时到站，常坐的那班排在最后，跟孔澄看站牌的工夫，就错过了那班车。

　　孔澄又嘟嘟囔囔地说："坐178路也能到，我跟外婆坐过。"

　　王悠一早上惊喜连连，自己出门是高度依赖手机导航，孔澄居然会认路！

9

王悠哼着小调去上班,趁下班空当,帮孔澄打印了几页乐谱,为下次回课作准备。

景荷自从打算要孩子之后才仔细观察王悠的生活:夏天午休时间,顶着烈日去给孩子采桑叶,用来喂蚕宝宝;吃午饭的时候,见缝插针地学唐诗;下了班就陪孩子去上课,陪娃的同时,自己练出来十八般武艺。她摩挲着双臂对王悠说:"我没你那么爱孩子。现在我随缘了,也不盼了。"

王悠从来不觉得自己爱孩子。因为到了年纪,自然而然随波逐流结婚生子。生娃后几个月都睡不好觉,看着满脸疹子的孔澄嫌弃不已。后来她把养娃当作一个项目来做,尽量做好,才慢慢感受到了养娃带来的快乐感和满足感。

"一开始,孔澄有什么不好的,我就会找自己的原因,是不是我哪里没把她养好,她才叽叽歪歪地闹别扭。现在她能跟大人交流了,我就觉得养起来容易不少。不是我水平增加了,而是孩子自然长大了,不太需要特殊照料吃喝拉撒了,我能有更多的时间跟她交流,不像一开始那么费劲。"王悠拍拍景荷的肩膀,"我养娃就好像写了几十页的计划书,实战时又完全没用上,摸着石头过河。"

云养娃

王悠用余光看见一个脑袋在办公室门口一闪,她顺着门框看下去,见到半截黑色皮鞋,内衬棕色袜子。她认得那双鞋,王晓霞常年都穿那样的鞋子。

王悠咳嗽一声,说:"进来吧。"

王晓霞对景荷换上一副笑脸,才移步到王悠的工位边,低声说:"我这个季度考核只得了C。"

王悠心中一惊。除非重大工作过失,考核绩效一般不会低于B,C档属于观察待整改。她查阅考核报告,原来是仓储主管在王晓霞的工作考评报告中写道:"电脑操作不流利,工作效率低……"

王晓霞脸色僵硬,说:"我人笨,干不了那么细的活。让我回车间吧。"

"哪能这么轻易就退下来呢?"王悠鼓励她,"你本来在学会计课程,仓储的进出原则和会计有些类似,你慢慢会上手的。你要想跳出流水线,就肯定要经历这个阶段。"

王悠不知这位仓储主管是何方人氏,从来没正式提过更换人员的意见,暗戳戳地给人写到考评报告里算什么?肚量如此小。属下需要一点时间学习新岗位的技能,领导不提供指导,还冷嘲热讽。这种人做领导,早该变成光杆司令。

王晓霞又是难为情,又是惶恐,说:"我不值得你费心,你看哪条生产线缺人,帮我留心一下就行了。"

"你现在遇到的困难都是暂时的。两年后你回头看,肯定觉得不值一提。如果现在退回去，就白费了这几个月的时间。"

"遇到你，我真是命好。"王晓霞忐忑地说，"也怪我不争气，老来麻烦你。"欠王悠的人情越来越多，她不知道如何报答。

王悠告诉她："你在工作岗位遇到困难，找 HR 是正常的。你是公司员工，支持员工是我们的职责所在。"

说完，便打量着王晓霞：她穿着收腰职业套装，肩膀太宽，腰身又过窄，鞋子把脚捆得紧紧的，脚背拱起，额头上都写着"紧张"二字。

紧接着，王悠宽慰她说："你别老觉得亏欠了谁，你一没多拿钱，二来工作都完成了，没出大错。这本身就很不容易。公司运气好，招到你这样细心又负责的人。"

王晓霞惴惴不安地离开了办公室。

景荷见她的背影瘦小，肩膀下塌，感慨地说："她气场不够，要是换一个彪悍的人，怕是仓储主管也不敢说什么。"

"我要把这些武功都传授给孩子。再心虚也要装彪悍，内心猥琐的人不敢招惹彪悍的人。"

王悠查看仓储主管的工作档案，此人入职十几年，成为主管就没再升职。不扶持基础员工，事业自然窄。

王悠敲着电脑屏幕说："他欺负人。在王晓霞之前，仓库总是丢东西。我们怎么查监控都找不出来问题，虽然大家都知道，是管理员在监控死角干坏事，但是因为没证据，我们也没办法。现在王晓霞做仓管，库存的进出就能做平了。仓储主管肯定和之前的管理员勾结，换了人，他就少了一条黑色收入，整天看王晓霞不顺眼。"

继而，她愤愤地说："以后我们绩效考核应该加一个步骤，让下属给领导打分，全匿名，畅所欲言，我看他还敢不敢这样欺负人？"

景荷见王悠义愤填膺的样子，"扑哧"一声笑了出来，说："你的鬼主意真多。因为一个工人，也难为你愿意这么上心。"

王悠忽然语气变得沉重，说："我们做 HR，在平常工作中想给人下绊子太容易了，但是想成就一个人却很难。我能帮一个就算一个。她努力又上进，我只在她摸不着门道的时候点个方向。我总想，如果将来孔澄在陌生的城市，有人能顺手指点她一下该多好。"

说完，王悠便翻看王晓霞的打卡记录。王晓霞现在上 B 班，朝九晚五，每天在公司的时间都超过十小时。也许她蹭用公司的电脑，也许她干活时手脚不利索，但是绩效报告里没有提任何工作失误。主管仅仅因为她动作慢，给她评 C。

王悠在笔记本上写下：下次开会提出修订绩效考核标准，对于基层工作能量化的就量化，减少人为因素干扰考核结果。

景荷隔老远都能看出来她写字的力道强劲，问："凭我们的力量，能推得动修改考核标准吗？"

王悠摇着头说："以前的仓库管理员手脚不干净，大家都心知肚明，加强防损也没解决问题。现在换了王晓霞，她当班的时候，从来没有货品遗失。这些没在绩效里表现出来，就是考核标准出了问题。上面听不听是一回事儿，我至少要报上去。"

"货物从入库到出库，损耗万分之三。"景荷撇撇嘴，"公司一年损失多少钱，估计也没几个人关心。她是新来的，进入不了原来那些人的圈子，所以不跟他们同流合污。怕是待得时间长了，也一样。"

王悠把嘴角向耳畔扯一扯，说："公司想降低损耗，避免监守自盗，可以尽量让仓储物流的人员流转起来，免得他们处得熟了就勾结起来。"

王悠忽然意识到，无心插柳，她也许找到了减少损耗的好方法。她打算下次开会的时候跟领导提一下。

她用笔尾敲敲本子，说："这些诀窍我都要传给孩子。教他们以后尽量选择量化测量绩效的岗位，别去蹚浑水。我上学的时候，别人总说女孩最适合做行政岗，等真的做了，才知道这种工作多消耗人。成绩看不见，有过失就明晃晃摆在桌面上。到最后就坐在办公室钩心斗角，也没做出什么实事来。"

景荷苦笑。

云养娃

"我邻居李倩,你还记得吗?那个仙女妈妈。她有自己创业的打算。"

"哦?"景荷挑挑眉毛。

景荷见过一次李倩。当时李倩身上的 T 恤不知染了什么污渍,一看就知是在洗衣机里和其他衣物一起搅出来的,颜色乌糟糟,领口也变形了;下半身穿灰色抽绳卫裤,头发随意挽在脑后。她无论如何都无法将这人和"创业企业家"联系在一起。

王悠说:"她想办教育。"

景荷轻蔑一笑,说:"现在热钱都涌向教育机构,从母婴抚触到成年人在职学 Python,覆盖各个年龄阶段,广告铺天盖地。她拿什么跟大资本竞争?还不如找个机构应聘英语老师呢。"

"我一开始和你想的一模一样,听见'教育'二字都心生厌倦。满大街都是各种各样的培训班,带着孩子在路上走十分钟,能收几十张传单。她如果去教英语,肯定能赚到钱。她想办一个课外班,专门教学校里不教的事情。我们现在想的内容有'从小学理财',培养财商;孔明良打算教趣味数学,教没用但是好玩的数学;我揭秘职场日常,怎么避开职场常见的坑。"王悠仰着头,笔杆戳在脸颊上,"这样,也几乎覆盖了成年前各个年龄段的需求。"

景荷眼睛一亮,双脚在地上一滑,连带着椅子"哧溜"一声,滑到王悠的工位旁,说:"我觉得有戏。我们小时候花了多少时间做无用功啊。高中数学，和差化积、积化和差，死了多少脑细胞，考完就再也没用过。学那些东西还不如学学怎么识别常见的商业骗人伎俩。以前我们父母一个月三十块钱的工资，勤俭节约一辈子，退休后被保健品坑掉大半辈子的积蓄。现在网红带货，刺激冲动消费的思路差不多，煽动情绪，刺激焦虑，看一小时直播，稀里糊涂地下三五个单，收到快递的时候都忘了自己当初买的啥。"

听到"跟风"，王悠心头一沉。孔澄每个月的课外班开支几千块，有多少是跟风购买的？买了就能说明父母对孩子很用心？每次下单的时候，她都会问自己：你买的是什么？给自己买一段不用带孩子的时间，还是买个安心？你买了那些产品之后真的能安抚焦虑吗？

王悠深思。舍得在孩子身上花钱总比舍不得把钱花在孩子身上要好吧？就算孩子学不到什么，也不会学坏了吧？可是孔澄身上令她惊喜的闪光点都不是从培训班里学来的。

王悠本不认同早期教育抢跑赢得的一点点优势。"早慧"的孩子满足了父母和孩子的虚荣心，却损失了很多欣赏成长沿路风景的机会。

10

周末,王悠在等孩子上课的时候,带着笔记本,和李倩会合。她们坐在商场休息区的按摩椅上,互相交换这个星期总结出来的想法。

学龄儿童的课程内容覆盖经济生活,以专题的方式来授课,每个专题安排6至10个课时,教孩子做一个明智的消费者。

李倩挠头,说:"现在都扫码支付,这代孩子很少见到实体货币,基本没有货币的概念,他们经历不到钱包变瘪的心疼。另外还有林林总总的信贷机构鼓励人提前消费。我也是三十岁以后才明白,多挣一块钱可比多花一块钱难多了。要是提前十年,我有现在的理财意识,就不至于这么被动。光是口红,智商税就交了上万块,拿这些钱,就算买个5%的理财产品,现在也翻倍了。"

王悠边点头边做笔记,说:"了解货币的意义,学习货币交换的规则,同时了解复利效应,学做预算决算,不超前消费……能上手操作的,就不在教室里灌输书本知识,尽量带着孩子到外面去看现实中的例子,这样他们接受得快。"

她们随意在商场里逛了逛,接近午饭时分,餐饮生意兴隆。王悠数了数，从母婴用品到针对不同年龄段的教育培训机构，一层楼四五家。商场拐角处还有几个空置铺面。

"实体零售萧条，能活下来的都和服务业有关。这是电商无法替代的。"说完，王悠接着问李倩，"按说现在商铺不容易租出去，你觉得这铺面的租金得多少钱？"

李倩抬头看看招牌，耸耸肩说："我估计不便宜。全都是连锁店，背后肯定有大资本撑着，他们有钱烧。"

有人拍自己的肩膀，王悠回头一看，景荷背着瑜伽垫，笑盈盈地站在她身后。

景荷问："你们在调查竞争对手吗？"

王悠顺着景荷的目光看去，才意识到她们站在一间早教中心的外面。里面的孩子看着四五岁的样子，坐得笔直，老师对着一个三角形比比画画。教室后排坐了一排家长，家长们略微低头，奋笔疾书，虔诚无比。

王悠轻蔑一笑，说："我们要做的产品还没发现竞品呢。"

景荷惆怅地说："我最近才明白为什么我没孩子。为了满足自己当妈妈的愿望，我强行将生命赋予她，又让她过不快乐的生活。如果我是小孩，我现在应该踩着黄叶奔跑，而不是在这里接受所谓的逻辑思维训练。我的孩子不想在这样的世界生活。"

李倩狐疑地看了王悠一眼。

王悠尴尬地对李倩咧嘴，不知道该如何安慰景荷。

景荷求子无果。起初兴致勃勃，尝试各种偏方，向王悠打听怀孕心得，后来逐渐心灰意冷，闭口不提此事。

王悠远远地看见张笠果和孔澄的音乐教室门打开了，孔澄用背拱开门，提着琴盒，卡在门口。她连忙快步上前拉开门，接两个孩子出来。

王悠和景荷并肩走在前面，商场的地板光洁如新，能照出人影来。张笠果趴在李倩耳边窃窃私语。

李倩听明白后，笑着告诉景荷："果果说她记得你，你是上次和我们一起吃火锅的阿姨，你上次穿蓝裙子白衬衫，今天穿蓝卫衣白裤子。她说你肯定喜欢蓝色配白色。"

景荷略微吃惊。仅见过一面，这孩子就记住了。她今天出门前随手在衣柜里抓的衣服，完全没考虑搭配。

李倩想安慰景荷求子不成的无力感，但是无从下手，找了间奶茶店坐下。

孩子们陆续下课了。一位妈妈背着书包，牵着孩子的手，路过小吃店，匆忙买了几个点心，并催促道："抓紧时间，别东张西望的。"

"抓紧时间"这几个字，令李倩苦笑。以前她一天要对孩子说很多遍"抓紧时间"，说得这几个字已经失去了意义。

景荷对路过的母子扬扬下巴，问李倩："大环境这样，你们有什么办法？"

王悠搂一搂孔澄的肩膀，面容僵硬地说："我们家里尽量别这样吧。"

景荷见她俩脸色都变了,笑问:"是不是当妈之后都开始唠叨?我妈以前就这样,整天催这个催那个。我吃饭,她就催我抓紧时间吃完,好去写作业。我换衣服,她就催我抓紧时间出门。其实,无论她催不催,我都是那个速度。"

孔澄突然感叹:"太惨了!"

景荷"扑哧"一声笑出来。她压了压眼角笑出来的眼泪,问孔澄:"你觉得我惨?"

孔澄的眼睛睁得圆溜溜的,大声说:"当然了,那样多烦啊!我写字的时候我外婆就说'要坐直,不要趴桌子上,不要磨蹭'。"

孔澄说话时嘴角向下垂,眼缝细眯,神情像极了外婆。

景荷咳嗽两声,问孔澄:"那你干吗要磨蹭?"

孔澄尴尬地低下头,转眼间又嘻嘻哈哈地找张笠果玩。

景荷说:"时间管理,也可以纳入你们的教学内容。我以前都没机会来规划自己的时间,小时候都是父母包办,干什么都拖拉。工作之后才慢慢摸索方法。我一直都觉得,常见的技巧都是舍本逐末的方法。时间管理本来应该是目标管理,先确立一个目标,然后根据目标制订计划,分配大模块的时间和小步骤的时间,这样一点点积累出来,看看完成计划需要多少时间。这才是可执行的时间管理方法。现在的时间管理教程恨不得'存天理灭人欲'。你们如果想教这些内容,还需要和家长配合。如果你在这讲科学,家长回家还一味打鸡血,也是白搭。"

王悠用小本本记下景荷的提议后,和李倩理了理思路,她们现在构思的教学内容需要搭框架,还有很多具体事务,需要齐头并进解决。场地,招生,是两大重头。

景荷听明白她们的需求,清一清嗓子说:"这里的房租有两种模式,多数是分成模式,这样双方的压力都不大,房东抽取商铺营业额的18%,作为房租。"

然后她指着商场内统一的刷卡机给王悠看,接着说:"上次我们公司的销售部在这个攀岩馆团建,我负责联系的场地,攀岩馆老板让我直接转账,这样他可以避开被房东抽成。"

商场商铺的房租太高了,李倩和王悠创业一开始,肯定承受不来太高的成本。她俩互看了一眼,异口同声地说:"我们要走平价路线,让普通家庭都负担得起。"

王悠看了一眼手机日历,周六下午全是空白,告诉她们:"孩子停掉一个课外班,我立刻觉得轻松不少,今天下午我们争取把关键事情的决策都做出来,以便下周推进。"

李倩看了看周围,果断地对王悠说:"马上就要到春节了,是空房最难出租的时候。商用房虽说自带广告效果,但是成本太高。我们趁这个时候找个民用房,一个大开间就够了,毕竟我们的产品不讲究地段。"

王悠翻看手机地图,查看附近的住宅分布情况,又上同城网站查看租房信息。最好能接近菜市场这类地段，都是老房子，嘈杂，不宜居，但是交通方便。

景荷灵机一动，告诉她们："这附近有一些老房子，拆迁成本太高，但是居住质量又很差，空置率很高。我知道好几个地方。"

王悠跟景荷调笑说："我们现在雇不起你，要不然得雇你做军师。"

景荷尴尬地摸了摸脖子。

王悠和李倩对看了一眼，转脸告诉景荷："我们是小本生意，还不知道前景如何，我和李倩都是三十多岁的人了，选择在这个领域创业，为了修复我们在成长过程中缺失的东西，不敢说就是为了情怀，但基本是用爱，很可能很长一段时间都没法盈利。教育行业虽说是常青行业，但是竞争也很激烈，还不知道能不能存活下来。所以在创业初期，没办法吸纳那么多管理人员。"

王悠自从打算和李倩合伙创业，每天精神奕奕，走路带风。

景荷琢磨，这是否是孩子带给王悠的活力？她望向身边的瑜伽垫，她专门买了全套的运动器材，想热情投入一项事情，来度过周末的时间。可惜瑜伽课一周只占一小时。如果没有孩子，王悠在周末会做什么呢？追剧？呼朋唤友吃饭唱歌？她也享受过那般逍遥自在，只是，那种快乐没有根。

云养娃

　　景荷清一清嗓子，对王悠和李倩说："三个臭皮匠，顶一个诸葛亮。你们做产品，还要做推广。你们设计出来的产品肯定蕴含了很多感情，如果遇到家长压价钱或者对产品提意见，直接跟你们沟通，你们很可能会情绪化，同时也很难从家长身份中抽离出来研究市场。我是局外人，看市场会更明朗，比你们更容易做到在商言商。你们就可以专心设计产品。"

　　王悠缓缓告诉她："经营自己的生意和打工可不一样，非常身不由己。三天打鱼两天晒网，肯定没法盈利。"

　　王悠张口的"生意"，闭口的"盈利"，令她自己咋舌。教育产品关系民生，可无奈处处都是开支，她需要精打细算。

　　景荷听出弦外之音，王悠怕她把此事当作玩票。于是她解释道："这样吧，一开始肯定有房租、水电这些刚性开销，我们大概估算一下需要多少启动资金，我承担三分之一。如果一年之内没盈利，那赔了就赔了，再商量第二年怎么做。如果一年内有盈利，我们就看怎么分配利润。"

　　景荷对周遭物业的租金有些了解，权衡过自己的承受能力，房租是最大的开支，这风险承担得起。说到此处，她只觉得唐突。她也不知道李倩和王悠是如何协商成本和利润的。多一个人承担风险，也多一个人分享利润。她尴尬地吐舌头。

　　王悠和李倩现在还没商量商业层面的事务，而景荷提出来的问题又确实存在。李倩肯定为这事付出更多,王悠参与决策,分担一部分内务。

"八字还没一撇呢。"王悠咧咧嘴,"我们还没到需要分利润的时候吧?"

李倩深吸一口气,这可能是最难的决策。她见过太多创业公司的合伙人在创业初期共患难,但是后期因为利益分配而交恶。她和王悠是邻居,难得又遇到育儿理念合得来的人,就算为了孩子有长期玩伴,也希望关系能和睦长久。

眼前的麻烦比预想的多。房租、水电、人工,还有各种运营成本,另外客户从哪里来?

王悠想打退堂鼓。

这时,她脑后响起了一个声音:"你们吃饭了没?"孔明良浑厚的声音,令她心头一热。

张笠果脆生生地回答:"她们废寝忘食。"

李倩"噗嗤"一声,笑出来。这孩子学了点成语就想用,用得还挺恰当。

这时众人才意识到,已经下午一点多了,难为两个孩子就在旁边玩,不打扰她们商量大事。

孔明良招呼大家去吃饭,一坐下就先点了一份卤猪蹄,然后把菜单递给其他人,说:"你们想吃啥叫啥,我请客。"

王悠在桌子下踢他的脚,说:"你稍微克制一点。"

云养娃

"平常我都吃不饱,周末我得敞开来吃一顿。"孔明良喝了一大口啤酒,"哈"一声,"平常你妈养生,还带着我们一起。下班后我饿得前胸贴后背,回到家,就吃个素鸡和青菜,我脑子都不会转了。她怕三高,结果我的裤腰越来越松。"他扯扯自己的腰带,"这半年,缩了一个眼儿。"

王悠心想:说得我妈虐待女婿似的。

孔明良帮孔澄拆下猪蹄的皮和蹄筋,让她自己拿筷子吃。他吃饱了,打个嗝儿,向李倩汇报说:"我已经把6岁左右的趣味数学产品规划得差不多了,还能结合你想教的'从小学理财',配合得天衣无缝。"

王悠吃饭的时候在琢磨薪酬制度。扣除固定开支,按底薪加课时费的方式,给李倩支付工资,其他人只支取课时费。若是两人合作开发产品,分成又成了问题。

李倩也看出了王悠的为难,她思考了片刻,说:"我们现在面临的困难都是因为没有准确的数字来做预算和决算。先别想这么多,我下周先去找房子,把最大头的开支敲定,然后把第一期课程的详细计划书写出来。"

她又对景荷说:"我不想营销得太商业,但是我确实想把它当事业做,希望它能逐渐成长起来。"

"那就更需要好好规划。"景荷翻出手机便笺,"起初可以从你们熟悉的妈妈群开始推广。好处是大家的信任度比较高,坏处是圈子就那么大,市场容量也就那么大,而且大家都很熟悉，很可能很多人跟你压价，或者你不好意思按市场价收费，这样可能会影响将来的盈利能力。毕竟一旦定了价格，就很难涨价。我下午也没事儿，可以一起去看房子，先敲定最大的成本，其余的才好步步推进。"

王悠同意，这是目前为止最好的办法。

景荷站起身来，搭着李倩和王悠的肩膀，在她们耳边轻声细语地说："等你们安排好第一期课程，我马上就出电子海报，方便传播，再开个自媒体号，用来宣传。"

商场门口又有人拿气球吸引小朋友，向父母索要联系方式，以便兜售课程。李倩牵着孩子的手，大跨步向前走，不愿意和推销员有眼神接触。现在她最讨厌推销课程的人，也许几个月后，她就是在路边给人发传单或者以搞活动名义索取客户资料的人。

离开了商业区，景荷才驻足回望刚才她们奋力躲开的推销员。他们不放过每一个带着孩子的行人，殷勤地推销课程。过往行人神色木讷地接过传单，小孩子好奇地回头，又被父母拉一把，跟跄赶路。

景荷对她们说："你们知道我为什么也想做这件事吗？"

王悠心想：我都不清楚我为什么想做这件事。为了钱吗？很可能吃力不讨好。升职？无职可升。跳槽？找不到更合适的地方，自己一直希望能找到发挥价值的地方，平常在公司经常需要做一些违心的事，投入教育事业总会让人受益。自己想把劳工权益和职场生存智慧教给即将进入

云养娃

社会的年轻人,把自己积攒的人生经验传授给后辈。

景荷神色悠然,好像想起了无限的往事,说:"我以为我比颜铮更喜欢孩子,他一直是无所谓的态度。直到那天,他陪孔澄下棋,回家后絮絮叨叨,跟我说了很久。他小时候就爱下棋,那时候刚有网吧,就逃课去网吧下棋,被他妈撞见,被狠狠揍了一顿。到现在他都怀恨在心,说如果我家孩子爱下棋,他肯定每天陪。我跟他结婚这么多年,公公婆婆都懒得催我们了。他跟我说,他每天不是出差就是应酬,一点生活的乐趣都没有。我们读书、工作都很努力,也算得上出类拔萃,但都没什么幸福感,那我们的孩子将来会幸福吗?"

景荷和其他人边走边聊,目光扫过路边一个名叫"常青藤"的培训机构。年轻老师在门口领着一队小孩子朗声说:"雷声是 thunder!"声音整齐划一,充斥着规训的韵律。

景荷缩着脖子,好像回到了自己小时候读书的场景,继续感叹:"我们父母没受多少教育,养家糊口不容易,也不知道生活有很多维度,只知道简单粗暴地逼我们好好学习。"

李倩的脑袋里"叮"的一声,她拍手说:"就叫'四维成长',专教学校里不教的事。我们小时候念书遭的那些罪,很多都没必要。我们的下一代应该逃脱这样的命运。我们总要试着进步吧?"

景荷告诉王悠和李倩:"你们都有孩子,也了解现在养孩子的需求,可以专心开发产品。我去做营销方面的东西。颜铮不想因为不孕不育去求医,太遭罪。我们听天由命吧,我也需要一件事情来转移注意力。"

既然如此,王悠、孔明良和李倩回家去商量第一期课程的细节,景荷去找房子。

孔明良每天晚饭后到李倩家里商量课程内容。第一期必须做得深入浅出,趣味横生,这样才能建立口碑。他们在纸上写了又改,涂涂写写,草稿纸摊了一桌子。

张笠果探过头来问:"你们也要写作业吗?"

这孩子看见人写字就以为是写作业,到底作业给她留下了多少心理阴影?

李倩点头,一本正经地告诉张笠果:"有些人的工作就是写作业,写报告,写策划案。我小时候还挺喜欢写的,所以长大之后做这类事情也不费劲。"

景荷找到一个大单间。房子离王悠和李倩的住处不过十分钟,老房改楼,在一楼拐角处,是一间朝北的老黑屋。屋顶一根日光灯闪了又闪,奋力绽放,将室内照得亮堂堂。

张维凯看见老木头窗子的绿漆都翘皮了,就知道这房子比他都老。他用指甲抠下一块窗框上的木屑,合叶也歪歪扭扭,需要费老大力气才能推开。冷风使他一哆嗦,在屋里站了一阵,就觉得寒气袭人。

云养娃

"你们真的要租这样的地方?"张维凯挠挠头,"我们再找个条件稍微好一点的吧!"

李倩拍拍他的肩膀说:"小本生意,能省则省。"

孔明良站在门口,深吸一口气,仰头望着白花花的日光灯,问:"我能申请把这稍微装修一下吗?"

这些男人满腔雄心,什么成果还没有,排场先铺开了。

李倩冷冷地告诉孔明良:"你出钱装修,房东马上收回来,提高房价,再租给别人。"

孔明良望着白花花的日光灯和泛黄起皮的墙壁,一瞬间回到了少年就读的中学,顿时胸膛冰冷僵硬。他建议:"刷彩墙,花不了多少钱。我不喜欢冷冰冰的感觉。再买些彩色的儿童桌椅。"

颜铮也附和:"灯光上也可以做点文章。我来干电工,义务劳动,不收钱。"

张维凯从口袋里掏出一个激光测量仪,现场测量尺寸,盘腿席地而坐,摊开电脑,画出三维图纸。孔明良和颜铮头碰头地挤在电脑屏幕前,对张维凯描绘心中理想的布局。张维凯只花了几分钟,就生成3D效果图,给大家看。

王悠和李倩对看一眼,心想:原来,大家都需要通过养孩子来修复自己的童年。

景荷拍拍手说:"室内的部分归你们管,我们去商量第一批招生的事情。"她将电子海报发给李倩和王悠。

焦虑过你的焦虑,

纠结过你的纠结，

四维成长，

专教学校里不教的事。

主讲人李倩，两个孩子的妈妈，为孩子开拓宽广的人生。

男人们准备教室的装修事务，王悠则坐在电脑前，针对不同的群，写不同的推文，介绍教学理念，将海报发到妈妈群里。

武韶华路过书房，看王悠盯着电脑，双眼通红，为她端来一杯茶，说："你差不多就行了。你们就是日子过得太安稳了，折腾。别的家长都在找上民办学校的门路，就你们在这捣鼓这些没效果的东西。我估计，要不了一年，你们就倒闭了。"

王悠抬眼看老妈。她的爱总是夹杂冷嘲热讽，刚开始就唱衰。她对老妈说："你们让我学什么专业，做什么样的工作，我都没主见，随大流走。前三十多年活得浑浑噩噩的。这次我好不容易遇到一个吸引我的机会，你如果不能给我支持，至少也祝福我一下吧？"

武韶华默默退出了书房。

李倩整理这些日子积攒的发票，记录每项开销。房租、水电，又采购了桌椅板凳和第一批教具，她付账付得手软。

她把发票粘好,填表报账,好明天交给王悠。

张笠果探头看李倩电脑上 Excel 表格中的数字问:"你在学数学吗?"

这段时间,李倩忙着创业,花在孩子身上的时间少了很多。以前到了九点就吼娃睡觉,现在顾不上这些事情,老二到了周末,晚上十点还在床上跳。

"这不算数学,记账而已。"李倩拍拍她的脑袋,目光依然停留在电脑上,"你带头去刷牙睡觉,免得长虫牙,你遭罪,还费钱。最近钱紧张。"

张笠果忧心忡忡地盯着李倩的口袋问:"钱也害怕看牙医吗?"

李倩被她的脑洞逗乐了。张笠果和孔澄同龄,两个孩子都明显表现出来对钱的兴趣。她继续打磨教学内容,要深入浅出地让孩子明白金钱的意义。钱从哪里来?钱该怎么花?

消息发出去一小时,李倩收到几条咨询的消息:"5 岁的孩子能学你们的课吗?"

李倩咬着下嘴唇,盯着屏幕看了半天,招生简介上用黑体字写得明明白白:"专为 6 至 8 岁的孩子打造,通过日常的生产消费活动,了解基本经济规律"。

她设计课程的时候,选择这个年龄段是因为这个年纪的小孩已经有了初步的数字概念,带他们体验生活中的经济学,不会太走马观花。

李倩心想：我们招生简介里已经说得很清楚了，拉着我闲聊能聊出什么结果？我又不能劝退，小孩年纪差半年，能力就差不少，你娃来了只能打酱油，他凑不上热闹，心里烦躁，还打扰其他人。

她纠结了半天，又把招生简介上的内容重新给对方发了一遍，半天都收不到回音。于是她向景荷发出求救信息："我要把客户聊没了。"

景荷看见她发来的截图，就明白了大半，说："市场的事情我来操心，你专心做内容。"她让李倩负责在熟人圈答疑，她自己登录客服账号，拓展陌生市场。

有客户询问："你们一期才12堂课，就卖800块，能不能优惠一点？"

景荷翻白眼：我也想走平价路线，可是光房租一项就决定了价钱不能再低了，再低就要赔钱。况且我们也做过市场调研，和市面上的价格差不多。

景荷噼里啪啦地打字回复："亲，我们一个班次只招10个学生，小班授课，而且全程带着孩子动手做项目，光教具成本都比其他培训班高。"

她把今天拍的教室照片发给客户，说："你看，我们的教学环境设计得多人性化。"

教室墙壁刷了淡绿色的乳胶漆，又刷了一面黑板墙，对着黑板安装了一排射灯。墙边彩色的储物箱里放着李倩找广告公司做的塑料货币，用来模拟商品交易。还有一篮一篮的塑料食物,可以让孩子模拟摆摊。张维凯还贡献出几个建筑模型,作为大宗不动产商品的教具。地砖上铺着彩色的小块地毯和沙袋,让小朋友自由地围在桌边。

景荷向客户介绍:"我们教的内容是其他培训班都没法提供的。寓教于乐,教的都是生活中每天都需要的知识。从挣钱、花钱,到基础个人理财,我们的课程全覆盖。我们小时候一个星期有五毛零花钱,在小卖部买个零食就是人生巅峰了。现在的孩子戴着手环满街跑,伸手就扫码,平常在家还能网购,消费信贷层出不穷,购物陷阱和常见推销话术是怎么捆绑的,冲动消费带来的长期危害,等等,我们一期一期都能教到。别的地方还没有系统又全面的针对儿童的经济学课程。"

客户回道:"这些都挺虚的,谁知道孩子一期课能学到什么,概念倒是挺新的,但是你们也刚起步,你稍微给我打点折。"

这位客户跟景荷纠缠了半天,附上一串微笑表情符,还不依不饶地砍价。

景荷深吸一口气,告诉自己,这才刚刚开始,以后这类顾客一定层出不穷,如果给他打了折,开课后又互相打听价格,买了原价的家长肯定不高兴,说不定开学后要求配同样的折扣。这样压价损伤自己。

"就像你买菜,也不是光图便宜的买吧?还要考虑你爱不爱吃,考虑性价比,考虑品相,然后来衡量买的菜值不值这个钱。我们从小就给孩子培养经济学家的思维方式，将来受益终身。"

景荷把这段话发出去，单手叉腰，忐忑不安地在写字台边踱来踱去。这是第一个主动联系的客户，她希望能有个好开端。

颜铮看见她神情焦急，劝她说："你们不是以赚大钱为目的，咱家又不指望这把米下锅，你别着急上火的。"

"那也不能以赔大钱为目的吧？"景荷心想：我们现在还没把人工算进去呢，固定开支就逼得我们必须勇往直前，你嫌我不淡定，站着说话不腰疼。

第二天，李倩汇报成果："妈妈群里有三个平常跟我比较熟的，如果我们收了钱，就一定要开课，要不然信誉受损，得不偿失。"

王悠将发票汇总，仔细核算，一个班如果收不满八个学员，就肯定亏本。一周至少要开两个班次，才能勉强打平。

她试探着问李倩："第一期的课程，重心肯定放在比较小的孩子身上，你开发的少儿经济学和孔明良的趣味数学可以先行。我准备的内容适合中学以上的孩子，估计他们平时没什么时间，最好等到暑假。但是我们希望这一学期先运作起来，好带动暑期的课程。"

李倩也同意王悠的判断。平常要靠年纪小的孩子让课外班运作起来,最好到暑假之前建立起口碑,拓展大龄孩子的市场。李倩专注于各个群的宣传,无奈她平常嫌群内广告太多,逐渐淡出了妈妈群,现在突然去推销,接受的人不多。

王悠觉得光靠朋友圈转发,效率太低,还是得找更精准的目标市场。平常给孩子报班也就几大渠道:路边收传单,朋友推荐,线上推广的信息。她琢磨着,路边发传单,效率肯定更低。平常她收到传单,看都不看,就塞进垃圾桶。但是也许可以开一个公开的体验课程,就在附近的小广场上,自带广告效应。

孔明良说:"如果我在广场上带着孩子摆一个多米诺计算器,怎么样?"

王悠好像听天书一般,半张着嘴,对孔明良眨巴眨巴眼睛,说:"我以为你只需要草稿纸。"

孔明良手托着下巴,踱来踱去,眉飞色舞地说:"多米诺骨牌只有立起来和趴下两种状态,就像电路有闭合和断开两种状态。这就很直观地呈现出二进制。我带孩子用多米诺骨牌模拟电路,最后可以搭出来一个直观明了的二进制计算器。"

王悠听得满头雾水,忐忑地问:"我都听不懂,他们能弄明白吗?"

"你太紧张了。内行看门道,外行看热闹,大家玩得开心,还聚集人气。"孔明良耸耸肩膀,"反正我们办班的目的就是玩，专门玩平常玩不到的东西。"

王悠把孔明良的想法向其他人通报了一下。

景荷憋了半天，蹦出来一句："孔大哥这个活动需要多少钱？让他写个计划书。"

孔明良看到景荷的指示，愤愤地说："你们什么事儿还没干呢，机构就开始臃肿起来了。景荷这COO随时随地都在抠成本。"

王悠拍拍孔明良的肩膀说："你算一下需要多少骨牌，另外规划一下课程，这些东西将来能派得上什么用场，我不希望花很多钱买只能用一次的材料。"

孔明良遇到喜欢的东西就忘乎所以。王悠乐得有景荷这个外人来监督孔明良。王悠把任务布置下去，趾高气扬地去陪孩子练琴。

孔澄在练琴空当低声问王悠："我爸是不是很穷？"

"呃？为什么这么问？"王悠结巴。

"你总要他省钱。"孔澄可怜兮兮地说，"他乱花钱。"

王悠仰天长叹，你爸平常花钱不过脑子，各种电子产品买了一代又一代，他只要开心就买。平常也就算了，现在我们和其他人合伙投办教育，也是一门生意，不可能让他任性地烧钱。

"我们希望挣的钱比花的钱多，多余的钱存起来，万一遇到意外就能为自己增加一层保障。"王悠说，"所以花钱要有计划。不过你爸不算穷。"

孔明良搜了一下标准多米诺骨牌的价格,画出草图,根据场地尺寸,估算所需骨牌的数量,价格令他咋舌。他抠抠头皮,转身请示王悠:"我们得另想计划,要不然光买骨牌就破产了。"

王悠耸耸肩膀。

"另外我怕现场小孩多,一碰就倒一批,他们肯定都想上手玩,我们的目的也是让大家都上手玩。得找更稳定的材料替代骨牌,还得将来能用得上。"孔明良揉眼睛,困苦不堪。

王悠挑衅地对他抬抬眉毛,说:"你想办法解决吧。"

第四章 躲在孩子背后当然容易，有本事就冲在前线

11

在公司食堂厕所门口，王晓霞迎上王悠，低声问："你们夏天还开班吗？我想带我家宝宝来上课。"

王悠被她的焦虑感浸了一脸。

王晓霞察觉到王悠嘴角僵硬，便向后退了一步。

王悠回道："你家宝宝才三岁，真的没必要报什么班，与其上课，不如跑跑跳跳，出去看花花草草。我们今年第一次做，产品肯定不够成熟。你现在白天上班，晚上还修课，哪有精力把孩子带在身边？"

王晓霞在路边看到大城市的教育资源都羡慕不已，希望自己的孩子也能享受这样的环境。现在投资什么都不如投资教育。她怕大城市里长大的孩子排挤乡下的孩子，希望尽快把孩子带到身边来。

王悠问她："你觉得现在上学很难吗？"

"我做账做到半夜都做不平。"王晓霞沉默了一阵，黯淡地低下头，"我笨，这辈子可能就这样了。"

"你才二十六岁！你在流水线上干活，天花板就在头顶上，现在花一年的时间把自己的事情理顺了，未来三十年都有上升空间。你要是现在退下去，将来对着孩子说'你妈在流水线上干了一辈子，辛辛苦苦供你上学，你却没考

云养娃

上好学校，辜负你妈的一片苦心……'你愿意做那样的妈吗？"

王晓霞的下巴微颤。

"无论你心里怎么惦记孩子，先让自己过好。你都自顾不暇，孩子的起点也提不高。"

王晓霞去新岗位刚半年，修课也才修了半年，是最没希望的时候。

王悠拍拍她的肩膀，安慰她说："现在你别指望一口吃成个胖子。课程修满后考个初级会计证，你就能找个工作。从简单的做起，慢慢就做熟练了。这段时间我没听到仓库的领导说你工作能力的问题。你现在觉得困难，是因为换岗和修课两件事撞在一起了。现在换岗的缓冲期可能已经过去了，慢慢你上课也不会觉得那么难了。等你彻底脱离流水线的工作，也有能力把孩子带在身边。"

王悠回家跟李倩提到了王晓霞的前景。

李倩咧嘴说："她很勇敢。我孩子小的时候，实在应付不了就辞职了，张维凯虽说在家的时间少，但是我不担心钱从哪里来。她还必须赚钱养家。"

王悠从来没从这个角度想过。她以为李倩是丧偶式育儿的典范，她这才意识到，张维凯和李倩分工明晰，更像是两个合伙人。

李倩见王悠神情恍惚，边打开手机给她看边说："我们今天找到了便宜材料。"

照片中是一大筐一大筐的木头块,满满当当的,装满了汽车后备箱。木块巴掌大,形状整齐划一。

李倩介绍道:"孔明良本来打算买些木头,切成积木,张维凯听说之后就直接把工地上的包装废料送给我们。我找了个木工铺子,请人把这些废木头都切成了积木。这样既可以作为骨牌,将来还可以做几何教具。今天我拉了一车回来,明天再去拉一车。除了长方形,孔明良还设计了一些直角三角形,他说这几个形状就足够教初级的几何了。我们变废为宝,总共才花了几百块加工费。"

王悠惊叹他们的工作效率。

李倩从包里摸出一块积木样本递给王悠,说:"用砂纸打磨过边缘,不会扎手。重量轻,价格还便宜。"

王悠摩挲着这块积木,边缘平滑,切面还有明显的焦痕,是圆锯片摩擦生热留下的痕迹。她摸了一圈,没感觉到毛刺,孔明良应该会满意。

周末大清早,孔明良和李倩带着孩子们到附近小广场用粉笔在地上画出路径,让孩子们顺着路径摆放积木。

摆了半个多小时,周围聚满了晨练的爷爷奶奶。李倩抱着一筐积木递给围观的小朋友,说:"来,顺着粉笔线摆,间隔一个拳头摆放积木,大家来一起玩。"

孔明良摆好转弯处的关键的几块积木,示意李倩可以正式开始。

云养娃

李倩手持话筒，神采奕奕地向大家介绍："早在十九世纪中叶，数学家乔治·布尔发明了一种计数方法，只有0和1两个数字，用来表达'是'和'否'。起初他发明这种计数方法只是图好玩，后来人们察觉，电源开关的通路和闭路，恰好可以用0和1指代。这就成为当代计算机逻辑运算的基础，二进制。今天我们用骨牌来模拟电路，可以直观地呈现二进制运算是怎么实现的。"

孔明良摆积木的时候，不少好奇的人已经围了上来。大家听到李倩的声音，都好奇地聚在他们身边。孔明良窃喜。

李倩将话筒交给孔明良。

孔明良用激光笔指向骨牌布局，引导围观群众的视线，一边把笔指向两路骨牌的交汇处，一边介绍道："我们总共设计了三个输入口。如果只推倒其中一个输入口，最终推倒最右边的输出口，它只能带动侧面这路骨牌，其他输出口不变。这就实现了1+0的演算。而如果我们同时推倒两个，位于输出口中间的骨牌倒下，其余两个依然站立，这就实现了1+1的演算，输出结果为10，也就是十进制中的2……"

人群中有一个小朋友跃跃欲试，他奶奶箍住他的胳膊，呵斥道："你好好看着，别去捣乱。"

景荷见状，立刻迎上前去问他："你想不想来推？"

小朋友反而缩到奶奶的怀里。景荷又鼓励另一个小朋友:"你们两个一起来推!"

孔明良退到一旁,让景荷带着这两个小朋友站在骨牌边,两个孩子扭扭捏捏,李倩弯腰在他们耳边叮嘱了几句,他们又嘻嘻哈哈地蹲在积木边。

李倩站直,拿起话筒对人群说:"我们一起来数'一二三',然后他们就推倒骨牌,看看能不能实现我们刚才预测的结果。"

"一,二,三!"

在众人的呼声中,骨牌接踵倒地。小朋友们瞪大眼睛,目光追随着骨牌一路到输出端口,三块积木,果然只有中间那块倒下。

其中一个推骨牌的小朋友昂起头来问孔明良:"这是怎么回事?另外两个为什么不倒?"

孔明良说:"如果你想三块都倒,就需要把它们扶起来,重新推倒其他的输入块。"

孔明良怕人多踢倒积木,所以只搭建了一组最简单的结构。他蹲下问刚才提问的小朋友:"想不想来和我一起玩?"

还没听到回音,孔明良眼前出现了一双黑色尖头女鞋。孔明良顺势站起来,对方双眉紧皱,一本正经地问他:"你们做这些,有什么用呢?"

孔明良倒吸一口气。他最害怕的问题来了。

"呃,"孔明良挠挠头,"如果一件事能满足我们的好

云养娃

奇心和求知欲,它应该是很有用的事情吧?"他抽出一张传单递给对方,"我们刚起步,'四维成长',专教学校里不教的东西。这学期开两门,一门教孩子认识身边的经济学,另一门就是趣味数学,我负责的。"

对方悠悠地叹了口气,说:"你说的太虚了。我家孩子学数学有点费劲,我在给他找辅导班。我觉得你的方法和我见过的其他方法不一样,所以想咨询一下。"

孔明良弯腰问小孩:"你现在上几年级?"

小孩还没开口,他妈妈就说:"二年级,期末考试勉强得了八十多分。我其实也没有那么在乎成绩,但是现阶段如果没掌握该掌握的知识点,以后就越来越困难。我不能看着他现在就落在后面。"

孔明良心想:你娃又不是不会说话,你在这抢答个什么劲?

孔明良站直,咳嗽两声后对那位妈妈说:"我们这个班是以拓宽视野、培养兴趣为目标,视角非常广,今天你看见的是二进制,也许下次我们就讲毕达哥拉斯在两千多年前是如何发现勾股定理的。课程内容不见得和学校进度同步,但是孩子肯定乐得了解数学的发展脉络。我有时候在家给我孩子讲,她还挺爱听的。"

孔明良指向不远处的孔澄,她和张笠果蹲在地上,把积木立起来,又推倒,乐在其中。

那位妈妈问:"你家孩子看上去还没我家的大,就会勾股定理了？"

"偶然运用到，我就提了一下，但是不代表她就能明白。"孔明良无奈地想，这些都是慢功夫，哪能有立竿见影的成果呢？

"若是他长大了，自己对这些东西感兴趣，就去看书吧。现在，我们的当务之急是帮他补数学，要不然下学期更跟不上。"她拉着孩子的手，转身就走，孩子恋恋不舍地扭过头来看着地上的积木。

孔明良为她感到悲哀。若是高中生，不得已收敛娱乐生活也就罢了。小孩子有大把时间来探索、尝试新的东西，原本可以长成枝繁叶茂的大树，家长却要把枝杈都剪掉，只留主干。这样的生活该多乏味？

李倩身边聚集了不少咨询的人。李倩说："我们免费提供一节试听课。课程内容循序渐进，从身边的小事入手，让孩子们了解身边的经济规律。教室就在马路对面，接送很方便……"

孔明良用胳膊肘碰碰颜铮，朝李倩的方向扬扬下巴，说："为什么人家对她的课更感兴趣？我这个也很好玩啊。"

颜铮见他气鼓鼓的样子，打趣道："你的产品设计得太好玩了。李倩的卖点是从小培养财商，这很现实的，客户很容易买账。你呢？花了一早上，搭出来1+1=2，人家看个热闹也就算了，有几个人有那份闲情雅致来彻底弄明白其中的原理？更何况还要花钱。"

孔明良双臂抱在胸前，不屑一顾地歪着肩膀抖腿。

颜铮不屑地说："现在的教育产品，一靠营销手段，二靠渠道。只要把这两样做到位了，产品无论好坏，都有人买。你倒是淡定，静下心来练内功，至少要贩卖点焦虑吧？"

"产品无论好坏都卖得出去，你不觉得这有问题吗？"孔明良睥睨地反问颜铮。

颜铮耸耸肩，摊手说道："我也不喜欢这样的教育环境，这对真正求知的人不公平。可是有几个人能静下心来做学问？有求知欲的人看到你提供的内容会激动，迎难而上。"

颜铮的目光扫过围着李倩咨询的家长，他们就像在卖场挑促销产品似的。他继续说道："这些人是消费者，教育产品的消费者，追求购买到知识的幻觉。要不然你就放弃这些人，反正他们也不是你的目标人群，你努力找志同道合的家长；要不然就放下你无谓的尊严，先迎合他们的口味，至少先画个大饼给他们。"

孔明良抱头，喉间发出"吼吼"的声音。他以为这样的教学内容会很有市场。他小时候上学总觉得学得云里雾里的，多希望有人能指点科学背后的发展脉络。他愿意做这件吃力不讨好的事情，也是为了弥补自己的遗憾。

王悠苦笑着说："我还没给你看妈妈群里的事情呢。自

第四章 躲在孩子背后当然容易，有本事就冲在前线

从我们开始发广告，有一批人在小群里嘲笑我们，说我们现在卖情怀，等娃上小学了就会被现实打脸。"

"小群的聊天内容你都知道？"

"自然有人把聊天记录截屏发给我。"王悠耸耸肩膀，"我们现在的运营成本已经压得不能再低了，剩下的听天由命吧。你不想迎合市场也无所谓。课程都提供免费试听，'先尝后买，童叟无欺'。"

王悠打开手机，把最近的账目给孔明良看，采购教具和室内装饰花的钱远低于孔明良的心理价位。他才意识到当初王悠和李倩的精打细算，在此时给大家都留下回旋的余地。

李倩拿着文件夹，和王悠会合，将收据和学生名单交给王悠。

王悠看着名单，李倩的课程应该可以准时开课。开课后如果反响好，可以让学生家长推荐，也许雪球能从此逐渐滚起来。

此时又有一名家长询问孔明良："我刚才看你讲二进制，学了这个对编程有帮助吗？"

现在有铺天盖地的少儿编程课程，孔澄也报过这种班。孔明良看过孔澄学的内容，营销噱头多过干货，多数这个年纪的小孩还没有基本的数理逻辑，孔澄学了一期就没续课。

孔明良歪着头想了半天，回道："如果要学编程，肯定

需要更深一步理解二进制,我不会讲具体的十进制和二进制的换算。一来孩子年纪小,讲了他们不见得能明白。二来我们的初心就是为了和学校教的内容互补,我会介绍更广泛的内容。如果孩子有天赋又感兴趣,就可以通过这门课程接触到更广阔的世界。"

孔明良递给他一张传单,传单上写着:

"多数科学是由后人推翻前人的理论向前进展,而数学,则是一代又一代数学家站在前人的肩膀上拓展疆野。通过这套课程,我们像学历史一样来探查数学先贤的思维方式,学原创者思路。毕达哥拉斯和勾股定理,希波克拉底推算月牙面积,阿基米德的圆周率……"

那位家长看了看传单,咂咂嘴,遗憾地说:"我看你们讲二进制,还以为你们要教和计算机配套的内容呢。"

孔明良的胸中有一股怒火燃起,怎么今天遇到的人都这么功利?他正准备开口反驳,看见李倩的手垂在身体两侧,对他摆手。

李倩拍了两下巴掌,说:"你真有眼光。我们说学好数理化,走遍天下都不怕。你家孩子多大?"

"呃,二年级。"

"那正是合适的年龄,有一定数学基础,学这种拓展课程就能做到举一反三,触类旁通。"李倩的语气轻松又愉快。

"是吗?这么神?"家长迟疑地问。

"现在的高考题是越来越灵活，注重考察课外的知识，要让孩子从小就有机会多接触课外的内容。"李倩朝孔明良扬扬下巴，"你知道他是干啥的吗？"

"干啥的？"

"他本科、研究生，一路保送，研究应用数学。我跟他是邻居，两家孩子经常在一起玩，他的能力比街上任何一家培训班的老师都强。我跟他软磨硬泡了好几天，他才愿意加入我们的团队。"

孔明良露出狡黠的微笑。

李倩夸张地挑动眉毛，说："你能找出来几个像他这样资历的人，愿意陪孩子做这么入门级的事情？"

那位家长用狐疑的眼光上下打量孔明良：寸头，戴黑框眼镜，皱巴巴的牛津布衬衫配卡其裤，帆布鞋，和谢尔顿有些神似。

孔明良转过身，背对着家长，对王悠做鬼脸、吐舌头。他心想：我身边这种人一抓一大把，我知道自己水平在哪。

李倩指着传单说："我们的课程核心是培养能力，建构一整套逻辑思维。能力有了，将来从事任何行业都有优势。眼光要放长远，我们不能总用我们的成长经验往孩子身上套。我都不敢拿现在的经济环境来预测将来的社会。这些思维方式的培养才是以不变应万变的，学了肯定终身受益……"

李倩侃侃而谈，那位家长一边听一边点头。她接着说：

云养娃

"现在市面上的培训机构鱼龙混杂。有的忽悠着家长预存学费,过不了多久就卷钱跑路。我们都住在附近,拖家带口的,想跑都没地方跑。"

那位家长半边嘴角上提,笑得很酸楚。

"多数机构雇几个刚毕业的大学生专门负责推销,实际上推销人员对教学内容都不熟悉。"李倩的目光投向广场的另一边,几个穿着彩色Polo衫发传单的年轻人,"你真觉得他们的教学能力比得上我们?我们自主研发设计教学内容,外加我们的孩子也差不多这个年纪,我们很了解这个年纪的孩子的认知发展规律。讲太深了,孩子理解不了,很快就失去兴趣了。"

"咳,兴趣?现在的娃也太娇气了。我们以前上学哪有兴趣,还不是一样过来了?能由着孩子的兴趣来吗?他的兴趣就是打游戏。"家长百无聊赖地把传单翻来覆去地看,卷一卷,攥在手里。

李倩无法明白"我们小时候这样,所以我的娃也必须受同样的苦"的逻辑。

那位家长漫不经心地用传单敲打着掌心,告诉李倩:"我回去看看再说。"

李倩以为数学班会很受欢迎,可是忙活了一天,只收了寥寥六个学生。

"我们一个班招十个学员满员。"李倩快速翻看手中的文件夹,给她看表格,瞬间又"啪"的一声合上文件夹,

"数学班一周最多开两个班次,你如果感兴趣得趁早。"

那位家长伸手想抓文件夹,李倩侧身躲过。

李倩挤挤眼睛,说:"里面有客户的信息,我不能泄漏。要不然其他家长事后收到推销电话,我不好交代。"

家长叹了一口气,低头填表,说:"唉,现在各种班都有,谁知道学了有什么用。我也是抱着有枣没枣打一竿子试试的心态给孩子报班。"

李倩同步给她开收据,加微信,填备注信息,"唰"的一声撕下收据,递给家长,动作一气呵成。

"现在我由着孩子的性子,让他过得快乐,以后社会可未必见得容得下他。"家长将收据规规矩矩地折成四方形,收在手袋的拉链夹层里。

成交一单,李倩得意地对孔明良眨眨眼睛。

孔明良待家长走远,怨恨地对颜铮说:"有用,有用,干什么都急功近利。我们小时候刷题有几道题是有用的?一个个刷得苦大仇深,还理直气壮地说培养吃苦耐劳的精神。"

颜铮以为在高压下长大的80后,为人父母之后至少有些反思,愿意改善下一代的成长环境。今天旁观了半天,心里真是添堵。他拍拍孔明良的肩膀,说:"老兄,你少安毋躁。大环境这样,你真以为你斗得过吗?要是北清的保送条件是会爬树,他们肯定早上六点就把娃从被窝里拉出来去练习爬树。你利用他们的功利心来推销也未尝不可。"

云养娃

孔明良不屑地说:"切,我不知道等孩子长大了,这些父母会不会后悔。我希望我的孩子视野开阔,尽情探索。我们父母那代人,如果进不了体制,肯定很难谋生。我们现在的就业机会比父母那代人好多了。而我们的孩子有大把试错的机会,而且他们将来面临的就业选择应该会比我们更多元。"

颜铮耸耸肩膀,说:"你们现在是少数。你不抢跑,那抢跑的人就会赢。等你们成多数了,抢跑的人发现没人陪跑了,也就没意思了。"

收摊之时,武韶华也前来帮忙。

几个人把一箱一箱的积木装入后备箱,拉到新教室去。这是武韶华第一次来他们的教室。

墙壁被刷成淡绿色,嫩黄色的桌椅,豆袋沙发。靠墙一排是储物柜,分门别类放着教学用具。桌椅、板凳、储物柜,都矮矮胖胖的,方便孩子使用,也不怕他们在奔跑中碰到尖利的拐角。

武韶华感慨:"现在孩子的待遇也太好了。怪不得这段时间都见不到你们的身影,准备得也太精细了吧?我们以前哪有这么好的东西。你们现在条件好……"

王悠知道老妈立刻就能拐到生二胎的话题上,必须将对话扼杀在摇篮中。

"现在养娃能和你们那时候比吗?那时候多一个娃也就

稀饭里多加一勺水。十几岁就参加工作，养活自己，还给父母钱。那时候养娃太划算了。"王悠掰着手指头跟老妈算账，"我们现在得让孩子吃得营养又健康，穿暖穿好看，学到谋生的能力，还要有享受生活的能力。"

王悠算完账，喘粗气。幸亏只有一个，养俩的话得破产了。"以后，她长大成人了，我只希望她是个健康、快乐、心地善良的人，能为社会做点贡献就更好了，压根不图她对我们有什么回报。"

武韶华搓着手说："瞧瞧你说的，好像我们虐待你似的。"

"没虐待，也没像我们现在这么用心。"王悠的语气寥然。

李倩接下话说："我小时候放假在家，我爸妈就把我锁在屋里。家里又是煤气又是电的，如果失火了，跑都跑不出来，他们居然放心。我当妈之后才意识到这种做法多危险。"

武韶华尴尬地咳嗽一声，说："那时候大家都那样，没那个意识。"

李倩打了个哈欠，说："暑假我一个人在家，看了八遍《新白娘子传奇》，暑假都没过去，好无聊。我当时就想有个兄弟姐妹就好了，所以我决定生两个。"

李倩突然倒戈，令王悠措手不及。

"李倩是牛人一枚，普通人没法比。"孔明良摘掉眼镜,揉揉眉心,"按以前养娃的标准,我们也能养得起三五个。我奶奶总共生了八个,活下来五个。"

武韶华好似触及心事,抚摸着桌子圆润的拐角,说:"现在孩子地位高了。以前我爸身体不好,家里缺吃的,白面馒头都攒着给我爸吃,我们几个孩子只有看着眼馋的份儿,哪有人想着专门为孩子做什么事情。结果我爸也才活了四十多岁。"

孔澄瞪大眼睛,好像听到了最不可思议的事情,说:"那应该把白面馒头给你吃啊。小孩长身体需要营养,他应该去看病,吃白面馒头也没用。"

众人哗然。

景荷趁大家闲聊的时候,将今天收集的报名信息汇总,学费入账,核算成本和开支。李倩见她一筹莫展的样子,问她究竟状况如何。

"已经决定小班上课,桌椅板凳这类固定资产,按三年折旧算,房租是稳定的刚性开销,我们现在承诺了两周后开课,就一定要履行。"景荷指着电脑上计算出来的数字,"我希望能再招一些学生,要不然白折腾。"

李倩和王悠给孩子报过那么多班,总结出来,招生的套路也就几条。她们不想在超市门口发传单,又累,效率又低。

景荷将李倩和王悠拉到一旁,低声问:"我想联系一下你们孩子参加的其他班的老师,比如画画的、下棋的、弹琴的,最好也是独立经营的非连锁机构。我们和其他老师可以建立长久合作关系,交换客户资源。"

王悠踌躇:"万一人家觉得我们抢生意怎么办?我娃还要继续上课呢,我怕老师不待见我们。"

景荷将思路娓娓道来:"我出面去谈,首先我们和其他班不存在竞争关系,因为教学内容不一样。但是我们的目标客户人群相似度高,都是学龄儿童的父母,大家联合起来,推广效果可能更好。"

李倩点点头说:"我们真正竞争的是客户的时间。也许家长就打算一周上两个班,学了这个就必须舍弃另一个。不过大家互利互惠,他们也许很愿意建立这样一个营销网络。"

晚上,王悠倒了一杯红酒,犒赏自己这段时间的辛苦,同时细看景荷整理出来的财务报表。预收的学费,除去房租开销,还有少许盈余,足以支付李倩的工资。现在,只能说有一个良好的开始。

春节假期刚过去,景荷就将其他培训班的客户名单交给了王悠。

"这么轻而易举?"王悠不敢相信手中的内容。

"我不知道为什么以前没有人做这种事情。我跟他们谈的时候,他们都挺高兴的,也不知道他们怎么管理的,客户资料都是零零散散的,有些只有微信。我花了一天时间来建立数据库,就像我们的职工花名册一样,定期更新,加注需求,做靶向性更强的营销,与愿意参与我们营销网络的培训班共享数据库,大家省时省力。"

  王悠细看,景荷的数据库将家长姓名、微信ID、电话号码、孩子年龄、性别、来自哪一个兴趣班,分门别类,记录得很清晰。

12

　　李倩拿到名单，从中筛选出目标年龄段的孩子，等到午饭时间，逐一给他们的父母打电话。

　　电话一拨通，李倩就听到一个充满疑虑的声音："喂，请问你找哪位？"

　　现在各种电话诈骗层出不穷，大家的警惕性都很高。

　　李倩先下手为强，说："请问你是曹雨轩的妈妈吗？"

　　对方愣了一下，问："请问你哪位？"

　　李倩松了一口气，介绍道："我这里是'四维成长'，专门教学校里不教的东西。这个学期针对6至8岁的孩子，推出两门课程，一门是生活中的经济学，另一门是趣味数学，让孩子了解数学发展史，来学习数学。都是寓教于乐的拓展性活动……"

　　李倩的话还没说完，对方厉声问："你们怎么拿到我电话的？我这个手机号是上星期新开的，今天就被卖给推销的了？"

　　李倩咧咧嘴，以前她收到推销电话也烦恼不堪，直接挂断。现在她成了坐在电话另一端推销的人。

　　李倩定了定神，告诉对方："我们这里的课程会拓展孩子的视野，丰富他们的生活，而且提供免费试课的机会。

下周六早上十点……"

"你们现在太猖狂了,用户的隐私一转手就变成流量。我为了躲诈骗,换了号码,又被人卖了!你们哪买的资料?"

李倩一听希望渺茫,立刻拖着嗓子说:"你骂我有什么用啊?我们经理让我打电话做 cold call,我被人骂了一早上,我也就是个打工的!"

说完挂了电话,李倩趴在桌子上笑了起来。晚饭后,又继续按照客户名单打电话。

有些人听了一句话就挂断,李倩为对方感到惋惜。你将推销人员关在门外,同时也将自己关在门里。花几分钟听一听人家的理念,也许能收获意外的启发。

张笠果推开门,探头问:"你好了吗?"

李倩对她打手势,先让她出去,捂住电话,对她说:"你去看着表,再给我十分钟。十分钟,我再打一个电话就好了。"

打完最后一通电话,恰好把第一期课程的空位填满。李倩得意地靠在椅背上,转了半圈。然后在草稿纸上潦草地画表格,抬头是营销方法、时间成本、其他成本。纵轴是转化率,将来再加上续课率,最终考量各种方法的成本收益。

在孔明良建议她做这件事之前,李倩只有一个模糊的想法。每次心生退意的时候,周围的朋友都帮她添柴加火,现在逐渐有了雏形。

张笠果又探进一颗脑袋问:"妈,表走了两格,十分钟到了,你干完活了吗?我有话要对你说!"

李倩一看表,果然十分钟。

以前教过孩子认表,家里四处都是电子表,张笠果弄不明白为什么60分钟兑换一小时。李倩又专门买了挂钟,好让孩子能看到表针转动的方向。为什么一格数字代表五分钟?教了好几次都教不会。

什么时候张笠果打通了认表这一关?

张笠果气鼓鼓地拉着李倩,一路走到餐桌边,说:"你来看,壮壮刚才干什么坏事了!"

原来,饼干盒子里的曲奇饼七零八落。只有几块形状不完整的,与碎屑躺在盒底。

张笠果声色俱厉地训斥壮壮:"妈妈说过了,一天只能吃三块饼干,你非不听,趁我写字的时候吃了这么多!你吃多了饼干,牙疼、肚子疼。现在妈妈要干活,没时间给我们烤饼干,这些饼干本来可以吃一星期的。你不省着点吃,我们以后就没得吃了!"

壮壮闷着脑袋,手按在饼干盒上,不愿意抬头看张笠果。

李倩翻白眼,心想:你老母亲生两娃就是要你们相亲相爱,享受手足之情!你为了几块饼干打小报告,伤感情,值得吗?你弟弟偷吃,你和他一起偷吃啊!

她叹着气说:"你对你弟弟好一点吧。你弟弟年纪小,还没有自制力。你不要对他这么凶。"

张笠果继续义正词严地说:"妈妈让我一天吃三块,我就只吃三块。我从来不多吃。"她昂起头,自豪之情溢于言表。

李倩心想,这多大点事,说得这么严重。她对壮壮说:"饼干吃多了容易长虫牙。"她指指腮帮子,"长虫牙可疼了。"

说完,李倩拿出一个小盒子,捡了三块相对完整的饼干放在里面,扣好盖子,递给壮壮,说:"这是你明天的配额,给你留出来。"

壮壮小心翼翼地把盒子放到床底下。

第二天一早,李倩叫壮壮起床的时候,发现壮壮抱着饼干盒睡了一夜,嘴角还有饼干渣。

李倩正想把他的睡相拍下来,才察觉不对。昨晚睡觉前明明给他洗过澡、刷过牙,这饼干渣是哪里来的?她定睛一看,三块饼干上的葡萄干都没了,留下一个个小坑洞。

李倩笑出眼泪来。

张维凯送孩子上学,顺便把李倩送到新教室去。

在车里,李倩偷偷问张维凯:"我这段时间就觉得够忙的了,真正运作起来肯定更忙,会不会耽误老二?"

现在教室装修好了，招生工作也几乎完成了，李倩每天忙着优化教学内容，在孩子身上花的时间自然就少了。张笠果在壮壮这么大的时候，语言能力要强很多，每天的亲子阅读时间也更多。现在老二还圆头圆脑的，只惦记着吃。

"你永远等不到十全十美的时机。"张维凯怕她临阵退缩，鼓励她，"就算再陪他一年，也许还觉得他笨，舍不得放手。"

李倩拍了张维凯的胳膊一巴掌，说："嘘，你不要说他笨。他听得懂。"

"果果这么大的时候，话说得很顺溜了，而且也认人。我离家一个月回来她都认得我。老二还闷头闷脑的，我每次回来他都不跟我打招呼，光盯着我看，我走到哪他跟到哪，监视我似的。"张维凯叹了一口气，"可能像我吧。"他耸耸肩膀，"像我也没什么不好的，经济实用型男人。"

"我以后肯定没那么多时间教他英语，果果学英语时基本和学说话同步。"李倩有些自责。面对第二个孩子，不再像初为人母那么兴奋，外加老大已经占了她多数精力，对老二力不从心。

"他慢慢在学校学也行。"张维凯毫不动容，"我们也是在学校学的，况且我觉得老二没语言天分，学英语很难像果果那么好。"

云养娃

"你好像一点都不为老二担心。"

"李倩,你不觉得你担心的太多了吗?二胎放开之后,你见我们周围几个人生二胎了?一个个都自顾不暇,没精力养孩子。我们公司总共就一个女工程师,她怀孕后,我们这些男人都尽量多帮她干活,结果她没多久就流产了。"张维凯叹了一口气,"我们都说是因为工作太累了,弃卒保帅。"

张维凯望向窗外,清晨通勤的车辆缓缓移动,路边等车的人面无表情,头颈前伸,盯着手机。"人都不愿意生孩子,将来他们不会面对这么强的竞争。"

此时,窗外惊闻汽车油门声,一辆黄色小车从右道绕到张维凯车前,一脚刹车,又加速并到左道。张维凯踩了一脚刹车,憋住涌至嘴边的脏话。

李倩打了个哈欠,问他:"那你不担心?"

"我们已经对孩子很用心了,学业上再'鸡娃'也未必有多大成效,不如放手让他去做些别的事情。"

红灯。

张维凯嘴角露出得意的微笑,指着侧面车道说:"看,刚才这人像个螃蟹一样,横着爬了几条车道,他横冲直撞地一路超车,最后和我们并排等红灯。"

他侧眼看了李倩一眼。她神色寥寥,似乎有心事。

张维凯劝她:"老二白天上学,你的时间全归你支配。既然从小喜欢教书,现在时机刚刚好。"

李倩把壮壮送到教室门口,她原本想叮嘱两句,可是壮壮头也不回就冲向沙桌,去摆弄塑料碗和决明子。

李倩在门口站了一刻,再也没有借口了。

第五章
内卷无止境，只好另辟蹊径

 又是被老师表扬的一天！

云养娃

1

李倩惴惴不安地拿着花名册点名。她一看,到时间了,立刻开课。

这门课程的最终目标是所有学生合伙开个虚拟餐厅。今天先学模拟交易;从第二堂课开始,学做市场调研,做采购计划和成本预算,设计菜单,看设计出来的菜品是否有市场竞争力。

第一堂课,李倩让学生选择扮演买方或卖方。卖方只出售蔬菜水果。同时,她给买方发了等量的塑料货币,让他们去采购想要的物品。卖方自由定价,买方自由选择。最后,卖家轮流说明为什么这样定价,买家也说明选择的理由。

李倩讲明白规则之后,一个名叫沈奕辰的小男孩拿着小筐,装了很多蔬菜,一边装一边念叨:"我多拿菜,就能多卖钱。"

李倩皱皱眉头,发现一个设计漏洞,连忙告诉大家:"一人只能拿十个。"

沈奕辰把揽到筐里的东西退回去一些。买东西的小女孩很羞涩,攥着货币,不好意思问价。

李倩鼓励她:"你去晚了就买不到了。"

第五章 内卷无止境，只好另辟蹊径

小女孩深吸一口气，上前询问价钱。

"土豆要两块钱一个吗？"小女孩听到价格，瞪大眼睛，转身就走。

隔壁摊的沈奕辰大声叫："你来我这里买，我算你便宜一点！"

买土豆的小女孩看了一眼沈奕辰的摊，攥紧手里的货币，又继续逛其他摊位。待她逛了一圈后回到第一个摊位，再次询价，得到的答案是："三块钱一个！"

"你怎么又卖贵了呢？"她诧异地问。

卖土豆的小女孩眼睛瞪得圆圆的，说："谁让你刚才不买。"

李倩差点笑出声来。小孩的脑袋里没有那么多规则，卖菜很随意。她站在旁边默默观察，参加课程的学生只比张笠果大两三岁，言行举止要有条理很多。她只在买卖双方起冲突的时候维持一下秩序，告诉学生："卖家随便调整价格，买家不愿意买的话，卖家不能死缠烂打地推销。"

沈奕辰自告奋勇地上台，告诉大家："我卖了五个胡萝卜、三个青椒、一个西蓝花……"

李倩顺着他的讲解，记录下他的成交价格、成交量和总收益，大家依次报出各自的成交价。最后，李倩惊奇地发现，多数商品的成交价趋近相同。

李倩眼神灵动，绘声绘色地告诉大家："这就是市场竞争的结果。我不规定卖价，但是你们最终买卖的价格都差

云养娃

不多。"

同学们都露出恍然大悟的神情。

"买家付出最明显的成本是钱。"李倩查看他们的记录，最早买土豆的小女孩货比三家，最后花的钱最少。

李倩问小女孩："你问了几家的价格？"

"我全问了一遍。所有摊儿都有土豆，我找了一家最便宜的。"她低声回答。

李倩记下她的名字：黄妙菡。

她告诉大家："黄妙菡付出了更多的搜索成本，买到便宜的东西。平常说成本，一般人想到的就是花钱，而很多隐形成本常常被忽略。一个人拥有的最稀缺的成本是时间。把时间花在前期调研上，就很可能节省其他的成本。"

李倩点到为止。课堂最后，每个人都动手画了一张供求曲线，带回家。

李倩在家长联络簿上填写学习进度："通过模拟交易了解基本的供给/需求规律，认识市场竞争的作用……"她和家长一一沟通孩子的学习情况后，才收拾回家。

照这个程度，下周就可以带学生去查看周围餐厅的经营状况，然后学生选择自己的市场定位，去超市做价格调研。

一堂课下来，李倩觉得教别人的孩子比教自己的孩子轻松多了。平常在家里，不管讲什么，张笠果都爱唱反调。

第五章　内卷无止境，只好另辟蹊径

有一次在外面，她让张笠果去问价格，张笠果说："人家看我是小孩，骗我怎么办？"常常是母女俩大吵一架，不欢而散。

晚上，王悠清点考勤，核对账目。她们做出了第一堂课试听不满意可以退课的承诺，现在有人缺勤，她怕客户申请退钱。果不其然，一条消息提醒弹出了。

"老师，我孩子还有一门课要上，赶不过来了，能不能先退钱，我们以后调开时间再报？"还附上一串笑脸表情符。

王悠不动声色地转账。过了一会，又有一名家长申请退款，理由也是时间冲突。

孔明良见她操作一通，还需要记账，忿忿不平地说："我们的时间表写得明明白白，她报名的时候就应该看清楚，这完全是她的责任，以后就不退。"

王悠抿着嘴，沉思了半响，说："我觉得时间冲突只是借口。"她将手机递给孔明良，是几张聊天记录截屏。

"就那些常识，好意思收那么贵的学费？抢钱啊。"

"想赚钱，什么招都能想得出来。那些内容压根不值得花钱买。"

王悠轻轻一笑，说："景荷一直在妈妈群里潜水，她爱买东西，经常参与团购家居用品啥的，存在感不强。后来她们建小群，景荷也混进去了。"

孔明良对王悠刮目相看。就这点小生意，还有人去调研市场反馈。

王悠指着手机说:"这几个头像,我都认识,平常在大群里对李倩一口一个'仙女',一口一个'老大'的,一转脸就这样。幸好我专门注册了一个客服账号,她们可能不知道客服是我。她们如果不想报就算了,没必要挖墙脚。"

她不知该庆幸还是失落。大人整天教育孩子"君子有成人之美",却暗中修习嫉妒中伤的本事,已臻化境。

孔明良气鼓鼓地敲手机,说:"这些人报名之前也不想清楚,折腾对她们有好处吗?白占了我们两个名额。我们赚的利润也就是这两个名额。这样我们勉强打平。她们不想来,我们也不强求,我们继续招就行了。现在开课了,这一期就没法招了。"

"有几个家长给孩子报班之前是想得明明白白的?我当初给孔澄选课也抓瞎,广撒网,之后随缘。"王悠盘算,要不然以后就预留两个溢出名额,对冲退课的风险,要不然就取消退课承诺,报名后概不退钱。

午餐期间,王悠跟景荷商量退课的事情。

"现在刚起步,第一次招生也没经验,做乙方总觉得底气不足。"王悠挠头,"外加多数班都提供一次免费试课,我们得跟着市场走。"

景荷琢磨,还得努力扩大市场。工作日,李倩完全可以胜任五个低龄班和五个中高年级的班次,周末的档期给孔明良。另外,还需要开发更丰富的内容,来吸引不同年龄段的学生。她俩随手拿来一张收据,在背面写写画画。如果能回到十岁,希望能学到什么知识和技能?如果十五岁呢?景荷写着写着,眼神变得空洞无助。

李巧华端着餐盘,从王悠身后走过。景荷见她腰身纤细,脚步轻盈,早已没有当初的憔悴模样。李巧华笑着跟同事打招呼,在景荷和王悠身旁不远处坐下。她们边刷手机边吃饭,短视频的招牌大笑混杂在食堂的鼎沸人声中。

景荷细算,李巧华若是没有流产,现在正应该是产假时期。景荷一直想知道:是意外怀孕吗?经历这样一劫,还盼望孩子吗?你失去的胎儿可曾午夜入梦来?

王悠从桌子下踢景荷的脚,景荷才回过神来,然后用拳头揉揉脸颊。景荷一直跟进李巧华流产后的各种假期和报销事宜,一并承接其痛楚。

反而邻桌的李巧华,她脸上的笑颜已经看不出曾经的伤痕。

景荷也希望自己能活得糊涂一点,上班领工资,刷短视频,就不再期盼其他的事情。这些日子,她做课程运营,每天下班后答复无数顾客的提问,她都不知道如何回答很多家长的问题。

最常见的问题是:"我家孩子数学不好,你们的课能让他开窍吗?"景荷和他们交流,感知不到他们对孩子未来的期许与盼望，好似在游戏中打小怪、捡积分，无趣亦无痛，只求攒够了分，逐渐升级。

景荷使劲闭一闭眼睛，抖擞起精神，跟王悠说："我们还得继续开发新产品，现在的人力和教室都没得到充分的利用。做线下课程，本身就受地理位置限制。所以要尽量扩展产品的多样性，吸引到更多的顾客。"

景荷和李倩在群里反复商量，之前在户外做实体活动，只吸引了附近的一部分人，线上的平台还没架起来。大家都对市场有信心，经营几个自媒体平台，同步投放课程信息，并汇总了顾客平常反复询问的问题，这样省力一些。

王悠听隔壁桌在低声细语：

"这个月大姨妈晚了三天。"

"哎呀，你平常准不准？"

"平常经常晚，这次等得我着急死了。"

自从有员工在公司厕所流产，HR生怕员工去申请劳动仲裁。王悠心怀同情地处理相关事宜，又害怕工作做得不严密，令公司受损失。

她们的语气中有一丝焦虑和紧张，以及随遇而安的漫不经心，王悠心里打了个突。

王悠在便笺上写下课程计划，目标人群是即将参加工作的毕业生，教他们基本的劳工权益，找工作的时候睁大眼睛，签合同之前、入职之后都该注意的事项。她起草提纲，估计用四堂课就能涵盖课程内容。而后需要提前做好档期，如果针对即将就业的毕业生，也许在大学附近宣传比较好。

放下手机，王悠盯着天花板上白花花的日光灯发呆，总觉得这些课程当中缺了些什么。然后她在餐盘回收处遇到了王晓霞。刚才王晓霞和李巧华同桌吃午饭，看似曾经的同事情分还在。

王悠随意跟王晓霞聊了同事流产后工作的事情。

王晓霞撇撇嘴说："你想太多了。我们乡下多数人怀了孩子就生下来，丢给老人带，不像你们规划得这么周全。我小时候爸妈在外地打工，我就是外公外婆带大的留守儿童。我生孩子的时候才二十出头，我妈四十五岁，盼着给我带孩子，好让我去打工。我娃又成了留守儿童。"

王晓霞叹一口气，继续说："出来打工之后，我觉得处处都难，如果小时候爸妈能让我多读一些书该多好。可是我家还指望我挣钱呢，没办法。"

王悠安慰她："你现在进修也不晚，开春我帮你留意招聘信息。"

晚饭后，王悠邀请李倩来家开策划会议。

王悠对李倩说："我想加入性教育专题。"

这个话题可大可小。小至身体构成，大至恋爱结婚，贯穿终身。三十岁左右，工作稳定，房子稳定，王悠才敢生孩子。若是孔澄早五年到来，她肯定没法像现在这样见

云养娃

招拆招地应对。

李倩心中早有此想法,只是最近忙于备课、授课,无暇顾及拓展内容。

武韶华昨天听王悠和孔明良核算成本收入的事情,招生困难,勉强打平。她在旁边干着急,帮不上忙,给她们削了一盘苹果才去跳广场舞。她出门前顺手拿了几张放在鞋柜上的宣传资料,分发给一起跳舞的老伙伴。

李倩将构想一步步表述清楚,打着哈欠回家。

孔明良拿着草图,着手设计网站。盘子里剩下几块没吃完的苹果,边缘已氧化。孔明良皱皱眉头,把盘子放在灶台上,给自己腾地方放电脑。

武韶华回来后,看见氧化的苹果,觉得怪可惜的,连忙吃了。

老妈承包了多数家务,连吃水果都吃边角料,王悠怪心疼的。于是她给老妈洗了一个苹果,切好,放在茶几上,让老妈看电视的时候吃。

武韶华摆手说:"不用,不用,你不用给我弄吃的。"

王悠心想,老妈吃水果都挑烂的先吃,如果不给她洗好、切好,怕是一年到头她都难得吃几次新鲜水果。

知道劝也没用,王悠留下水果盘,去书房转一圈,回来看水果已经吃完了。

大家都睡了,孔明良还坐在电脑前做网站。他将屏幕转向王悠,展示雏形。页面简洁清爽,抬头大横幅写着:

"四维成长，专教学校里不教的事。"

孔明良眉飞色舞地对王悠说："我们起草了一整套课程计划以及推出的时间，刚才收到第一批学员家长的反馈，目前为止大家对内容都很满意。口碑很重要，征得家长同意之后，我会把这些反馈都放在网站首页，作为其他课程的预告，内容一环套一环，步步进阶，借着这股势能滚动起来……"

孔明良喝了一口茶，还没来得及展开他的大计划，就被王悠打断。

王悠问他："你有没有想过？如果没有我妈，我们现在肯定没有时间做这些事情。"

孔明良手一抖，茶水差点泼出来。他明白岳母的贡献。若家里没有她，他们现在进门连饭都吃不上，更别说投入时间，追求自己梦寐以求的事业。

"我不是不知感激。"孔明良深吸一口气，望着窗外的星星灯火，多少台灯下，坐着低头写作业的孩子？他不希望十年后孔澄被试卷和作业掩埋，一同被掩埋的还有她的求知欲和好奇心。

王悠朝墙上挂的电视扬扬下巴，说："如果没有我妈，估计我也要像李倩一样，断档两三年，我们家就算靠你一个人的收入，能供得起房贷，平常生活也得精打细算，肯定容不得你想买个电视就买，买回来又闲置。"

如果岳母不在这，孔明良也没有泄愤的需求。他把电视买回来挂墙上,就再也没碰过。

孔明良很诚恳地说:"你妈跟我们住,我一个指头的家务都不用做,早上一睁眼,早饭就在桌子上,吃完,碗一推,就直接去上班。"

王悠盯着他,轻吐几个字:"我在等你的'但是'。"

孔明良一口气憋在胸口。结婚久了,双方都熟悉彼此的思维方式,对方说完上句,就能猜出下半句是什么。

"但是她管得太宽了。"孔明良心中理想的姻亲关系是"君子之交淡如水",大家客客气气地相处,互不干涉各自的生活。

王悠跟孔明良说:"我妈帮了我们这么大忙,你不可能让她像田螺姑娘一样,光付出,不参与我们其他生活。"

"她负责做饭,做什么我都吃。不爱吃的我少吃两口,我不挑。"孔明良不想多说,转向电脑显示器,"归我负责的领域,她最好也别来掺和。"

王悠心想:我妈不转微信公众号里的养生文章,不嗑保健品,已经比多数老人家好相处多了。你的要求也太高了。我妈多数时间只是跟你找话题闲聊,随口给你出主意,你却像惊弓之鸟一样。

孔明良继续上网,查找少儿科普数学的教学视频,寻找灵感,为周末的课程做准备。

2

孔明良的第一堂课，他带着孩子们追随古希腊先贤的足迹。他给每个小朋友发放纸和剪刀，带着他们折纸，然后沿着折痕，剪出一个等腰三角形。

"大家剪出来的三角形，高矮胖瘦都不一样，但是因为是对折后剪的，你们手里的三角形两个底角一样大，两腰也相等。"孔明良拿了几个成果来展示。

小朋友像做手工一样，跟着孔明良剪纸，笑成一团。

孔明良讲道："古希腊有一名科学家叫泰勒斯，他很喜欢总结生活中的规律。他认为数学一定要总结出通行规律，只有一个等腰三角形遵循这个规律可不算什么，要所有的等腰三角形都遵循同样的规律才行。所以他就开始研究三角形的规律……"

然后，孔明良带着孩子们用三角形积木，搭建出不同尺寸的等腰三角形，说："看，积木的形状是一样的，所以角一样大，我们拼出来的三角形，尽管大小不一样，但是两腰长度都一样，通过数积木就能看出来……"

有个小男孩站在人群中打了个哈欠，百无聊赖地告诉孔明良："我早就会搭了。"

孔明良对小男孩眨眨眼，从开课的时候，这个男孩就扭来扭去,坐不住,也许觉得内容深度不够。孔明良望见窗外的一棵大树在随风摇摆,再看时间,灵机一动,说:"我们出去,就用泰勒斯发现的三角形规律,来测量外面那棵树的高度。"

小男孩出门的时候还嘟嘟囔囔地说:"你爬上去,用卷尺就能量。"

孔明良吸了一口气,这孩子比孔澄心眼儿多。他推着男孩的肩膀往外走,说:"爬树是小儿科,一会儿我就让你知道三角形的妙处。"

他让小男孩站在阳光下,拉出卷尺,测量男孩的身高,又让另一个孩子来读数,记录在纸上。

"站好,别动。"孔明良用粉笔在地上标记男孩脚后跟的位置,让其他孩子标记男孩影子最长处的位置。

影子长度比身高长了一点。

孔明良沉思一刻,现在给孩子们讲相似三角形的比例问题,他们肯定听不懂,如果通过三角函数计算树的高度,又超出了他们的认知范围。他又看了一眼时间,决定等待太阳继续上升。等待期间,他让每个孩子都站好,互相测量身高,用粉笔将身高写在脚边,又在地上用粉笔标记影子的长度。

随着太阳逐渐升高,小朋友观察到自己的影子越来越短。直到影子和身高相等那一刻,孔明良立刻让小男孩去标记树梢影子的位置,将卷尺一路拉到树干边。

"人和影子就组成了三角形的两条边,就像我们刚才在教室里画的等腰三角形一样。刚才你们的影子和身高相等,那么树的影子也和树的高度相等……"孔明良带着小朋友在地上用粉笔画图。

旁边有几个大人好奇地围过来问他:"你们在干什么?"

孔明良头也不回地说:"做实地测量,他们学起来比较有趣。"

家长想询问详情,想拍孔明良的肩膀让他转过身来,手抬到一半,见他埋头带着孩子做测量,不好打扰,又把手放下。

这时候,响起了一个声音:"这门课程从数学的发展史出发,带着孩子认知数学历史,让孩子了解这门基础学科在生活中的意义。"

家长转过头来,只见一位三十多岁的少妇扶着童车,站在身后,车里坐着一个圆头圆脑的小男孩。

小男孩坐在车里使劲挺肚皮,少妇索性解开安全带让他下来。小男孩很亲切地蹲在孔明良旁边,用粉笔在地上涂画。

家长疑惑地问:"你跟他是一伙的?"

少妇皱眉头。"一伙的"?听上去像个骗子团伙。

她和对方握手,解释道:"我和他是合伙人。我们负责不同的领域,我兼任产品经理。我们做这件事情,很大程度上是为了弥补我们在成长过程中的遗憾,希望自己的孩子能有更好的成长环境。"

她从童车后面的口袋里拿出一张课程安排表,递给家长,说:"现在我们开设了两门课程,到了暑假还有其他的辅助课程。你孩子多大?"

此人正是李倩。她带着孩子出来看看市场反馈。

家长耸耸肩说:"大环境就这样,你们能有什么办法?"

李倩最怕这番论调。大环境这样,父母助纣为虐,变本加厉地给孩子打鸡血。

"我们做的事情也不矛盾。我们没说学业不重要。但是传统教学方法和教学思路的缺陷是显而易见的。如果可以更省力更高效地达到目的,为什么不试一试呢?现在像我们以前通过刷题来提高的投入产出比已经很低了。况且现在的小孩需要在十几年时间内学到人类几千年累计的智慧,光记住知识没用。顺着原创者思路找出其中脉络,将来,他们应用同样的思维方式拓展创新。"

孔明良回头,对李倩点了一下头,就算打过招呼了。他把各个测量结果汇总成表格,写下每个人的姓名、身高、影子长度,让小朋友来找其中的规律。

一个小女孩问孔明良:"你量了我们的身高和影子,都一样长。但是你只量了树的影子,没量树的身高,我怎么知道树的影子和树一样长?"

孔明良深吸一口气，回道："你的影子和你一样长，他的影子也一样，所以我们推断，这时候所有东西的影子都和身高一样。有些东西，我们可以靠归纳，虽然不严密，但也是一种方法。你要想证明我这个不对，你就得找一个影子和身高不一样的东西来反证我的结论不对。"

"你好好听老师讲，别捣乱。"女孩妈妈在一旁说。

"没关系，她提的问题挺好，让她问。"孔明良对那位妈妈摆手。

小女孩低头看影子，又仰头说："我就是不信。"

孔明良耸耸肩说："那你就继续测量，找个反例证明我的推理有问题。"

说完，他带着小孩子回教室，那个小女孩亦步亦趋地跟在他身边。

李倩看着一群小孩子连蹦带跳地围在孔明良身旁，就知道续课率不会低。保持住老客户的满意度，再尽量拓展新市场。

李倩向孔明良的方向扬扬下巴，对好奇的家长说："他有应用数学硕士学位，周末才有时间来我们这里代课，在别的地方，你找不到这样的师资。水平高的人，看简单问题的视角都比普通人广阔很多。今天是他的第一堂课，讲测量。现在几乎每个孩子从小就数数，但是我们没想过为什么要数数。"

壮壮扯妈妈的裤子，摊开胖胖的手掌给她看，说："三

云养娃

个叶子……"

壮壮的语言能力最近提高了不少,会把两个词组合起来说。以前他总不说话,有要求时憋得满脸通红,动辄摔东西发脾气。最近他的表达能力提高了,容易沟通了。

李倩问壮壮:"那你去抓一把沙子,能数清吗?"

壮壮被妈妈忽悠到沙坑边上,李倩转脸跟家长说:"我们发现很多东西很难数得清,就开始了测量。比如我们买米的时候不会去买多少粒米,一般都称重量。"

家长恍然大悟,以前从来没从这个角度思考过如此常见的生活现象。她眨眨眼睛问李倩:"那学这个有什么用呢?"

李倩内心的白眼已经翻了360度,大家在学校学的东西90%都没用,还一个比一个学得欢。

她提了一口气,指着传单上的课程,介绍说:"你现在看到的是开头,顺着发展脉络,下堂课就能学到负数,学校要到六年级左右学负数,刚才你看到的学生都是三年级以下的。他们通过这种方式,可以学到很超前的内容。负数在自然界不存在,谁都找不出负一个苹果。但是负数最早出现在借贷领域,商人赊欠货款,账面就变成负的。如果同时报我的经济学课程,我们就会演习借贷在商业中的应用。两门课相呼应,学问扎根在生活中,都是活的。"

家长眼神转动,透露着迟疑,好像在考量,让孩子的时间花在这上面是否划算。

"我也养娃,这是我家老二。我不希望我的娃像我一样长大。"李倩问她,"你孩子多大?"

"呃,八岁。"这家长平常见到推销课程的都躲着走,碰到李倩慧黠的眼睛,突然挪不动脚步。

"那刚好。现在两门课都才开了一次,你想追这一期也来得及。"李倩拿出报名表,又用手机计算出折扣后的价钱,一气呵成,签下这个订单。

王悠过来溜达,本想看看孔明良的进展,意外在此处遇到李倩。她等家长离去,才凑上去问:"你这周做了那么多事情,周末还跑出来盯着?"

"力不到不为财。"李倩微笑。周末老二醒得早,反正也没法睡懒觉,不如带娃出来溜达,省得在家烦躁。

她跟王悠说:"我们得尽量扩大生源,你们平常上班,顾不上这些事情,我顺手就干了。刚才的家长亲眼看到我们的产品和其他竞品的差距,这时候他们是最容易被拿下的潜在客户。"

王悠本担心孔明良不愿意应付客户,便赶在下课前来负责和家长沟通的工作,没料到李倩见缝插针地在现场做销售。

李倩把新签下的票据与合同交给王悠,抹了一把额头,长舒一口气,说:"我们第一期没赔本,已经是很好的开始。"

王悠整理学生资料时才知道,这周李倩带学生在附近的商铺调研市场价格,又顺势签下五个围观的客户。

下课后,等最后一个家长接走孩子,孔明良在裤子上蹭蹭满手的粉笔灰,愤愤地对李倩说:"我之前还担心我一个人顾不过来这么多娃,现在觉得孩子都比较好相处,反倒是家长不配合。上、下课的时间是定好的,有人晚到,就打扰了其他人上课的节奏;有人迟到这么久来接孩子,下次我要让晚来接孩子的家长加钱。"

说完,他的眉头拧成了个大疙瘩,开了一瓶水,喝了一口,"呵"地叹一口气。

李倩打起精神对孔明良说:"很多家长把孩子送来上课,不图学到什么,只求给自己买一个喘息的时间。以前我也是这样的,现在角色反转,不能对客户要求这么多。我们现在没有选客户的自由,等到不愁客源的时候,你再践吧。"

李倩本想再问问这堂课学生的反应,壮壮一个泥巴手拍在她腿上,贴着她的腿跳,要妈妈抱。这孩子又沉,穿得又厚,外套还滑溜溜的。李倩把他放到童车里,问他:"你饿了吗?别着急,我们买个雪菜烧饼吃。"

印象中街角的烧饼店,怎么变成了鸡汁汤包店?

李倩站在店门口,心想这东西又烫又滴汤,不方便孩子拿着吃,店面狭窄,推车也难进。

壮壮坐在车上,两条腿一直踢,"吭吭吭"地哭着说:

"吃饼……"

他越哭,李倩越心烦,这烧饼店怎么说没就没了?

见到熟食店,李倩立刻冲进去,买了一盒卤豆腐,用牙签插了一块递给壮壮,说:"你先吃点垫一下……"

壮壮一巴掌把整盒卤豆腐打在地上。"吃饼……"哭得声嘶力竭。卤汁洒得壮壮满手满裤子都是,甜卤汁干了,手上又发黏,壮壮一边在身上抹,一边呼喊:"我想吃饼……"

李倩一瞬间怒火上升,将巴掌抬到壮壮脑袋上方,又深吸一口气,慢慢落下,捡起地上的豆腐,丢进路边垃圾桶,理顺背包肩带,推着哭喊的娃,沿街走,嘟囔着说:"省省力气吧,你再哭,也没办法把饼店哭出来。"

早知道就不告诉他买饼的事了,随便看见什么就买点,垫垫肚子,他也不至于掉饼坑里爬不出来。

今天起得早,李倩也饿得头晕眼花,血糖低,推童车的手都开始发抖。人行道停满了东倒西歪的共享单车,挡住童车的去路。突然,她只能听见孩子的哭声,听不到其他声音。而现在离家里还有十分钟的路程。

壮壮哭得李倩的心脏"怦怦怦"地跳,她按着胸口,问壮壮:"你姐像你这么大的时候,挺讲道理的,我跟她说啥她都听得懂。你怎么整天蛮不讲理?"

壮壮更不乐意了,两条腿使劲蹽路边水果摊伸出来的展板。李倩把车向后拉,连声跟摊主道歉。

云养娃

她站在树下,深吸一口气,把定位发给张维凯,同时打电话告诉他:"你开车来接我们。我们一大早就出门了,现在累了。我不想做饭,也不想点外卖,也懒得收拾饭盒。我们下馆子吧。"

张维凯一口答应下来。等待张维凯的空当,李倩拨通了熟悉的餐厅的电话,点好菜,告诉店员,四个人,十五分钟后到,可以直接上菜。

早上张维凯送张笠果去学琴。张笠果下课后问爸爸:"你觉得我这次回课怎么样?"

"我觉得挺好听的。"张维凯坐在音乐教室的等候沙发上玩手机。琴声悦耳,陪孩子学琴这一小时反而成了他一周内身心最愉快的时刻。

张笠果有些失落,跟爸爸说:"你没听懂。老师说我弹得匆匆忙忙的,没音乐感。我想要我妈陪我学琴。"

"你知足吧。"张维凯推了一把她的肩膀,"我现在的工程就在本地,要不然我也陪不了。你还挑人?一练琴你就哼哼唧唧的,每天吃完晚饭,我想到你要练琴都心跳加快。你妈能忍到现在也就是图你是她亲生的,换了别人,谁稀罕陪你?"

张笠果悠悠地叹了一口气,问:"我妈以后会不会不管我了?"

张维凯窃笑。以前李倩陪张笠果练琴,大的吼,小的叫。现在李倩晚上潦草应付了练琴的事情,关上门开会,讨论如何扩大招生。

"要是我妈不管我了,以后我弹琴落后了怎么办?"张笠果挠着脑袋,忧心忡忡地问爸爸。

张维凯憋着笑,一本正经地对她说:"以后你对你妈好一点,看她能不能勉为其难地陪你一会儿。她现在忙着她的事业,陪练琴吃力不讨好,肯定是她的时间表上优先级最低的事情。"

"我妈现在出门只带着我弟弟,她不管我了!"

"谁让你整天和你弟弟打架,带两个还要给你们拉架呢。"

张维凯老远就看见李倩和壮壮在路边等。

李倩见到自家车的踪影,把壮壮从童车上卸下来,让他抓住自己的裤子,不要乱跑,另一只手折起童车。给孩子扣安全带,童车装后备箱,动作一气呵成。

她坐在副驾驶座上,听见后座的张笠果问壮壮:"你早上去哪了?我学琴的时候都在想你呢!"

李倩每天唠叨他们要相亲相爱,听到这话,一颗老心得到安慰,闭着眼睛打瞌睡。

壮壮见到桌上的饭菜,左右开弓,抓着葱油饼就吃起来,吃饱了又开始揉眼睛。他早饭吃得早,又跟着李倩跑了一上午,刚才那么烦躁也是因为饿了。

李倩养果果时很精细,从来不会耽误孩子吃饭睡午觉的时间,一对比,她觉得亏待了老二。她给壮壮拍了几张吃饭的照片,发到朋友圈。发出去后,一翻过往的记录,壮壮的照片多数都是在吃饭。而果果学游泳,学画画,学琴,李倩都为她记录了美好的瞬间。

所谓"老大照书养,老二照猪养",就是果果和壮壮这样吧?

回家路上,两个孩子吃饱喝足了,都在车上打瞌睡。张维凯对李倩说:"我今天第一次听你说累。"

李倩费力地睁开眼睛,不知该怪张维凯情商低还是感官迟钝,问:"我不说,你就不知道?"

"我跟你在一起压力山大。你的精力比我高好几档。以前我们带娃去采草莓,开车单程一个多小时,早上出门,回到家都下午三四点了,你进家门后还有力气拿着吸尘器吸吊顶的灰。我的力气只够爬到沙发上躺平。"

张维凯以前回到家,站在门口,望着擦得锃亮的地板不敢下脚。这段时间,李倩不在家的时间比较多,他反而觉得家里凌乱得很舒适。"我就算打两份工,也干不了你那么多活。你躺沙发上玩会手机多好。"

李倩"扑哧"笑出来。她心想:我才是压力山大的那个人,你提职加薪,一步步越跑越远,我再不奋起直追,就跟不上你的脚步了。

"你太紧张了。我今天陪老大去学琴,她比以前强多了。自己跟老师说了半天话,都不用我干啥。"张维凯安慰她。

李倩心想：她一开始不肯说话，每次去之前我反复跟她说，怎么跟老师打招呼，走之前要说再见，念叨了小半年才好一点。

张维凯问："你有没有想过，孩子长大了，自然就好很多，并不是我们的功劳？"

李倩最近收的学生大多比张笠果大两三岁，交流能力和理解能力明显更上一层楼。

"我也想无为而治，可是我看她闷着脑袋使蛮力就着急。"李倩转头看张维凯，"我带别人的孩子就不会那么着急。学不会就慢慢来，很多小孩当堂没明白，下周回来就想明白了。"

3

孔明良回到家,双手捧着手机,坐在餐桌边,一边敲字一边抱怨:"蠢货,一群蠢货……"

王悠探头来看他在做什么,孔明良将手机摊给王悠,说:"本周的总结和启发案例我都发到群里了,偏偏有人不看,一上来就问这堂课学了什么,他就不能好好跟自己的孩子交流一下吗?就算孩子说不清,他们至少仔细听听吧。这么初级的东西,娃就算说的前言不搭后语,仔细听一听,也能听出来门道。自己的娃就在身边,他们就不想跟自己的娃聊聊吗?"

王悠看了一眼家长群,孔明良下课后将总结发到群里,清楚明了地写明了本周的总结汇报和一些可以在家里陪孩子玩的游戏。

一连串的家长点赞和反馈,刚进群的家长问了一句:"老师,今天的进度如何?"

孔明良回复说:"我刚发了,你翻一下。"

家长又问:"群里消息太多了,我刚才爬楼没看见,你再发一遍。"

要是王悠,就索性再发一遍截图,没想到孔明良告诉对方:"你搜群历史记录,选'照片和视频',点开就能看

第五章 内卷无止境，只好另辟蹊径

到群里的所有图，想找哪张都容易。"

王悠见他啰里八唆打这么多字，把自己气得翻白眼，都不愿意动一下手指重新发，问："你跟甲方吵架，泄愤都不敢泄到底，你出气也没出爽，就算吵赢了又有什么用？"

"我最讨厌在微信群里面布置工作，七嘴八舌的，看不出重点。一开始我都说了，不要在群里发那些没意义的东西，点赞、吹捧的东西都没必要，可这帮人都不听，我又写到群公告里，他们还是不听……"孔明良滔滔不绝地对王悠抱怨，"我们平常说孩子不长耳朵，我看这帮家长是一个比一个没耳朵。"他又敲着手机屏幕，"我白纸黑字写得明明白白的，他们跟不识字似的，上来闷着脑袋就伸手要。我平常准备内容就够耗时间了，下课还要做客服，浪费生命。"

他将手机往沙发靠枕上一丢，双脚搭在茶几上，打开电视，切换了一串频道，最后停留在体育新闻上。

王悠问他："你平常上班干活就是一帆风顺的吗？估计你花在写代码的时间远小于修 bug 的时间吧？你平常多数时间都在做修修补补的工作，你能说修 bug 的时间是浪费生命吗？"

孔明良被王悠戳到痛处，闷闷地说了一句："你胳膊肘向外拐。"

王悠挡在孔明良和电视之间，告诉他："和气生财。"

"反正这不是我的主业，我不指望它挣钱，干得不爽，我就干别的。"孔明良"咻"的一下把脑袋偏向一边，继续目不转睛地盯着保健品广告,示意王悠让开。

"但这是你从小的心愿。"王悠关了电视,让孔明良看着她。"做教育产品也是出售服务,和家长沟通是服务的一部分。你遇过什么事情是乘风破浪,一路向前的?打游戏卡住通不了关,你也得停下来查查攻略吧?"

孔明良不耐烦地起身离开。

王悠登录客服专用的账号,细细翻看各位家长的疑问,能解答的都一一解答。很多人进来不看老师刚发的总结,一来就要,也难免孔明良不耐烦。

可以预见,以后肯定要花大量时间做客服。

王悠解答完最后一个家长的问题,又将问题汇总分类。有些关于课程内容的问题,她打算汇总成 Q&A;而针对某一堂课的问题,就汇总到一起,反馈给李倩和孔明良,设计官网的时候可以参考。

做完这些琐事,已经是下午三四点钟。王悠从阳台张望,恰好能看到楼下的儿童活动场,孔明良带着孔澄在荡秋千。

第六章
乌龟游泳,兔子跑步,皆大欢喜

 今天宝贝的表演太棒了!

1

这时候,王悠收到王晓霞发来的一条消息:"我初级会计证考过了。"

王悠"哎呀"一声,王晓霞应该很快就会离开工厂,她们又要招人了。

铁打的工厂,流水的工人。

王悠恭喜她,并且告诉她,会帮她留意工作机会。

一下午,手机屏上印满指纹,电量也只剩10%。王悠看着空了一大截的黄色电池标识,内心无比空虚。周围的每个人都找到了自己的方向,唯有自己还在跑龙套。她把手机在裤子上蹭蹭,打算下楼,去跟孔明良会合。结果在电梯里碰到李倩。

李倩抱着一个透明的风琴文件夹,里面装满了各种票据。她热情地说:"我正想去找你,我们需要核算这个月的收入和开支。"

王悠会意一笑。大家到现在都没商量出如何分配收益的事情。

王悠一只脚踏出电梯,迟疑了一刻,跟李倩说:"下周一吧。这段时间大家都连轴转,长期这样的话,肯定不行。以后周六下课后就不再忙公事,有事情留到下周一再说。"

第六章　乌龟游泳，兔子跑步，皆大欢喜

和李倩在一起，王悠总觉得她和景荷像是小鸟追着老鹰飞，她用尽全力都追不上李倩的步伐。她惴惴不安地盯着李倩手中的文件夹，想到要整理票据就头皮发麻，能拖过一个周末也好。

李倩反而长舒一口气，说："我怕你们怪我效率低，所以才忙着周末对账。"她转身将票据放在门口的玄关柜上，和王悠一起下楼，"我原本也想下星期再核算，可毕竟是我们三家一起出的启动资金，我怕时间长了，理不清，耽误你们。"

听李倩也有此意愿，王悠坦然接受。

在楼下的儿童游乐场，一个邻居热情地迎向李倩问："这次'万国杯'钢琴比赛，你没给你家果果报名吗？"

李倩好像在哪里看了一眼海报，但是没留心，客气地敷衍对方："我没顾得上细看。"

邻居遗憾地说："哎呀，你家果果弹得那么好，你不让她去，多可惜。"

"她最近练琴也练得少了。"李倩心中涌起一阵恐慌，"我也没时间每天盯着她练琴，她就浑水摸鱼。自娱自乐还行，要比赛的话，工作量太大了，我忙不过来。"

"今年六岁以下是一组，你家果果马上六岁了吧？这时候去比赛，最占便宜。你想啊，四岁、五岁、六岁的都在一起比，肯定六岁的赢。"

李倩的厌恶之心越来越强烈，心想：我就这么点儿时

间，现在工作正处于起步阶段，孩子五六岁的时候少比一场赛又能怎么样？

她尴尬地对邻居笑笑，说："现在说是孩子比赛，实际上就是拼妈。我这半年实在太忙，顾不过来这么多东西。"

"可不？拼妈得有妈可拼啊。我娃学琴之后，我也跟着一起学，要不然我都不知道她弹的是对还是错。"邻居殷勤地跟李倩说，"你本来就懂，跟我这种音盲不一样，你陪练琴是轻车熟路。我看你家果果学琴的进度就比其他孩子快。"

王悠在一旁见李倩的神色越来越尴尬，心想这人可真没眼色，明显人家不想继续这个话题，她还在纠缠。

邻居继续说："孩子的差距就是这几年拉开的。现在竞争这么激烈，孩子得从小训练来适应竞争。所以我看见有比赛，就让他去，多去才会适应。"

"我家孩子好像兴趣也一般。"李倩叹了一口气，孩子上这么多课外班，钢琴是她最在乎的一项。

邻居语重心长地说："这些东西，要玩得好才能乐在其中。你不推一把，她卡在那停滞不前，学东西没成就感，慢慢就没兴趣了。"

忽然，王悠听到孔澄在大声呼喝："这是我的！你不能拿回家！"

王悠火速从包里抽出一张课程单，塞给邻居，说："我们最近在忙这个，目前为止，家长和学生都挺喜欢的，你

第六章　乌龟游泳，兔子跑步，皆大欢喜

考虑一下。"

邻居盯着传单，还没回过神来，王悠又告诉她："上面有官网网址，有很多家长的反馈，也有我们的联系方式。你回去仔细看看，再做决定。"

说完，王悠趁机拉着李倩一起去看孩子之间发生了什么事情。

原来，孔澄把扭扭车带到楼下来玩，一个小男孩坐在车上，不下来。孔澄一只手按住扭扭车，另一只手使劲推小男孩。

王悠没看见小男孩的家长，只见孔明良双臂抱在胸前在冷眼旁观，问他："你怎么不管呢？"

"她总要学着处理这些事情。"孔明良眼神冷漠，"这也是学校里不教的事情。我小时候也没人教过我，遇到这类事情该怎么办。我跟邻居孩子有冲突的时候，我妈一声吼就把我镇住了，她只告诉我要让着别人。我想看看孔澄打算怎么办。"

王悠原本跨出一半又停住，张大耳朵听孔澄如何跟小男孩交涉。

只见孔澄用力掰开小男孩的手指，大声说："我们一人骑一圈，轮到壮壮骑，你该下来了。"

李倩顺着孔澄手指的方向，才看见壮壮眼巴巴地站在旁边，怯生生地看着扭扭车上的小男孩。

这个小男孩的个头比孔澄高很多，抓紧方向盘，就是

不放手，脸上露出狡黠的笑。

孔澄掰了半天也掰不动，突然张大嘴，对着他的手背咬下去。小男孩捂着手背，张大嘴哭，松开了方向盘。

王悠看得目瞪口呆，愣了一秒钟，才冲上去安慰哭的小男孩。她惴惴不安地四处张望，帮他揉揉手背，念叨着："阿姨帮你吹吹就不疼了。"她心中暗自祈祷，牙印赶快消掉，若是家长看见了，就不好交代。

过了一会，一个老年男人手中拿着一包香烟，探头凑过来，小男孩叫了一声"爷爷！"

爷爷低吼一声："我让你在树底下等我，你瞎跑干什么？"他用力拉了一把，小男孩脚步一趔趄，依依不舍地跟着他离开了。

孔澄把扭扭车放在壮壮身边，等壮壮把车骑走后，她挺着肚皮，拍拍手上的尘土，气鼓鼓地对妈妈说："我们大家轮着玩，就他一个人占着，不给我们玩。我的车给他玩，他还要把车骑回家！他多坏呀！他把车骑回家，我们玩什么？"

孔明良憋着笑，一本正经地点头，说："是够坏的。"

王悠心想，如果小男孩的家长在场，看我们纵容孔澄咬人，肯定不会善罢甘休。她跟孔澄说："以后你有话就好好说，不能咬人。"

孔澄低下头，嘟囔着说："我跟他说了，他不听。"

王悠怕男孩的家长找上门来，等壮壮骑完一圈，就招呼孩子回家。

在电梯里，王悠才松了一口气。养娃的过程就是按下葫芦浮起瓢。孔澄小时候都没咬过人，现在要上小学了，反而开始咬人。

李倩跟王悠说："你没发现孔澄的语言表达能力比以前进步了很多吗？我们刚搬来的时候，她跟我们来往，好多次都不主动跟我们说话。刚才那个小孩长得又高又壮，她一点都不害怕，据理力争。"

孔明良和王悠都忘记了孔澄不肯和陌生人说话的日子。

2

回到家,李倩从冰箱里拿出几个熟食保鲜盒,做了一盘卤水拼盘,又炒了一碟西红柿鸡蛋。大家快速填饱肚子,她好有时间看家长的反馈意见。

饭后,张笠果拉住她,说:"妈,你来陪我练琴。"

李倩长吸一口气,和孩子并排坐在钢琴旁边。正当张笠果翻琴谱之时,李倩按住琴谱,告诉她:"我今天只能拿半个小时出来陪你练琴,所以我要你的时间花得有效率,别哼哼唧唧的,有问题我们一项一项解决,一旦你要赖皮,我马上就不陪练了。"

说完,她拿来一个笔记本,写下今天的练习目标:D大调音阶,B小调音阶,D大调双手琶音,《B小调前奏曲》第30~36小节。

张笠果看她在纸上写,吞吞吐吐地说:"这里面有好多字我都不认识。"

李倩用铅笔指着笔记本说:"字母和数字,你总认识吧?音阶热身,今天我们弹到86就行了,演奏曲目就专攻这几小节。只要你不磨蹭,半个小时就能结束。"

张笠果狐疑地看着笔记本。

以前练琴,动辄一两个小时,小的哭,大的吼,两人

第六章　乌龟游泳，兔子跑步，皆大欢喜

都煎熬痛苦。李倩决定快刀斩乱麻，来解决这件事情。

李倩拿出手机，定下三十分钟的闹钟，说："你如果磨叽，我也只有这么多时间陪你。闹钟一响，我就得去干活。"她深吸一口气，心里念叨能顺顺利利地熬过陪练的时间，好让她去做自己的事情。

张维凯看她俩难得在练琴的时候没吵架，盯着五线谱问："哟，你们又在修炼'蝌蚪真经'了。"

李倩无奈地看了他一眼，说："你不陪练就罢了，别来捣乱。"

张维凯看见五线谱就头皮发麻，也难为孩子能坚持下来。

张笠果弹了一遍，转脸问妈妈："你觉得怎么样？"

李倩感觉音乐平铺直叙，跟念经一样。不过这也不是一时半会儿能提高的，便皱着眉头说："挺好的，我们今天就这样吧。"

"你骗人！"张笠果用拳头砸在琴键上，钢琴发出狂躁的声响，"我知道！你觉得我弹得不好，你不想陪我练琴了！"

李倩缩缩脖子，心想：我还没见过谁喜欢陪练，我硬着头皮陪，你总不能逼我装出一副甘之如饴的样子吧？

于是她对果果说："你只完成了按键的动作，没有音乐感。音乐该有的强弱变换、呼吸断句都没表达出来。"

可是她转念一想，这个年纪的孩子能把键按对就足够

了。这首曲子内涵丰富，受年龄和阅历的限制，果果还不知道如何通过留白来展现内心的波澜。于是她补充道："你需要时间，过几年你再弹，感觉肯定不一样。"

张笠果错愕地睁大眼睛，说："我长大了还要弹？"撇一撇嘴，就要哭。

李倩心惊胆战地陪她练琴，生怕踩到大小姐的地雷，谁知到了尾声却功亏一篑。她焦急地望向书房，现在学生和家长的反馈都很好，教学并不是难题，难在招生。景荷做了下一轮的营销策划案，她需要看过后再反馈，同时将家长的反馈发到社交网站上，以便推广下一期课程。

张笠果一哭起来，今晚的时间又泡汤了。

"壮壮不用练琴，我爸也不用练琴，我家只有我要练琴。"张笠果顿时悲从中来，"我怎么这么倒霉？整天练琴，练琴，总是要练琴。"

果果的嘴张得像河马那么大，哭声震得李倩的耳朵阵阵嗡鸣。

每当果果练琴的时候，壮壮都吓得灰溜溜地坐在客厅拐角。因为他知道，这时候妈妈和姐姐的脾气捉摸不定，随时都会迁怒于他。

"弹得好的都去比赛了，我弹得不好，你就不让我去。"

李倩才明白，果果刚才听到了他们的对话。她一只手扶在钢琴上，盯着墙上的挂钟。眼看要九点了，果果再嚎一会,就洗洗睡吧,今晚别想再干什么事情。

等果果消停下来,李倩才问她:"我一直没听你说过你想去比赛。如果你想去,我就给你报名。"

"我不想去比赛……"张笠果瘫坐在地上,喘着粗气,"哭得累死我了。"

李倩一度以为,每个孩子都像果果这么爱哭。养了老二之后才知道,小孩可以在摔倒后自己打个滚就"吭哧吭哧"爬起来。她花在果果身上的力气,足够养三个老二。

张维凯过来打圆场:"孩子不想弹就算了,本来只打算让孩子有个爱好。"

李倩心想:你演奏退堂鼓的水平一流,把"不学"挂在嘴边,也许一开始是玩笑话,说着说着就当真了。

张维凯见李倩眼神中露出厌恶,识趣地不再发表意见。他边走边嘟囔:"老二将来学啥都千万别学音乐。"

"果果,我们没好好谈过你对学琴是什么看法。你四岁多就开始学,我看你还挺喜欢的,所以我们就这样学下来了。如果你觉得痛苦,我们也可以考虑一下其他的选择。我没希望通过你完成我的理想。"李倩指着卧室门,暖黄的灯光洒在门口,好像在招呼她去工作。"我吃完饭就打开电脑,准备干活,那才是我的理想。我花了半辈子,吃了许多苦头,走了很多弯路,做过很多不喜欢的工作,才找到现在的机会。你学这些东西,如果实在不喜欢,我们就试试其他的,看你喜欢什么。你做这件事情不开心,犯

云养娃

不着拖着我们跟你一起遭罪。"

张笠果的眼睛忽闪忽闪地眨，李倩也不清楚她能否听得懂。

"陪你的时间，早就够我自己练琴了，我犯不着让你替我学琴。你现在学的本事，将来跟你一辈子，谁都夺不走。"整晚的时间就消耗在这些琐事上，一点效率都没有，李倩难免心烦意乱，"要是依着你爸的意思，早就把琴卖了。"

张笠果一手按在琴盖上，另一只手扯住妈妈的衣服下摆，低声说："不要！"

要学琴的是她，不肯练琴的也是她。李倩不知道要和她拉锯到什么时候，果断地告诉果果："我全职陪了你们这么久，无论对你还是对壮壮，都问心无愧。现在，我需要把我的时间留给我的事情。"

她推开张笠果的手，快步走进卧室，锁住门，背靠在门上，喘粗气。

张笠果在门外，边拍门边哭。

李倩隐约听见张维凯对果果说："我已经给你弟弟刷过牙了，他该去看iPad了。本来你不磨蹭还能看一会iPad的。现在你把看iPad的时间都磨蹭完了，刷了牙就直接去睡觉，你觉得值不值？"

李倩摇摇头，管他能不能给孩子把牙齿刷干净呢，反正是娃他爸，肯定比外人更用心。她努力集中精神，看景荷做的营销策划案。

景荷整合了各平台上的用户反馈,同时将教室半小时车程内的幼儿园和小学都标记出来。靠近幼儿园和小学的住宅小区是重点营销对象。景荷画出分级统计地图,颜色越深的区域,儿童人口比例越高。距离近的深色小区是他们的重点营销区域。她还标记出街角公园的位置,要考虑通过举办活动来吸引人流。

李倩将任务派给孔明良:"你鬼主意多,再做一个高智商炫技的方案,同时还要平易近人,让外行能看到热闹,内行能看见门道,还要能激发小孩的好奇心。"

孔明良一声哀嚎:"我上哪找那么多创意?"

"我们没有,不过你肯定有。"李倩给他送一顶高帽子,"你从小是天才儿童,主意比我们多。"

孔明良抱着枕头,在沙发上翻来滚去,两只脚把沙发垫踢得"咚咚"响。

"所以别怪孩子练琴前耍赖皮。"王悠用膝盖碰一碰孔明良垂在沙发边的臭脚,"你当初那么想和李倩合伙做培训班,现在让你干活,你还要磨叽半天。"

"我痛恨策划招生活动,凡是营销类的工作,我都不喜欢。"孔明良躺在沙发上,大喘几口气,一个鲤鱼打挺,起身去书房查资料,找灵感。

王悠趁机跟孔澄说:"看,大人也有不爱做的事情。你爸和楼下的李阿姨一腔热忱都投在我们的培训机构上，他们既喜欢这件事，又愿意钻研，即便这样，想成就这件事情，还要做很多他们不喜欢的事情。你爸不喜欢做营销工作，为了能招到学生，他也不得不做他不喜欢的事情。"

孔澄从一堆花花绿绿的乐高中抬起头说："那就别招了。"她坐在客厅一角，对着图纸搭乐高。几块乐高拼不到一起，她急得"吭吭吭"地使劲压。

王悠一眼看出其中玄机，告诉她："你别使蛮力，仔细观察一下。"说完，就伸手指向图纸，正想告诉孔澄拿错了乐高。

孔澄拨开妈妈的手说："我会数！我自己来。"胖胖的手点着图纸，嘟着嘴数图纸中乐高积木的点数。

孔澄专注时的侧颜神态和爸爸一模一样。昏黄的壁灯衬在她身后，映得她后脑勺周围有一个金灿灿的光晕。

王悠刹那间看明白她的思路，站在她身后，静静等她数清楚。

孔澄数了图纸，又数手中的乐高，发现数目不一致，"哈"的一声，好像领悟到问题的关键，快速在塑料箱中翻找合适的乐高配件。

那一声"哈"，如同一股暖流，漾满王悠全身。以前陪孩子学这个学那个，最终希望能锻炼孩子自主解决问题的能力。

今天孔澄无师自通。

第六章 乌龟游泳，兔子跑步，皆大欢喜

3

无意目睹了孩子发展的里程碑，就连上班盯着电脑上乏味的考勤表时，王悠都不由自主地露出笑容。

午餐间隙，王悠在食堂厕所门口遇到了王晓霞。

王晓霞羞涩地说："我的简历跟补丁拼出来的被单一样，初中毕业就进厂做工……"

"你现在有了转行的敲门砖。"王悠生怕她妄自菲薄，连声安慰她，"会计虽说起薪低，但是很讲究经验，你只要别放弃提高自己，将来工作只会越来越好。"

王晓霞的神色充满迟虑，似乎蕴含心事。王悠停顿片刻，等她开口。

"我在找新的工作。"王晓霞拿出一沓打印纸，"我怕被人骗，心里没底，你帮我看看哪个值得。"

王悠扫了一眼，是会计的招聘广告，立刻明白她的意思。

王悠警惕地环视四周，午餐时间，人来人往，作为公司的 HR，她不想让其他同事看见她指导本司员工如何跳槽。她约王晓霞周末在家附近的冷饮店见面。离公司远，不容易被同事撞见。

周末，两人并排坐。王晓霞将打印纸一张张平摊开

来，纸张边缘已经磨得皱皱巴巴，折痕也磨出一抹淡黄色。"这是我谈过的公司，我说下周一给他们回话。"

王悠细细看过，才知道王晓霞已经筛选过一轮。

王晓霞将谈过的公司简介，招聘广告，面试后正面和负面的印象都列在纸上，希望王悠能帮她看看。

王悠见她这么详细地罗列出找工作的经验，畅笑后问她："你都总结得这么清楚了，还需要我？"

王晓霞笑道："多个人帮我把把关也好。"

王悠扫过王晓霞整理的公司信息，拿笔画出关键字眼，将公司简介和招聘广告中的潜台词透露出的薪资上升空间、职业天花板、人事环境，一一点破。

讲清楚每个职位的好处与坏处，让王晓霞自己做决定。出乎王悠意料，王晓霞权衡利弊后，倾向于记账公司的工作，这份工作平台小，起薪低，工作琐碎又常加班。

王悠问她："你要不再考虑一下？毕竟现在这份工作也没打算赶你走，你骑驴找马，有时间慢慢找。"

王晓霞最初在流水线上班的时候，找了一个包吃包住的工厂。宿舍里的工友都和她不同班次，她回宿舍都见不到人。而上班的时候，流水线逼着人不停地做事，上了快一个月班，大家穿淡蓝色工作服，戴白色帽子，她都不知道临近工位的同事长什么样子。她看重在记账公司可以直接和客户打交道，还有机会接触税务局。这些对她有格外的补偿作用。

"我总得迈出第一步,在工厂里做得最好,也就像现在一样。"王晓霞拨开额前的头发,眯着眼睛看马路对面奔跑的小孩,"在小平台,有机会学到更多的技术,我去大公司依然是流水线上的螺丝钉。"

王悠见她心念已定,也不再多劝,祝福她将来前程似锦。

临分别前,王悠随口问她:"你接下来打算把孩子接到身边吗?"

"这几年先这样吧,毕竟老家的生活成本低,幼儿园也便宜。"王晓霞黯然地对王悠说,"我刚来打工的时候,身边的同事几乎都是安徽人,下班后逛小摊,摊位老板不是安徽人就是徐州人。我当时还想,南京人都到哪里去了?后来突然想明白,南京人不用在工厂里干两班倒的工作,更不会在工厂附近摆摊卖东西。"

马路对面,孔明良和李倩在做营销活动。孔明良这次策划了一个捡 MM 糖豆游戏,现场的小孩,人手一个塑料杯子,在草地上奔跑。

王晓霞冲着街道对面的人群扬扬下巴,说:"这里给孩子玩的花样多,质量还好。我爸妈虽说帮我带孩子花了不少力气,可他们只给孩子看动画片,都不知道怎么带孩子玩。我拿到户口就好了,小孩就能在我身边生活。"

王悠同王晓霞告别后,去围观孔明良的营销活动。

云养娃

正是初春时节，这样的户外活动，人人都能参与。

孔明良将几大包的彩色 MM 糖豆撒在草地上，无论男女老少，只要感兴趣，就可以参与捡糖豆。

李倩半弯着腰，给羞涩的小朋友递上一个塑料杯子，鼓励道："你也可以和他们一起捡糖豆。"

孔明良神色凝重，喃喃自语地清点活动人数。目测超过三十人，他才长舒一口气。

景荷在现场搭起了电脑和移动 Wi-Fi，做报名答疑，同时办理报名手续。这一次利用孔明良搭起的客户数据库管理，一切电子化，简单明了，方便检索。

李倩见期间有小朋友表现出无聊的苗头，招呼他们坐到桌边，发给他们几张纸条，让他们区分开糖豆的颜色，将同色糖豆一个挨着一个，用胶水粘在纸条上。他们身后是一块大展板。

李倩拿着话筒说："我们先来看绿色的糖豆，来排排队，谁的绿色糖豆排的队最长？"

一群小朋友在展板前拿着纸条，跃跃欲试，比较绿色糖豆队伍的长度。

李倩让他们在纸条上写上各自的名字，将最长的纸条垂直粘在展板中间，将其他纸条由高到低，向两侧排列开。几十张纸条粘好后，绿色糖豆中间高，两边低，恰好呈现出一条优美的正态曲线。

孔明良看到正态曲线，吊在嗓子眼儿的心脏才回到胸腔里。

李倩和他交换眼神,微微点了一下头,告诉大家:"刚才我们一起捡糖豆的时候,那么多颜色的糖豆随便捡,看上去是乱糟糟的随机过程,但是看结果,是无序中的有序,偶然中的必然,在这张图里一目了然。用一个很简单的游戏,就呈现了生活中的概率论。"她侧身,让围观的群众有更好的视线看展板。

景荷在桌上放了一沓传单,只发给主动询问的家长。她追踪过去的顾客反馈,发觉漫天发传单是效率最低的。这次她吸取经验,将传单递给感兴趣的人。

印刷成本降低到以前的十分之一,营销效果却不减少。

而且这期多了两个中阶课程,传单的内容注重各个课程之间的关联,比如:"为什么给汽车买保险?为什么靠彩票发财是异想天开?用经济理论解释身边司空见惯的现象,用数学工具来辅助做决策……"内容互相辅助嵌套,层层进阶。

景荷介绍课程,感兴趣的家长追问课程细节,她都耐心解答。

王悠被围观的人挤得退了几步,只听见有人问:"哎呀,有你们这样的家长,你家孩子肯定对数学感兴趣吧?"

孔明良最头疼这类问题。平常孔澄对他捣鼓的东西一点都不感兴趣。他在家做策划案的时候,想让孔澄随机抓几把糖豆,测试研究假设,可是孔澄看他面前一大碗糖豆和摊在桌上的表格,丢下一句:"无聊死了。"就跑到厨房去找外婆要零食吃。

今天做活动,孔明良怂恿孔澄和大家一起捡糖豆,孔澄却站在草地边直跺脚,说:"我不要吃掉在地上的糖!"

孔明良告诉她,只捡着玩,不是捡起来吃。孔澄试都不想试一下。他心想:我娃就随缘吧,反正资源就在眼前,她以后感兴趣,随时有人能点拨,但是我要把这期课卖出去。

他对前来咨询的家长说:"目前为止,来上课的学生都很喜欢上这样的课。上一期的续课率超过了90%,同时有80%的学生报了不同课程的好几个专题。我们的数据自然就解答了你的问题。这次我多开一个班,深入浅出。今天我们玩的概率论都得上大学才正式学,但是这么小的学生完全有能力理解高深的理论在生活中的应用。"

王悠把笑憋在肚里。孔明良也学了几成李倩的营销本事。

王悠经常带孩子到这片小广场来玩,今天却见到不少陌生的小孩面孔。她随口问一个带着孩子的妈妈:"你们刚搬来吗?我在这住了好几年了,这里的孩子几乎都看着眼熟,但是没见过你家孩子。"

那位妈妈说:"我是听孩子同学的妈妈说,她说这里教的东西不一样,她家孩子挺喜欢的,我们就跟着来看看。"

王悠得知,他们的住所离这里有大概半小时路程,周末早上溜达着来,在来的路上买个点心,回程再顺路买包鱼饲料在公园里喂锦鲤,大半天的时间很快就过去了。

若不是现在扛着副业,王悠的周末也这样度过:带着孩子从一门课,赶向另一门课。现在孔澄退掉了多数跟风报名的课程,而且他们空闲时都忙着培训班的事情,花在孩子身上的时间更少了。

王悠想:我们提供的内容对学生意味着什么?我们和那些蹭教育市场热度的、分一杯羹的人有什么区别?

她的思路被小朋友的哭声打断。

按说这个年纪的小孩已经不太爱哭了,王悠听这孩子哭得上气不接下气,而李倩正在轻声安慰她。

"你们刚才没说要比绿色的,我喜欢黄色,就捡了好多黄色的!"女孩失望地盯着桌子上粘了一大半的纸条,杯底还有几粒糖豆,眼泪、鼻涕糊满纸条。

女孩把捡糖豆当作一场比赛。王悠无奈地叹息。孔明良和李倩在家做策划案的时候,就格外注意弱化结果,强调体验过程,可竞赛制度已经内化成女孩的思维方式。

"你别着急,刚才那张展板用来总结绿色的糖豆数量。"李倩从桌子下拿出一沓空白展板,一张张摊在桌子上,"你看我这,还有这么多,我给红色、黄色、蓝色、咖啡色的糖豆,都准备了展板。"李倩又给她看其他小朋友粘好糖豆的纸条,长短、颜色都不一样。"你慢慢粘,粘好了和我一起来贴黄色糖豆的统计图。"

女孩看见自己的黄色纸条最长,才破涕为笑。不过十分钟的工夫,李倩就整理出各色展板,每个人捡到的数量和颜色都不一样,但是每个颜色的糖豆最终都呈现出正态分布。

李倩带着大家看展板的细节,介绍道:"你们看,有些人捡的黄色糖豆多,她的纸条就排在了黄色组的中间位置。有些人捡的蓝色糖豆多,就占了蓝色组的中间位置。但是没有人的纸条全是长的,或者全是短的,没人能把所有颜色的中间位置都占了,也没有人全在正态曲线两边的尾巴上。每个人都有自己擅长的领域。"

王悠冲李倩眨眨眼睛,手在额头上按了按,做抹汗的姿势。人群逐渐散去,她去帮景荷收拾刚收的报名文件。

景荷长舒一口气,摇着头说:"我以前没接触过这么多家长,他们的焦虑把我逼得都喘不过气来。"

"当妈前,我信誓旦旦地想,一定不能鸡娃,要让孩子健康快乐地长大。"王悠的眼神也黯淡无光,"可生了娃之后,就淡定不下去了。"

王悠心想:现在人不愿意生育也是很自然的结果,养孩子投入大量人力、财力,还要承担无限的精神压力。

生娃绝非理性选择。

景荷拿着一沓报名表,在掌心拍了拍,说:"有多少人是真的欣赏我们提供的内容而给孩子报名的?又有多少人是盲目跟风,花钱安抚焦虑来的?"

第六章 乌龟游泳，兔子跑步，皆大欢喜

"人至察则无徒。我们收了钱，用心把产品做好，大家各取所需。"王悠的嘴巴咧向耳朵边，"有人花钱买两个小时的看孩子时间，我们保障孩子安全就行了。"

王悠的目光落在对面大楼上，一面临街商铺挂满了各式教育机构的招牌。"你看这铺天盖地的培训机构，不夸大其词，不贩卖焦虑，也不撺掇顾客预充学费的机构，有几个？我们是一股清流，也对得起自己的初心。"

收拾场地的时候，一个九十岁模样的小女孩主动帮李倩一起叠桌布、收展板。她细心将桌布的折角捋平，又从中间向边缘轻拍，拍去夹在桌布中间的空气，把桌布叠成方方正正的豆腐块，递给李倩。

自办班以来，李倩接触了几十个小孩，每个人性格都不一样，上课学东西的侧重点也不一样。上周她带大家模拟开一个网店，从选品开始，做店铺美工设计，调查竞争对手，设置价格，孩子们体会了一把经商的必经之路。有些孩子天生对数字敏感，看重商品价格。而有一些孩子则对商品外观敏感，看重商品的颜色和包装。

李倩揣测这个小女孩是个干净利索的孩子，于是问她："你平常是不是很喜欢收纳？"

女孩抿着嘴笑，又把桌布的拐角处按平，递给李倩。

李倩客气地收下。再过几年，张笠果也会和她一起做这些事情。收拾利索之后，李倩随口跟女孩说："谢谢你啦。我要回家了，你也快回家吧。"

"一回家,我妈就监视我写作业。"

"监视?"

"在家我妈盯着我写作业,盯着我练琴。"女孩刚才叠桌布的时候眉宇舒展,转眼间,嘴角和眉毛都垂了下来。

"你也学琴?"

女孩点点头,说:"我今天练完琴了,我妈才放我出来。"

"放?"

这孩子口中的妈妈怎么像个控制狂一样?小女孩长舒一口气,抬头看天,晚霞初现,笑容只在她的眼角浮现片刻,又转瞬即逝。

这应该是多数家长给孩子立的规矩:先把作业写了,把琴练了,再出去玩。而且她的妈妈可能尽了多数妈妈的职责:陪伴。陪孩子写作业,陪孩子练琴。

可怜的妈妈,花了这么多心血和精力,孩子却丝毫不领情。

就在这时,一个少妇模样的人扯着女孩的肩膀向前走,把孩子上半身扯得歪向一边,"刚才老师说这一期名额满了,不收学生了。我跟人说尽好话,人家说如果有人退课,就给我打电话,让我们来填空。你还在这赖着干什么?不要浪费时间,你回家还要看语文。你想报这个班,先把主课打理好。"

李倩望着她们拉扯的背影逐渐远去,小女孩的肩膀低垂，脚步拖在地上，踢起一片尘土。

景荷对着她们的背影扬了扬下巴，说："这些疯狂的家长。刚才她来咨询，拉出手机日历来跟我对时间，排得密密麻麻的，书法、戏剧、机器人、舞蹈，她找了半天空档，只对到我们其中一堂课，可那个时段刚好满员了。"

李倩将所有的物品装在塑料筐里，在桌上磕了两下，跟景荷说："我们收工吧。今天很满意，比上次推广容易多了。"

若在以前，偶遇这样的父母，李倩至少会问一问，平常都排了什么课，为什么会选择这些课，将来对这些课程有什么期望。今天，她顺利完成招生工作，其余的事情都由不得她管。

景荷办了几十个报名手续，几乎每个孩子的日程表都被安排得满满当当，见缝插针地找空档。他们的日程表上面充斥着她从没听说过的科目：演讲，编程，乐高，艺术鉴赏……

趁工作空当，景荷抹着额头给颜铮发信息："我每次做招生活动都压力山大。大人和孩子都跟着日程表团团转，大家都心浮气躁，迷茫无助。"

颜铮笃定地说："你放心，我们的孩子不会那样长大。"

4

大家忙着招生的时候,颜铮带孔澄回家去下棋。

孔澄双眼放光,三下五除二,摆好棋盘,将两筐棋子抱在胸前,迟疑不定,吞吞吐吐地问他:"我持黑行不行?"

颜铮暗笑:难道我三十多岁的人还要跟你这个还没上小学的娃娃争先不成?他板起脸来说:"你持黑没问题。但是我也有规矩:棋子落地,就不许悔棋,输棋只准哭三口。"

"我才不哭。"孔澄昂起头,心想:还没开下,你就认准了我会输,不服。

孔澄坐在茶几对面的小板凳上,弓着背,聚气凝神地在对方星位落下第一子。颜铮见她开盘稳扎稳打,和上次下棋的套路十分相近。

孔澄咬着指甲,目不转睛地盯着棋盘。她每落下一子,颜铮就紧贴其步伐,限制她向旁边扩张。眼见棋过中盘,她处处受压制,丝毫看不出持黑的优势,要是到了收官阶段,就更没希望。

孔澄伸手悬在棋盘上空,呼噜哗啦挥舞,喊:"我不下了!"她踢翻小板凳,抓了一大把黑子丢到棋盘上,盯着棋盘，张大嘴，想哭，又把哭声咽了回去。

武韶华听到他们的动静，探头来想看个究竟。她见孔澄这般耍赖，说："就算想赢棋也不带你这样的，你这样，以后叔叔就不跟你玩了。"

颜铮也没想到孔澄为了赢棋出黑招。他一本正经地说："围棋规则很公平，一人走一手，你要是需要我让子，我下次就让你两子。你这样算什么呢？"

孔澄双手扶在茶几上，张大嘴喘粗气，说："我不要你让子！"

颜铮看出来了，孔澄好胜，又爱面子，眼看要输棋，心里过不去。他摆摆手说："你想哭就哭几口，哭完我来跟你复盘。"

孔澄张大嘴巴，憋着不哭出声。

颜铮想笑，又努力忍着，狡黠地对她眨了眨眼，说："1995年，马晓春持黑对小林光一，开局的时候，和我们刚才几乎一模一样。黑棋虽说占了先手，但是也没有优势。可马晓春在中场走出妙手，扭转全局。你想不想知道他是怎么走的？"

孔澄"呜"地咽下一口气，使劲点一下头。

颜铮握着一把棋子，"嗒嗒"落子，和她一步步复盘。

孔澄惊讶地问："我们刚才走的，你全都记住了？"

"可不？"颜铮挑起一条眉毛，"我也要专心，才能跟你下。如果我心不在焉地乱下，故意输给你，你会稀

云养娃

罕吗?"

"我爸就乱下,我知道他故意输棋给我。"孔澄悻悻地说。

"你爸可能不喜欢下棋。"

"他吃完饭就在书房里看电脑。"

颜铮以前觉得养孩子要承担莫大的责任,常常自顾不暇,哪有时间陪孩子?现在,景荷每周忙活副业,他若是不一同出门,可能也就躺在沙发上玩手机。小时候的棋友都散落在各地,而棋牌室内有抽烟的,有带赌注的,乌烟瘴气,他去过两次,觉得氛围不好,就作罢。

孔澄坐在颜铮对面,深吸几口气,专心看颜铮一步步摆出之前的棋局。

"观棋不语,落子不悔。"颜铮手起棋落,棋子在棋盘上敲打出清脆的声音。摆到中盘,他的手指点在棋盘上,"刚才我们走到这里,如果黑子从这里跳出来,就把白棋的地盘冲成两片,白子的优势立刻就没了……"

孔澄半张着嘴,目不转睛地盯着棋盘。

颜铮突然戛然而止,说:"我把棋谱发给你。你慢慢看黑子是怎么走的,下星期我们再来下。"

武韶华见孔澄憋着哭不出来,怪心疼,索性躲在厨房里。她做了一桌卤味拼盘,又炖了雪白的茭白豆腐鲫鱼汤,放在灶眼儿上,留一粒黄豆大的火苗给汤保温。

此时,颜铮接到景荷发来的消息,得知招生工作顺利,

第六章　乌龟游泳，兔子跑步，皆大欢喜

就通知大家回来吃饭。

武韶华望着桌子搓手，说道："我老了，跟不上时代了。你们给孩子弄东西，我也不懂，只能给你们做顿饭吃。"

颜铮听得一阵心酸，忙说："阿姨你快别这么说，不吃饭，谁能活得下去？你给他们扫去后顾之忧，他们才能投入做自己想做的事情。"

孔明良一进家门，就甩掉鞋子，靠在沙发上，大口喘气，说："我生怕这次来的人不够多，集不齐随机样本，最后未必做得出来正态曲线……"

边说边闻到饭香，他循味而去，从冷盘里抓了一块猪蹄就啃。咬了一口，孔明良察觉出齿间熟悉的味道，问岳母："这猪蹄是在顺兴买的？"

"嗯，我看你老买那家的猪蹄，上次我看你又买了，就收了一个他们家的袋子，按袋子上的地址找去的。"

孔明良心头一热。

武韶华到现在都不太会用手机导航，她搬来同住后也只在小区周围打转，最多跑到隔两条街的超市去。她是怎么穿过大街小巷找到这家位于犄角旮旯的卤味店的？

武韶华见他的惊诧样，知道他在想什么。她不好意思地笑着说："咳，我不认路，还不会问吗？我就拿着袋子问，楼下的奶奶跟我结伴一起去。我以前去过那边的菜市场，那里太大了，我从来没穿过去到背面看看，这次才知

道,穿过去还有那么多小铺子。"

孔明良晚饭后收拾书桌,从层层叠叠的纸张、书本里刨出一台笔记本电脑。这原本是他的游戏本,最近半年都没机会用。这次比上次多招了一个班,估计将来更没有时间打游戏了。

他拂去电脑表面的灰尘,又用压缩空气机清除键盘缝里的灰尘,在眼镜布上喷了一点酒精,将电脑表面和屏幕擦得干干净净。然后将电脑恢复到出厂设置,只安装了最基础的程序和线上棋牌游戏,最后把这台电脑递给岳母,"我给你装了台打牌的电脑,你无聊时可以上网斗地主。"

这电脑外壳透着一层低调的金属光泽,个头也挺大。武韶华以前在孔明良的书桌前见过它,估计不便宜,摆着手说:"我在手机上玩玩就行了,不用给我这么好的电脑。"

孔明良心想,手机又卡,屏幕又小,岳母老花眼,手指也不灵活,在手机上玩和在电脑上玩游戏的体验能一样吗?他想起王悠平常给岳母吃水果的招数,直接将电脑放在茶几上,说:"我给你装好了,这台是触摸屏,操作起来和手机一样。"

孔澄小的时候,他们必须有人帮忙带孩子,和岳母同住,是不得已的选择。后来孔澄上幼儿园了,岳母也愿意跟他们一起生活,不愿意回自己家。

孩子小的时候,岳母出了不少力,让孔明良过河拆桥,他良心也过不去。生活中的各种小矛盾，他都忍着，直到憋出内伤。今天岳母专程给他买猪蹄，他才意识到，若没有岳母在这里，他哪来精力从一砖一瓦开始实现珍藏多年的心愿？

过了一会，孔明良去厨房倒水喝，瞥了一眼茶几，电脑已经不见踪影。

书柜中的几台老电脑供老人家打牌都绰绰有余，孔明良愿意贡献出自己的游戏本，王悠倒是有点意外。

临睡前，王悠登录客服账号，培训班的家长群里有人询问：

"你们打算报PET还是KET？"

"我周围的小孩走KET的多，我还在找教材。"

"听说PET含金量高一些。我想给孩子研究一下PET。"

"老大，你家孩子英语好，你考虑组织个团购？"

…………

李倩见到别人的小孩去考英语水平测试，以前也听说过这些名目，她顺着她们丢来的链接，去了解这些考试，搜索出来满屏的补习班营销软文。

她回复说："我觉得孩子太小了，考英语没多大意思。"

群里的家长却说："小孩思路和我们不一样的，他们没

云养娃

有我们做题的那种概念。而且了解一下孩子的水平也挺好的,将来学习更有针对性。"

李倩不想让培训班的家长群逐渐变成其他培训机构的营销场所,她给王悠发来私信:"家长群是焦虑第一源泉,我想躲都躲不掉。"

王悠看见满屏的考试信息,还有人@李倩组织团购,当机立断,在群里发出群通告:

"这个群是半禁言群,群内容仅限老师为同学答疑以及同学展示项目进度。请家长不要在群里发广告、组织团购这类活动,也不要拉其他人进来围观。如果大家有需求,请另行拉群。"

发完通告,王悠跟李倩说:"有群就肯定会有人打广告。现在规模不大,我们必须防微杜渐,要不然以后混进来机器人发广告,我想踢人都难下手。我是管理员,不怕得罪客户。这些事情都由我来处理。"

李倩给她回复一个大拇指。

孔明良见王悠满脸严肃,才明白事情的来龙去脉。他"嘿嘿"干笑两声,说:"学渣最爱买参考书,以为买参考书就能成学霸。现在升级当了爹妈,还不长进,继续推娃刷题。"

王悠拍拍他的肩膀,对他赞许地点头:"你的长进,我都看在眼里。"

第六章 乌龟游泳，兔子跑步，皆大欢喜

5

周一上班，公司例会公布了公司季度决算报告，仓库后半年的损耗降低了一个点。总经理在会上特意表彰了 HR 部门做出的贡献。

HR 经理黄韵夏客套地说："这是我们部门研讨了很久得出来的方案，增加仓库人员流动性，避免仓管和物流联合起来监守自盗……"

王悠和景荷对看一眼，低头打哈欠，掩盖揶揄的笑容。

王悠将王晓霞调往仓库的目的并不是解决防损问题，她无心插柳，收获正面结果，但是功劳却被领导含糊带过。

给别人打工就是这样。

黄韵夏拿着本季度的人力资源报告说："我们一线工人的流转率也太高了。"

王悠坐在会议桌边，看着自己做出来的图表，一阵出神。几千名基层流水线工人，最终呈现为图表上的数据点。

"根据我们的薪资调查，按说我们开的工资不比市场价低。"黄韵夏皱着眉头说，"总部都问为什么有这么高的流转率。"她又把写分析报告的任务派给王悠。

王悠回到办公桌前，机械地敲键盘。

这还需要分析？每年都有员工在职工代表大会上反映

云养娃

车间通风太差,热也就罢了,还可能聚集有毒的电子污染物。员工要求改善环境,可公司也不愿意出大价钱重新做通风和空调系统。

景荷见王悠表情木然,打趣说:"以前我看你写这类报告总是气鼓鼓的,现在已经不走心了。"

王悠摇头,说:"我谨慎措辞,如实上报。如果他们真觉得流转率太高,损伤公司利益了,自然要拿钱来修补。"

"工人用脚投票。"景荷也无奈地说,"我每个月做新员工入职培训,翻来覆去给他们画饼,画的饼兑现不了,他们该跳槽还是会跳槽。"

"天下乌鸦一般黑,我们这只乌鸦还算比较正规的,比黑乌鸦稍微灰一点。"

说完,王悠的手机突然弹出提醒,是王晓霞发来的消息:"我今天第一天上班,专门买了条裙子,照着你平常的穿搭买的。"

王悠心想:我最平凡,怎么会有人拿我当榜样?

她翻看王晓霞的朋友圈,发现改成了仅三天可见,三天内朋友圈空空如也。也许王晓霞的朋友圈分组可见,不想和故人再有过多联系。王晓霞专程发消息跟王悠汇报近况,可见心中惦记着王悠。

王悠依然微笑回复:"你的小腿很好看,很值得买些好看的裙子来穿。"

景荷问王悠,何故忽然面容浮现笑意?

第六章 乌龟游泳，兔子跑步，皆大欢喜

"我希望每一个人都找到自己的舞台。"王悠瞄了一眼手机屏，王晓霞坐在自己办公桌前，双膝并拢，身后是一台崭新的电脑。她跟景荷聊起，让王晓霞一步步脱离流水线，脱掉蓝色的工作服，是她这几年做得最有成就感的事情。

"养娃没成就感吗？"景荷对她挑挑眉毛。

王悠将手机扣在桌子上，回道："养娃，唉，小心翼翼，生怕出半点差池。"

"颜铮说孔澄的棋力比他小时候强，再练一阵都能出去打比赛了。"景荷顽皮地眨眨眼睛，"他羡慕你有个爱下棋的小孩，说想把孔澄带回我们家养。"

"这家伙怎么就惦记着不劳而获呢？让他努力造人。"话一出口，王悠又后悔地将嘴角咧向耳朵。也许人家已经足够努力了，她却在这火上浇油，于是她连忙转移话题问："颜铮小时候就爱下棋吗？"

"下到初中一年级，他在少年队，去棋院比赛，但是他爸妈怕耽误学习，不让他下了。"

平常孔澄拉着孔明良下棋，爸爸陪下棋，她还哼哼唧唧的。孔明良赢了，她就哭天喊地说她爸欺负人；孔明良输棋了，她又怪她爸下棋不用心。而她跟颜铮下棋，输了也憋着不哭，斗志昂扬地约他下次再战。

"颜铮觉得自己小时候有太多的遗憾。一开始他觉得没孩子挺好，生个娃出来，受罪而已。可是，他看你们养娃，

好像获得了从头再活一遍的机会,最近又很积极。"景荷眉眼舒展。

以前景荷主动邀请颜铮造人,颜铮勉强上阵。现在他反而常常鼓励景荷:"我们现在有条件和能力去爱孩子,我们的孩子会比我们生活得更快乐、更满足。"

景荷的眼角挂着似有还无的笑容。

王悠见景荷神色舒展,才继续问:"如果你娃不喜欢下棋,怎么办?我和孔明良带孔澄几乎试遍了现有的活动,别的小女孩学跳舞,换上漂亮的裙子可高兴了,她想跳舞也没啥压力,去玩就好了。结果她站在旁边,看着人家跳,我让她去跟着跑两圈活动活动,她张个大嘴'哇哇哇'地哭。我带她试了那么多项目,围棋看上去最无聊,谁知道误打误撞,她喜欢下棋。同一期报班的就剩下两个孩子,其余都弃坑不学了。"

"随缘吧。"

之后,景荷接到前台电话,通知她面试的人到了。

这次生产部招一个文员,起薪四千五,招聘广告发出去三天,景荷收到了一百多份简历。她边看简历边咋舌,有好几个985大学的研究生。她知道公司留不住这样的人,于是挑了一个本地大专文凭的应届生来面试。

前来面试的小女生穿着白衬衫,外穿一件黑色小西装,眼影糊在眼睑上,双手紧抓着手袋,手放在膝上,嘴唇

第六章 乌龟游泳，兔子跑步，皆大欢喜

紧绷。

景荷问了一些常规问题，她也中规中矩地回答。

最后景荷问她："你知道我们公司是做什么的吗？"

小女生露出八颗牙齿，轻吸一口气，手不由自主地收向小腹，点了一下头，流利地告诉景荷："生产电子元件。"

接着，她复述出公司网页上列出的官方信息。

景荷点头，知道她来之前做过功课，又问她："你为什么申请这份工作？"

小女生心想：我需要赚钱养活自己，像我这样的应届生一抓一大把，我什么都愿意试试。

她面色茫然地看着景荷。

景荷告诉她："制造业的竞争很激烈，利润薄。"

小女生听懂了景荷的潜台词，垂眼看了一眼自己的包，为了面试，她专门在地下商城买的。恰好景荷办公桌上放着同款原版，两款卡扣的形状略有不同。

她攥紧包回答："现在我的同学都追着互联网和金融行业，可是我对制造业感兴趣。制造业能看到实实在在的产品，我心里踏实。"

景荷点点头，将她转给生产部经理魏清。

面试结束后，魏清问景荷："你看了几个人？我觉得这个人不够机灵。"

"多数应届生都这个水平。她说话的时候头脑挺清楚

的，足以胜任这个岗位。"景荷跟魏清简略交代了一下面试过的几个人，这个看上去最匹配。

魏清在她简历上弹了两下，轻吹口哨，说："现在这些小姑娘不知道脑袋里都在想什么，我刚才问她一些软件的使用情况，她连 Excel 里的函数都用不好，光跟我说她学习能力很强。"

王悠反问他："你二十出头的时候就知道你现在会做这份工作吗？"

魏清原本学铁路相关的专业，毕业后也没从事本行，从生产一线做起，逐渐站住脚。

魏清对王悠敷衍地笑着说："以前的人连一年都做不满，希望这个人能做久一点。"

景荷对他说："对手下人好一点，人家做得开心，自然不愿意跳槽。"

待魏清转身离去，王悠耸耸肩说："这个工资，这种岗位，他想招什么样的人呢？我们一年面试上百人，有些人谈起工作双眼放光，那种人可遇不可求。多数人只为了混口饭吃。"

小女生茫然的神情令王悠想起多年前的自己，当年的她或许更迷茫。一份不疼不痒的工作，做了快十年。王悠最爱通过这份工作看求职者百态，这也算工作的意外收获。

这时，王悠接到李倩发来的消息："王总，我理不清楚账目了。你认不认识兼职会计？估计我们这种小公司的财务外包也不贵。"

王悠顺手将王晓霞的联系方式发给李倩，同时警告她："你再给我起这么油腻的绰号，我就叫你'果果妈'！"

"果果妈"这几个字把李倩吓得一哆嗦。

李倩需要在孩子回家前结束手里的工作。她火速跟王晓霞连上了线，清晰明了地说清楚自己的需求。随后，她敲响了王悠家的门。

武韶华开着电视放背景音，坐在餐桌上玩斗地主。见是李倩，她客气地说："王悠和孔明良还没回来。"

"阿姨，我来找你商量个事情。"李倩和武韶华并排坐在沙发上，缓缓道出自己的困难："我家老人都离得远，孩子也没机会跟爷爷奶奶相处。"

武韶华心里一揪，说："哎呀，那爷爷奶奶该多想孩子。"

李倩心想，相处的时间少，过年过节见一面，也是熟悉的陌生人。"我想问，阿姨做晚饭的时候能不能帮我家也做一份？我每天晚上七点来端。我每个月跟您结算伙食费。"

武韶华吃惊地张大了嘴。平常孔澄上幼儿园之后，她买个菜回来就上网打牌，打得昏天黑地才去接孩子。在孔明良的慷慨培养下，武韶华成长为网瘾老年。

能靠做饭的本事赚点零花钱，武韶华心里还挺美的。

云养娃

李倩立刻告诉她："不麻烦的，你们吃什么，我们就吃什么。比如您炖肉的时候多炖一些，蒸鱼就多架一层蒸笼。"

武韶华为难地搓着手说："王悠说你可会做菜了，我怕我做的不合你们的胃口。"

"我们不讲究。"李倩的眼睛含笑，"这段时间，我家都靠外卖，又油又咸又贵，还是家里的饭好吃。我们合作，省钱又省事。要不然我每天光收拾外卖盒子都得多干好多家务活，得不偿失。"

武韶华咂咂嘴，说："平常点一两次外卖，不觉得贵。仔细算下来，你们这样是挺费钱的。"

"可不？"李倩拍了一下大腿，"我整天想省钱却省不下来，最后仔细核算，才知道钱都花在哪了。王悠运气好，有您在这帮她。我妈离得远，要是您能帮忙，我就太幸运了。"

武韶华勉强地答应了下来。

李倩跟孔明良通风报信："她挺勉强的。你说她会不会不愿意接我的业务，又不好意思拒绝？"

孔明良笃定地回复："我岳母总是嘴上说不要，身体却很诚实。你明天晚上七点来，她肯定给你都装好饭盒了。免得她无处释放精力，光盯着孔澄写字。你省钱、省力、省心，她赚个零花钱，我也就不用再跟她扯皮。我们三赢。"

第六章 乌龟游泳，兔子跑步，皆大欢喜

不出孔明良所料，下班回来，他见餐桌上摞着日式饭盒。

武韶华摩挲着饭盒跟孔明良说："人家小李怎么过得那么精致呢？连饭盒都这么好看。我让王悠给我上网买个东西，她也不好好挑，第一个搜出来是啥就买啥，一点都不会过日子。"

孔明良"哼哼哈哈"地答应着，心想：你家孩子都三十多岁了，你还看着别人家的孩子好。

李倩打开饭盒，黑乎乎的红烧排骨，肯定是酱油上色，没有糖色泛出的光泽。她失落地盯着空荡荡的厨房片刻，招呼孩子赶紧吃了饭，该干啥干啥。

张笠果埋头"呼噜呼噜"地刨干净碗里的饭粒，李倩正想让她慢点吃，别噎着，她丢下筷子就说："我吃饱了。"说完就跑到卧室，把门关起来。

李倩和张维凯互看一眼，张维凯长叹一口气："都是倒霉琴闹的。要依我，早把琴卖了。眼不见心不烦，也不惦记了。"

为了忙自己的事情，李倩已经取消了张笠果的少儿编程、乐高、画画和珠心算，现在只剩钢琴。初学时，果果还兴致盎然地弹琴。现在过了蜜月期，需要静下心来磨炼技术，她越来越不耐烦。

李倩敲开张笠果的房门，抱着她坐在豆袋上。果果小

的时候，她经常这样抱着她，给她念绘本。

果果的后背贴着妈妈的胸口，两只手捋着发梢，抬眼问妈妈："为啥壮壮不用练琴？"

李倩心想：壮壮被你练琴的惨烈场面吓得躲着钢琴走，他幼小的心灵也对钢琴有阴影。

"壮壮又没说想学琴。他如果哪天跟我说他也想学琴，那我就让他一起学。"

"我也没说想学，是你让我学的。"

"天地良心啊！你每天吃完晚饭就跑到小区对面的琴行，眼巴巴地看人家弹琴，我拉都拉不走。我说你太小了，等上小学以后再学，可你每天去琴行听人家弹琴，听得口水都要滴下来了。"

那时候张笠果还不到四岁，虽说李倩很希望孩子能学些音乐，但是没想到孩子那么早就会专注地听音乐。既然孩子表现出强烈的兴趣，她果断支持，买了钢琴，开始陪孩子学琴。

张笠果垂着眼睑，嘟嘟囔囔地说："要是不用练琴就好了。"

李倩"噗嗤"笑了出来。

欢乐和痛苦是一个套餐，捆绑出售，想要其中之一，就要揽下全家桶。

"你还是挺喜欢音乐的，对吧？"李倩知道，如果真的不喜欢，张笠果肯定就不想去上课了。马上要回课，这周

第六章 乌龟游泳，兔子跑步，皆大欢喜

又没好好练琴，她临时抱佛脚也出不来成果，才着急了。

张笠果默不作声。

"音乐是装饰时间的艺术。你使蛮力练琴，欣赏不到其中的美好，要静下心来听。"

让张笠果单纯听，她心痒痒地想弹；坐到琴边，她又不愿意动脑子想想音乐背后的原理，抱着侥幸心理，闷着脑袋弹。

"我做过我不喜欢的工作，现在当老师，我才体会到做自己热爱的事情是什么感受。"

张笠果也知道，自从办班，妈妈好像找到了毕生所爱。就算不用上课，妈妈也穿戴整齐，精神抖擞地送她和壮壮去幼儿园，然后在工作室待一天，成了幼儿园最后一名来接孩子的家长。

张笠果忽闪忽闪地眨眼睛，应该听懂了妈妈的意思。

李倩继续说："尽管这样，对于喜欢的工作，我也有很不喜欢的地方。"

张笠果吃惊地问："你不喜欢？"

"我不喜欢招生。但是如果想把培训班好好经营下去，我就必须要用心策划招生。我也不喜欢做客服，王悠阿姨和景荷阿姨做客服，她们也不喜欢做客服，但她们知道客服是运营的支持系统，就主动承担了这些烦恼，希望我能集中精力做好内容。我多数时间都花在查资料上，琢磨设计游戏，希望让学生深入浅出地理解那些原本安排在大学

阶段才会学的专业知识。这些愁得我都掉头发了。"

李倩低头,给张笠果看,她头顶上的头发稀疏,露出白花花的头皮。

"你只看见我教课的时候谈笑风生,看小朋友来参加我们的招生活动都兴高采烈的,你以为我做的都是我喜欢的事情,但是背后做了很多没有功劳只有苦劳的事。"

李倩取来电脑,将客户数据库调出来给张笠果看。张笠果只见灰扑扑的页面,点开是一层又一层的表格。

"我们当时找到的管理软件都特别贵,像我们这种刚起步的小工作室完全用不起。如果纯靠人工,又很难检索。孔澄的爸爸针对我们的需求,花了几个星期专门设计了一套系统。虽说长得丑,但是只提供我们需要的功能。有了它,我就知道该给谁推什么内容的课程。"李倩指着一个黄色模块下的名单,告诉张笠果,"这些同学上了第一期,他们给我提了好多问题,我统一整理后放到客户反馈处,希望下一期的内容能解答他们心中的困惑。"

张笠果盯着电脑,念出:"客户反……"

"反馈。"李倩知道她不认识"馈"字,给她念出来,解释说,"反馈,就是人家给我提的意见和建议。"

李倩指着电脑上的一张照片,是一个小男孩在清点塑料货币:"这个孩子的家长说希望她小时候有这种课程,长大后能少走很多弯路。"

张笠果望着小男孩舒展的眉眼,感慨地说:"你真是个

第六章 乌龟游泳，兔子跑步，皆大欢喜

好老师啊。"

李倩笑笑。这是大家的圆梦项目，众人拾柴，她做一线市场，一定要把它运作好。

"我们第二期少儿经济学入门课程上个月圆满结课，子辰妈妈……"李倩写到此处，连按退格键删掉，看了一眼客户数据库，"吴女士的孩子完成了两期少儿经济学入门课，打好基础后，又报了进阶版的少儿财商养成课。在两期初级入门课期间，孩子理解了成本、收益和机会成本的概念；通过进阶课，学习存款和借贷利率，了解复利效应的威力。有小学数学的基础和初阶的经济学常识就能掌握这门课。距离报名截止时间还有最后三天，名额有限，报满为止。（开课后不退课）

李倩结合吴女士的反馈和推广文案，编辑制作成跨平台传播的便笺，附上官网二维码，贴到工作室的各个社交平台账号上。

张笠果见妈妈轻车熟路地完成这一系列动作，赞美道："你真聪明！"

"一开始做这些事情，我也很抓瞎，做得多了，就总结出一套方法，熟能生巧。"李倩低头对果果说，"练琴的原理也差不多，你多总结经验，练琴的效率也会提高。"

张维凯见这二人关着门，半天没有动静，趴在门缝观望了一阵，原来母女俩都完好无损地坐在豆袋上。他长舒一口气，冲李倩眨眨眼睛，试探地问："今天，要不然我先

云养娃

带老二下楼荡会儿秋千?他在屋里躁得很。"

张笠果一看窗外,天都要黑了。以前她练完琴就能和弟弟一起下楼荡秋千。那时小区的小孩都出来玩,最热闹。孔澄都会自己荡了,她还一拱一拱地荡不起来。

她快步走到钢琴前,又仰面哀嚎:"除了看电视,都需要练啊!"

李倩靠在门框上,笑出眼泪来。

张维凯咂咂嘴:"谁知道能管几天?我每天吃完晚饭,想到她要开始练琴就紧张。"

"随缘吧。"李倩听张笠果自己过大调音阶、小调音阶和对应的琵琶音热身,又直接翻到演奏曲目。以前张笠果总是闷着头,把全曲翻来覆去地弹。不知道今天是为了节省时间,练完琴好赶着下楼,还是别的什么原因,张笠果直接从 B 段开始。老师早就告诉她别总练开头,开头已经很熟练了,直接跳到中间的慢板开练。她可算听意见了。

李倩耸耸肩说:"她现在舍不得放弃了。"

"我也有不想上班的时候,孩子不想练琴也正常。"张维凯拍拍李倩的肩膀,"听说李总你现在业绩不错,我是挣工资的人,发不了大财。等你发财了,我就找个我想干的工作。"

张维凯托着下巴思索:我有什么从小就想做的事情吗?小时候就羡慕路边卖肉夹馍的,要不开个烧饼店?开那种店得整天守着,不自由。小时候还觉得出租车司机特

第六章 乌龟游泳,兔子跑步,皆大欢喜

有趣,走街串巷,见识很多事情,要不注册个网约车账号?路上也太堵了,能不开车就不想开……

他的白日梦才做了半集,李倩见他眼神忽明忽暗,在他面前晃了晃手,他双眼才有了焦点。

"喂,你现在是我的饭票!你打起精神来给我挣钱,可不能撂挑子!"

张维凯听到"饭票"两字窃喜。

以前李倩不上班的时候,他生怕李倩因为钱和他心生嫌隙。每个月工资一到账就自动转过去,自己只留一千零花钱。

有一次他看见信用卡账单有点多,问李倩:"这个月你们都干什么了?"

李倩立刻炸毛:"你又不是我老板,我每个月还要给你做预算、决算报表吗?"气得一晚上不理他。

张维凯心想:我就是想知道钱都花哪了,也没怪你乱花钱,你怎么反应这么大?他推断李倩因为不赚钱有些自卑,从此小心翼翼躲着红线,不敢问任何关于钱的事情。

今天李倩亲口说出"饭票"二字,可见她不再心怀芥蒂。

周二中午,李倩约王悠和景荷利用午餐时分,在她们公司附近的小饭馆见面。

李倩笑说:"今年第一季股东大会,在此召开。"

报表一式三份,她分给王悠和景荷过目,说:"我一开始自己记账,后来实在顾不过来就外包了。"

李倩见她俩神情诧异,连忙补充说:"不过价钱挺便宜的,比我整理得清楚。"

王悠有过顾虑,大家合伙创业,财务不清晰,最后和睦的邻里关系都维持不下去。但是她平常忙于工作,下班后又做客服,实在无暇处理这些事情。

王悠和景荷见这报表做得清清爽爽,各项资产、成本、折旧、盈余,一目了然,实在没有挑剔的空间。

王悠确认当初没看走眼,李倩是极佳的合伙人。

李倩指着上面的名目解释:"之前我和孔明良每个月拿课时费,其余的都没结算。孔明良写管理软件的钱是一次性的直接成本,这个月核算下来,我们有盈余,就打算给他结算这笔钱。我调查了一圈,按我们这个需求专门写个管理软件,这是其他程序员给我报的价,我们取个中位数,给孔明良结算,如何?"

说完,李倩拿出手机截屏的聊天记录,是她和各程序员的聊天记录。

王悠见她如此有条理,扫了一眼,打趣说:"我做孔明良的经纪人,就代表他同意了。"

"而你们平常做很多支持工作,一直都没提薪资怎么结算……"

景荷自然知道教育产业蓬勃发展。因为王悠的缘故,她才亲眼看到全民盲目又疯狂地追求各式教育产品。可是多数产品换汤不换药，换种方式刷题，内卷到极致。她们设计的产品填补了市场空白，一定能脱颖而出。于是她说："我出力少，如果每季财报出来有盈余，就给我分一份股息好了。"

王悠怕景荷抹不开面子，转头又觉得自己吃亏。她盯着报表上的数字，心算一刻，说："我们的行政人力成本大概是每天一个小时的工作量，按最低工资标准的两倍计，我们照样有盈余用来分红。"

三人心平气和地商讨清楚。景荷打了个哈欠，慵懒地将腿伸到桌子对面，碰到李倩的脚。李倩上下打量她两秒，来不及细想，仓促刨完碗中饭。

大家连忙回到工作岗位。以前总惦记着三人聚在一起理清财务问题，每天晚上她们不是在答疑就是做售后，抽不出一整块时间来处理最重要的事情。李倩怕再拖下去，更难理清楚，快刀斩乱麻，外包财务，几天就解决了这件大事。

6

周末,新一期课程开课,李倩的这批学生大概十二三岁。她带着孩子做大件商品的采购项目,买游戏机,选定从哪里下单之后,每个人都轮流上讲台做报告,说明自己为什么选择从这家商户买。

第一个同学说:"我找了一圈,这家有现货。"

第二个同学说:"我就是看现货的太贵了,所以挑了一周后有货的。"

第三个同学说:"我也看过上个同学找的那家店,但是他有好多差评,我不敢从他手里买,就选了另一家。"

李倩将他们采集的价格写在黑板上,提醒道:"你们发现了吗?时间是有金钱价值的,如果耐心等待,你就可能会少付钱。"

"我等不及了。"第一个同学焦急地跺脚。

"我没说一定要少花钱。你在做决策的时候,需要清晰地知道你在为什么付费。如果你着急,那么时间就是一个付费项目。"李倩示意他先坐下,手指向第三个价格,"这里,店家信誉好,同样也要一周后发货,价格就高一点。你们发现了吗?信誉,也有金钱价值。

"你们买同样的东西,为商品付费,为时间付费,还

第六章 乌龟游泳，兔子跑步，皆大欢喜

为信誉付费。我查过一家店，价格比你们采集的最低价格都要低500块，而且我看见你们刚才也搜到了那家店，但是没有一个人决定从那里买。"李倩狡黠地对他们眨眼睛，"为什么你们没挑最便宜的？"

"那家店总共只有几件货，他那么便宜，我怕他是骗子。"

"天下没有免费的午餐。明显低于市场价，他能赚钱吗？里面肯定有鬼。"一个小女孩笑嘻嘻地说。

李倩收获极大的成就感。

这个小女孩是老学员，从基础班一路学上来，起初让她买土豆、卖土豆，她怎么都想不明白"利润 = 售价 – 成本"。别人给她一张币，她就觉得自己赚了，去采购一堆食材，看钱少了，又觉得自己赔了。现在已经充分理解了市场竞争价格趋同的道理。

"时间、信誉会影响商品的成交价。这点在金融领域格外明显。下节课我们就来练习贷款。借贷，也是一种商品交易行为，只是这里的商品变成了钱。钱的价格，是利息。"李倩见他们露出困惑的神情，胸有成竹地告诉他们，"你们现在觉得困惑，等几堂课实战下来，就能感受到时间和信誉的力量。"

她拍拍手下课。

孔明良等在门外准备接手下一个时段。

这次,孔明良让学生学求圆的面积。他带着小朋友,用圆形的纸,沿圆心折出一条条直径,然后剪出小扇形。扇形足够小,看上去像个尖尖的三角形。他们又将其犬牙交错地排成平行四边形,粘在硬纸板上,测量平行四边形的底边和高度,让计算更简化。这已经运用了微积分的思想。

孔明良感慨道:"看,三角形多美妙,凝聚了几何的美感……"

正当他带着学生欣赏今天的成果之时,一名家长从门外冲进来,趴在孩子耳边说:"别磨蹭,我们得赶快走了,下堂课就要开始了。"

小孩甩开妈妈的手,说:"我还没粘完呢!"

"你就爱捣鼓这些没用的东西,两堂课就学完的内容,在这折腾了半年。这里玩玩就行了,学剪纸,将来又不能当饭吃,你还要赶去学英语。"

孔明良望着他们匆忙离去的背影,愤愤地说:"就差那几分钟吗?你让他粘完能怎么样?学这个不能当饭吃,那你学吃饭去!"

李倩原本在另一个办公室写课堂总结笔记,听到他这些话,"噗"的一声,笑了出来。

孔明良风风火火地进来喝水,说:"我还没到下课时间,她能直接冲进来揪人?还号称'温柔地坚持',她那简直是'野蛮地抢夺'!下次我把门反锁,让他们老老实实在外面等。"

"你跩起来了？"

"下期课程，报名入口开放不到一小时就秒杀了，我怕她？"

预见暑期市场火爆，王悠定下周末档期，打算面向青少年开设专项讲座，了解自己性格的优势和劣势，探寻自身的长处和短处，同时介绍和这些素质相匹配的职业选择。

做了这么多年 HR，王悠最大的心愿是让每个人都找到属于自己的舞台。

李倩跟王悠商量："你想不想做高考志愿辅导？"

王悠也知道，竞争对手见缝插针，早就瞄准了这块需求，桌上收集了几家培训机构的广告，上面都有高考志愿辅导的业务。

"责任太大了。"王悠焦虑地抠头皮，又在额头上抹了一把，"就算是我自己的孩子，我也不会告诉她高考志愿该怎么填。我只能让她衡量自己的兴趣，再衡量专业的就业前景、学校声望、地理位置、学费等各维度的好处和坏处，让她自己做决定。"

王悠继续解释道："我面向青少年开设专项讲座，能扩大生源。不止高中生，大学生都迷茫着呢，都可以未雨绸缪。这个课程专门介绍通用的获取信息的渠道和分析方法，内功练好了，就能见招拆招。"

孔澄本在和颜铮对弈,听到这话,从棋盘中抬起头来问王悠:"什么叫内功?"

"就像下棋,不能光盯着自己眼前的一亩三分地,需要带着大局观,规划自己的棋怎么走。"颜铮点着棋盘一角,"你现在能不能打赢这个劫,得看你之前的布局有没有留够劫材。你布局、规划,还要推断对手的反应,综合这些因素下棋,才能把自己的棋走好。这就是内功。"

王悠每周陪孩子学棋,自己也能看出门道。现在黑白子势均力敌,颜铮和孔澄正在打一处"生死劫"。谁能拿下这一眼,大概率就会赢全局。

孔澄盯着棋盘,谨慎落子,保持自己持黑的先手优势。

颜铮稳步应战,不疾不徐地说:"这不是一朝一夕的功夫,临时抱佛脚也没用。知己知彼,规划自己的生活,每一个子都是你自己放在棋盘上的,落子无悔。"

两人收官后,最终需要点目来计算胜负。孔澄第一次赢了颜铮一目半!她张大嘴,眼睛瞪得圆圆的,确认清点无误,"哈哈"大笑,跑去跟王悠报喜。

王悠对颜铮投去感激的目光。颜铮招呼孔澄回来,两人正儿八经地握手,才正式结束这一局。

颜铮问:"你知道我为什么来陪你下棋吗?"

孔澄说:"因为我妈请你来的。"

"你妈?她请不动我。"颜铮对孔澄眨眨眼,"因为我觉得你棋力长得很快。我不乐意跟臭棋篓子下,我也愿意找下得好的人。这次你赢了我,下次我更要来!"

孔澄一听,缩起脖子,退后一步。

"这是棋手的规矩。如果曾经输给你的人来挑战,你必须应战。因为你进步,别人也会进步。碰巧赢一把就跑的不算本事。"

孔澄揪着王悠的裤腿,怯生生地看着棋盘。

颜铮晚饭后经常溜达过来跟孔澄下一盘。

将工作室的财务外包,又把陪棋的任务外包给颜铮,王悠才有时间整理一些孔澄小时候的东西,传给景荷。

她一边收拾一边感慨:"娃小的时候,我跟风买了多少没用的东西。那时候焦虑得很,总觉得花了钱就安心了。这个做辅食的小料理机,唉。当时心想,外面买婴儿食品不安全,啥都自己来,下班回来后眼睛都睁不开了,我还给她做胡萝卜泥。她吃顿饭,勺子、碗要用三四个,还要洗机器。现在想来,完全没必要买这些儿童饭碗,直接从机器里挖出来就吃。我觉得不好用的就不给你了,省得你还得收拾。"

景荷把腿搭在茶几上,眯着眼睛答应着。

"你下周开始休产假,我贡献了这些,你的单子就全了。大家互助养娃,免得弄破产了。"王悠拿着母婴用品清单,对着打钩。

景荷靠在沙发靠背上,隆起的肚腹挡住她的视线。王悠坐在地上打包,她只能看到王悠的头顶。

李倩也收拾出来一大箱儿童绘本,送给景荷,说:"都是我家两娃测试过的,不好看的都被我当废纸卖了。你直接捡我们的劳动成果,省力省心。我总想,有兄弟姐妹多好,大事儿也有人能一起商量,分担压力。"

景荷看见这一纸箱的书,"腾"的一下,从沙发上弹起来,说:"你娃多大就开始看书了?王悠以前就说你是虎妈,果然名不虚传。"

"咳,看着多,其实不够看的,小孩子很喜欢看书的。"李倩拿出一个布偶,翻开肚皮来,居然是一本玩偶书,每一页都是由不同材质的布料做的,"这个是摸着看的书,每页触感都不一样,毛茸茸的、粗糙的、胶粒的,小孩子很喜欢抱着它翻着啃。洗衣服的时候丢洗衣机里一起洗。"

景荷第一次见到这么用心设计的产品,将它翻来覆去摸了一遍,听它发出"哗啦哗啦"的声响。纸箱内都是纸板书,方便幼儿翻阅。

"你还有多少童书?"

"没细数过,十几箱肯定是有的。"李倩低着头打包,"童书质量参差不齐,花了不少冤枉钱。而且你不知道你娃到底喜欢看啥。我家童书都给你留着,今天先搬一箱,觉得不够你再买。"

"够了够了。"景荷连连摆手,几乎要晕倒在沙发上,"我现在像被异形附体了一样,浑身上下都不是自己的。以为生了能轻松点,可是想到将来要给娃念十几箱书,我整个人都不好了。"

王悠心想:你这才刚开始。

(完)